Jules Verne

Reise mit Hindernissen nach England und Schottland

ROMAN

Aus dem Französischen von Elisabeth Edl

★

Paul Zsolnay Verlag

Die Originalausgabe erschien 1989 unter dem Titel
Voyage à reculons en Angleterre et en Écosse
bei Le cherche midi éditeur, Paris

1 2 3 4 5 01 00 99 98 97

ISBN 3-552-04861-8

Satz: Satz für Satz. Barbara Reischmann, Leutkirch
Druck und Bindung: Franz Spiegel Buch GmbH, Ulm
Printed in Germany

ERSTES KAPITEL

Wie die Reise nach England und Schottland ihren Anfang nahm

CHARLES NODIER hat in seinen *Phantasien eines vernünftigen Spötters* den zukünftigen Generationen folgenden Rat erteilt: »Sollte es in Frankreich jemanden geben, der nie eine Reise nach Schottland gemacht hat oder machen konnte, dann würde ich ihm raten, die Haute-Franche-Comté zu besuchen, die ihm reichlich Entschädigung böte. Der Himmel ist dort vielleicht nicht ganz so dunstig, und die unstete, eigenwillige Gestalt der Wolken nicht ganz so pittoresk und wunderlich wie im nebelverhangenen Reich Fingals; doch abgesehen davon, läßt die Ähnlichkeit der beiden Länder wenig zu wünschen übrig.«

Jacques Lavaret hatte lange über diese Worte des liebenswerten Erzählers nachgedacht: Zunächst riefen sie bei ihm ein tiefes Erstaunen hervor; er verspürte den unbändigen Wunsch, die Heimat Walter Scotts zu besuchen, den harten Klängen der gälischen Sprache zu lauschen, die heilkräftigen Nebel des alten Kaledonien einzuatmen, kurz gesagt, mit all seinen Sinnen das poetische Element dieses verzauberten Landes in sich aufzunehmen. Und da sagte ihm nun ein kluger Mann, ein gewissenhafter Schriftsteller, ein rechtmäßiges Akademiemitglied in schönstem und bestem Stil: Sparen Sie sich die Mühe! Lons-le-Saunier wird Ihnen die Wunder von Edinburgh offenbaren, und die Berge des Jura taugen ebensoviel wie die nebelverhangenen Gipfel des Ben Lomond!

Doch nach der Verblüffung kam das Überlegen. Jacques

erkannte die spaßhafte Seite an Charles Nodiers Ratschlag; er verstand in der Tat, daß es wesentlich leichter war, nach Schottland zu reisen als in die Franche-Comté; natürlich braucht man einen ernsthaften Anlaß, einen triftigen Grund, um nach Vesoul zu fahren, während gute Laune, das Verlangen, einmal anders zu leben, ein glücklicher Einfall beim Aufstehen am Morgen, die Phantasie, ja die bezaubernde Phantasie, genügen, um einen weit über Clyde und Tweed hinaus zu locken.

Und so lächelte Jacques, als er das kluge Buch zuklappte; und da ihm seine zahlreichen Beschäftigungen nicht erlaubten, die Franche-Comté zu besuchen, beschloß er, sich auf den Weg nach Schottland zu machen. Dergestalt kam also diese Reise zustande – oder kam vielmehr beinahe nicht zustande.

Im Juli 185... sagte nämlich Jacques' engster Freund, Jonathan Savournon, ein bedeutender Komponist, ohne Umschweife zu ihm:

»Mein lieber Jacques, eine englische Gesellschaft stellt mir einen jener Steamer zur Verfügung, die zwischen Saint-Nazaire und Liverpool regelmäßig Waren in die eine oder andere Richtung befördern; ich kann einen Freund mitnehmen; willst du dabeisein?«

Jacques konnte seine Aufregung kaum im Zaum halten. Die Antwort erstarb ihm auf der Zunge.

»Von Liverpool aus reisen wir nach Schottland weiter«, fuhr Jonathan fort.

»Nach Schottland«, rief Jacques, der seine Sprache wiedergefunden hatte. »Nach Schottland! Wann fahren wir? Habe ich noch Zeit, meine Zigarre zu Ende zu rauchen?«

»Immer mit der Ruhe!« antwortete Jonathan, dessen gemäßigtere Wesensart sich deutlich vom überschwenglichen Temperament seines Freundes abhob, »wir stehen noch nicht unter Dampf!«

»Aber wann fahren wir denn?«

»In einem Monat, zwischen dem 30. Juli und dem 2. August.«

Jacques verspürte das Bedürfnis, sich in Jonathans Arme zu stürzen, und dieser verkraftete den Zusammenprall wie ein Mann, der es gewohnt ist, der Artillerie eines Orchesters zu trotzen.

»Und nun, mein guter Jonathan, erkläre mir, wie uns dieses Glück in den Schoß fällt?«

»Nichts ist einfacher als das!«

»Ja! Einfach wie alles, was großartig ist!«

»Mein Bruder«, sagte Jonathan, »steht in Geschäftsverbindung mit dieser Gesellschaft, deren Schiffe er regelmäßig heuert, um Waren nach England zu befördern; auf diesen Dampfern wurden einst Reisende untergebracht; sie sind für diesen Zweck auch ausgestattet; heute werden sie nur mehr im Handel eingesetzt, und wir werden allein an Bord sein.«

»Allein!« erwiderte Jacques, »wir werden Fürsten gleichen! Wir werden inkognito reisen unter falschen Namen, so wie es in der Welt der gekrönten Häupter üblich ist; ich werde den Titel Graf von Norden tragen wie Paul I., und du, Jonathan, wirst dich Monsieur Corby nennen wie Louis-Philippe!«

»Ganz nach deinem Belieben«, antwortete der Musiker.

»Und kennst du auch die Namen der in Frage kommenden Steamer?« wollte Jacques wissen, der sich bereits an Bord sah.

»Ja! Die Gesellschaft besitzt insgesamt drei: die *Beaver*, die *Hamburg* und die *Saint-Elmot.*«

»Was für Namen! Was für wundervolle Namen. Werden sie von Schiffsschrauben angetrieben? Wenn sie von Schiffsschrauben angetrieben werden, habe ich vom Himmel nichts mehr zu erbitten!«

»Das weiß ich nicht, doch was kümmert es uns!«

»Was es uns kümmert? Wie bitte? Du verstehst nicht ...«

»Nein! Ganz offen gestanden.«

»Nein! Also gut, lieber Freund, ich werde es dir auch nicht sagen! Solche Dinge muß man von allein verstehen!«

So nahm diese denkwürdige Reise nach Schottland also ihren Anfang. Jacques Lavarets Begeisterung ist leicht zu begreifen, wenn man weiß, daß er Paris, dieses unerfreuliche Nest, bisher noch nie verlassen hatte. Von diesem Tag an war sein ganzes Leben in einem einzigen lieblichen Wort enthalten: Schottland! Übrigens verlor er keine Sekunde. Er war der englischen Sprache nicht mächtig und verwendete alle Sorgfalt darauf, sie auch nicht zu erlernen, denn er wollte sich nicht, wie Balzac sagt, mit zwei Worten gegen eine Idee wappnen; doch er las auf Französisch seinen Walter Scott wieder. Er verschaffte sich am Arm des Altertümlers Zutritt zu den Familien der Lowlands; das Pferd von Rob Roy führte ihn zu den aufständischen Clans der Highlands, und die Stimme des Herzogs von Argyle konnte ihn nicht dem Gefängnis von Edinburgh entreißen. Er nützte ihn wirklich gut, diesen Monat Juli, dessen Stunden ihm so lang wie Tage und dessen Minuten ihm so lang wie Stunden erschienen. Zum Glück vertraute ihn sein Freund Charles Dickens der Obhut des tapferen Nickleby und des ehrenwerten Mister Pickwick an, der ein naher Verwandter des Philosophen Shandy ist; durch sie wurde er mit den geheimsten Sitten der verschiedenen Kasten der englischen Gesellschaft vertraut gemacht; und um alles einzugestehen, so veröffentlichten die Herren Louis Enault und Francis Wey ihre Werke über England nur in der Absicht, ihm einen Gefallen zu erweisen. Jacques war, wie man sieht, gut beraten; bei der Lektüre dieser hinreißenden Seiten geriet sein Gemüt in Wallung, und er fragte sich, ob er nicht Mitglied der Geographischen Gesellschaft werden sollte. Es versteht sich von selbst, daß die Schottlandkarte in seinem Atlas von Malte-Brun ausgetauscht werden muß, denn sie ist von den rasenden Nadelspitzen seines Kompasses durchlöchert.

ZWEITES KAPITEL

Ein Schiff, das nicht eintrifft

EINES DER SCHIFFE sollte planmäßig am 25. Juli in Saint-Nazaire eintreffen. Jacques stellte eine peinlich genaue Rechnung auf; in seinem Kopf gewährte er diesem wackeren Frachter sieben Tage, um seine Waren zu löschen und eine neue Ladung an Bord zu nehmen; er mußte also spätestens am 1. August auslaufen. Jonathan Savournon unterdrückte die Melodien, die in seinem Herzen aufstiegen, und korrespondierte regelmäßig mit Mister Daunt, dem Direktor der Liverpooler Gesellschaft, er konnte ein paar Worte Englisch, und diese würden für seinen persönlichen Gebrauch genügen. Schon bald ließ er Jacques wissen, daß die *Hamburg* aus Dundee das ihnen zur Verfügung gestellte Schiff war, ihr Kapitän hieß Speedy; er hatte Liverpool soeben verlassen und hielt Kurs auf Frankreich.

Der feierliche Augenblick rückte näher; Jacques konnte nicht mehr schlafen: Endlich war der 25. Juli, dieses so heiß ersehnte Datum, in Paris und in Saint-Nazaire da, doch leider! Die *Hamburg* tauchte nicht auf! Jacques hielt es nicht länger aus; ihn dünkte, die englische Gesellschaft komme ihren Verbindlichkeiten nicht nach; er sprach bereits davon, daß sie Bankrott gegangen sei! Er zwang seinen Freund Jonathan, unverzüglich nach Nantes und Saint-Nazaire aufzubrechen, um die französische Küste zu überwachen.

Jonathan verließ am 27. Juli Paris, und sein Freund beeilte sich, die letzten Formalitäten zu erledigen, während er auf die Abreiseverständigung wartete.

Er mußte sich vor allem einen Reisepaß für das Ausland besorgen; Jacques suchte nach zwei Personen, die ihm vor dem Polizeikommissar einen guten Leumund bescheinigen konnten; aus diesem Anlaß nahm er zum ersten Mal regelmäßige Beziehungen zu einem Konditor aus der Rue Vivienne und einem Bäcker aus der Passage des Panoramas auf. In jener Zeit war zwischen diesen beiden ehrwürdigen Zünften ein heftiger Kampf um die Frage der Eclairs und Savarins ausgebrochen, die zum Nachteil der Konditoren von den Bäckern hergestellt wurden; sobald sich die beiden Rivalen also gegenüberstanden, warfen sie einander die für Teigkneter charakteristischen Schimpfwörter an den Kopf. Doch Jacques hielt sie im Zaum, indem er ihnen mit dem Einschreiten der Schutzmänner drohte, die er in seiner Anglomanie Policemen nannte. Die beiden Zeugen trafen schließlich ohne Zwischenfall beim Sheriff ein, um nicht Polizeikommissar zu sagen, wo diese zwei angesehenen Kaufleute Jacques einen guten Leumund bescheinigten, denn er hatte in ihren Geschäften noch nie etwas gestohlen; er bekam die Genehmigung, die erforderlich war, damit er zehn Franc in die Kassen der Regierung einzahle und auf diese Weise das Recht erwerben konnte, Frankreichs Grenzen zu überschreiten. Anschließend begab er sich in die Präfektur des Seine-Departements, zum Lord Mayor, und verlangte kühn nach einem Reisepaß für die Britischen Inseln; seine Personenbeschreibung wurde von einem alten, beinahe blinden Angestellten aufgenommen, den die Fortschritte der Zivilisation eines Tages durch einen vereidigten Photographen ersetzen werden. Jacques übergab seinen Paß einem freundlichen Mann, der sich gegen ein Entgelt von zwei Franc bereit erklärte, die notwendigen Visa und Beglaubigungen für die verschiedenen Botschaftskanzleien zu beschaffen, und der in seiner Gutherzigkeit so weit ging, dieses wichtige, ordnungsgemäß ausgestellte Dokument eigenhändig zurückzubringen.

Andächtig küßte Jacques seinen Paß, nun hielt ihn nichts mehr zurück; am Samstagmorgen bekam er einen Brief des guten Jonathan: Dieser teilte ihm mit, daß die *Hamburg* noch nicht am Horizont aufgetaucht sei, aber von einer Stunde zur anderen einlaufen konnte.

Jacques zögerte nicht länger; er hatte es eilig, Paris den Rücken zu kehren, seinem drückenden Klima, seiner ammoniakhaltigen Luft, seinen frisch angelegten Gärten und dem erst kürzlich rund um die Börse gepflanzten Urwald, in dem die treuen Giafars des mächtigen Harun-al-Rothschild ohne Unterlaß aufgescheucht umherlaufen.

Jacques schnürte seinen Koffer zu, der mit gänzlich überflüssigen und zur Last fallenden Gegenständen vollgestopft war; er zog die Schutzhülle aus Wachstuch über seinen Regenschirm, warf sich seine Reisedecke mit dem gelben Tiger auf rotem Grund über die Schulter, setzte sich die obligate Mütze des überzeugten Touristen auf den Kopf und sprang in eine Mietdroschke.

Kraft der einfachsten Gesetze der Fortbewegung brachte

ihn diese Kutsche zur Orléans-Eisenbahnlinie; nachdem er eine Fahrkarte gelöst hatte, wurde sein Gepäck abgefertigt; und da Jacques ein kluger Mensch war, ließ er sich im ersten Waggon des Zuges nieder, um schneller ans Ziel zu gelangen. Die Glocke ertönte, die Lokomotive pfiff, wieherte und geriet in Wallung, während die Orgel vom Pont d'Austerlitz das *Miserere* aus dem *Trovatore* seufzte.

DRITTES KAPITEL

Wo die beiden Freunde Nantes besichtigen

JACQUES WAR um acht Uhr abends losgefahren; am nächsten Morgen stieg er in Nantes aus und begab sich unverzüglich zu Jonathan Savournon; nach einem zweistündigen Kampf gelang es ihm, diesen zu wecken.

»Du schläfst«, rief er, »du schläfst! Und die *Hamburg* liegt nicht im Hafen.«

»Lieber Freund«, antwortete Jonathan, »nimm deinen ganzen Mut zusammen.«

Jacques erschauerte.

»Was ist es denn? Sprich!«

»Die *Hamburg* soll nicht mehr nach Saint-Nazaire kommen.«

»Was sagst du da?«

»Hier ist Mister Daunts Brief«, fuhr Jonathan fort und zeigte Jacques ein düster aussehendes Blatt Papier.

»Aber bist du dir deiner Sache auch ganz sicher? Hast du dieses beklagenswerte Englisch auch wirklich verstanden?«

»Hör zu: Die *Hamburg* soll von Liverpool aus nach Glasgow fahren, um dort vollgeladen zu werden; das ergibt also ein paar Tage Verspätung.«

»Aber dann kommt sie ...«

»Gewiß: um den 4. oder 5. August wird sie ...«

»In Saint-Nazaire sein?«

»Nein! In Bordeaux!«

Jacques holte tief Atem.

»Nun gut! Dann fahren wir eben nach Bordeaux! Es gibt

hier Dampfer, die zweimal pro Woche zwischen Nantes und Bordeaux verkehren! Wir dürfen keine Minute verlieren!«

»Das hat keine Eile«, sagte Jonathan.

»Und wenn wir die *Hamburg* versäumen? Sie wartet bestimmt nicht auf uns! Also bitte, versuche nicht, dich mir zu widersetzen, es wäre nutzlos! Laß uns aufbrechen, das Meer ist schön!«

Jonathan verzog das Gesicht; die Schönheit des Meeres machte ihm immer ein wenig angst. Doch was sollte er tun, da er sich nicht einbildete, auf dem Landweg nach Schottland zu gelangen, fügte er sich darein, diese einstimmende Fahrt von Nantes nach Bordeaux zu wagen.

Das Schiff sollte erst am Dienstag mit der abendlichen Flut auslaufen. Die beiden Freunde gingen ihre Plätze im Büro am Hafen reservieren, dessen Quai einen recht poetischen Namen trägt: La Fosse – die Grube; hier erfuhren sie, daß zwei Steamer, der Raddampfer *Comte d'Erlon* und die von einer Schiffsschraube angetriebene *Comtesse de Frecheville*, drei Tage später nach Bordeaux dampfen würden.

Jacques entschied sich natürlich für die *Comtesse*, doch nachdem er erfahren hatte, daß der *Comte* eine Stunde vor seiner Gefährtin aus dem Hafen gleiten würde, ließ er die

Dame fallen. Man gab ihm gleichwohl zu bedenken, daß die *Comtesse* besser lief als der *Comte*, er wollte sich aber nicht davon abbringen lassen.

»Mir liegt nicht daran, schnell anzukommen«, antwortete er, »mir liegt vor allem daran loszufahren!«

Jonathan, der ein gewisses Faible für die *Comtesse* hatte, mußte sich geschlagen geben.

Sonntag, Montag und Dienstag erschienen den beiden Reisenden sterbenslangweilig; sie versuchten, die Zeit totzuschlagen, indem sie die Stadt besichtigten; doch die Zeit hat ein zähes Leben in Nantes und läßt sich nicht so leicht totschlagen: Der Hafenverkehr hingegen, die Ankunft von Briggs, Schonern, Fischkuttern und Sardinenfangbooten mit jeder Flut riefen bei Jacques Verzückung und bei Jonathan Übelkeit hervor. Der erste fühlte sich zu den Werften hingezogen, wo so viele Klipper in der schönsten Ausführung vom Stapel laufen; der zweite mußte seine gesamte Redekunst aufbieten, um Jacques auf die Suche nach irgendeinem alten oder modernen Baudenkmal mitzulocken. Das Schloß der Ducs de Bretagne, die Kapelle der Königin Anne, in der ihre Hochzeit mit Ludwig XII. gefeiert wurde, gefielen ihm sehr; er bewunderte die Klugheit, mit der die Stadtverwaltung von Nantes diese ehrwürdigen Ruinen restauriert hatte: Die obere Empore der Kapelle war mit schönen weißen Steinen vollkommen neu gemacht.

»Ich glaube«, sagte Jonathan, »daß die Maurer ein bißchen kühn waren ...«

»Du bringst deinen Gedanken nur sehr schwach zum Ausdruck«, antwortete Jacques, »aber das Wort Maurer ist glücklich gewählt. Setzen wir also unseren archäologischen Rundgang fort!«

Jacques und Jonathan kamen zur Kathedrale, die von den Nantaiser Architekten verschont worden ist und deren Fertigstellung von der Regierung seit rund zehn Jahren mit sparsamer Langsamkeit vorangetrieben wird. Insgesamt ist dieses Bauwerk nur von geringem Interesse, sein Kirchenschiff jedoch ist sehr schön und ungewöhnlich hoch: Prismatische Säulen tragen es auf ihren fein gearbeiteten Rippen und vereinen sich in herrlichen Schlußsteinen; diese Säulen sind von großer Kühnheit und vorbildlich ausgeführt; einige Fenster der Südseite gehören zu jenem Flamboyantstil des 14. Jahrhunderts, welcher der Renaissance vorausging.

Es lohnt sich, das große Portal zu sehen; es ist eine wundervolle Seite, großartig mit jenen Hieroglyphen des Mittelalters beschrieben, die den Störchen und Ibissen des alten Ägypten in nichts nachstehen.

Jacques und Jonathan verbrachten hier ein paar angenehme Stunden, um die es ihnen nicht leid sein mußte.

Nach den Überresten aus dem Mittelalter wollten sie moderne Bauwerke sehen; dies erwies sich als schwieriger. Das

Theater und die Börse konnten sich nicht als besonders jung ausgeben, und Jonathan wollte sich selbst ein Bild davon machen, wozu der heutige Geschmack in der Hauptstadt des Departements Loire-Inférieure fähig war. Er wurde bestens bedient.

Am Ende einer langen Straße erblickte er ein Gebäude, das eine große Fassade schmückte.

»Was ist denn das?«

»Das«, antwortete Jacques, »das ist ein bedeutendes Bauwerk!«

»Was für ein Bauwerk?«

»Ein Theater! Ich würde mich aber auch nicht wundern, wenn es eine Börse wäre, es sei denn, daß es sich doch um einen Bahnhof handelt.«

»Unmöglich.«

»Aber natürlich! Wir sind vielleicht dumm! Es ist ganz einfach ein Justizpalast!«

»Wieso denn das?«

»Weil es in Goldbuchstaben geschrieben steht!«

Tatsächlich hatte der Architekt, ganz gewiß ein geschickter Mann, sein Bauwerk mit einem Titel versehen und erinnerte darin an den Maler Orbanga, der, nachdem er einen Hahn gemalt hatte, darüber schrieb: Das ist ein Hahn. Übrigens konnte es dieser Justizpalast mit anderen modernen Justizpalästen aufnehmen, und Jonathan hätte ihn keines Blickes gewürdigt, wäre da nicht ein besonderer Verwendungszweck der Treppe an der Fassade gewesen, die zur Wandelhalle führt. Diese Treppe hatte selbstverständlich die Aufgabe, nicht die Besucher, sondern ein halbes Dutzend Säulen hinaufgehen zu lassen; man fragt sich, wohin sie wollen, höchstwahrscheinlich zum Schwurgericht, und fürwahr, sie verdienen es, die Unglückseligen! Sobald sie jedoch oben auf der Treppe angelangt sind, können sie die Halle nicht betreten, denn sie tragen einen Brückenbogen auf dem Kopf, und unter diesem Bogen eine Statue der Justitia in einem Zustand fortgeschrittener Schwangerschaft!

Das also konnten die beiden Pariser drei Tage lang bewundern; sie machten gute Miene zum bösen Spiel, und endlich war es Dienstagabend.

VIERTES KAPITEL

Die ersten Minuten an Bord

EINE MENSCHENMENGE drängte sich auf dem Quai de la Fosse; die zwei Dampfer trugen Kronen aus Rauch! Der *Comte* und die *Comtesse* erbebten vom Vorder- bis zum Hintersteven, und die Uhr an der Börse schlug sechs.

Jacques und Jonathan waren an Bord; sie hatten sich bereits die Umgebung ausgesucht, in der sie die Nacht verbringen sollten; Jacques konnte sich nicht länger beherrschen; er ging auf und ab und ließ dabei ein unabsichtliches Lachen vernehmen; hundertmal setzte er sich und stand wieder auf, beugte sich über die Reling und betrachtete aufgeregt das vorbeifließende Wasser, dann lief er los, um die Maschine in Augenschein zu nehmen, deren Heizkessel kraftvoll brummte; er bewunderte diese starken Zylinder, diese noch reglosen Kolben; anschließend kehrte er auf das Hinterschiff zurück, stellte sich ans Steuerruder und legte gebieterisch eine Hand darauf. Am liebsten hätte er mit dem Kapitän des *Comte d'Erlon* ein paar Worte gewechselt; aber dieser war gerade damit beschäftigt, die Verladung zu erledigen, die, um ehrlich zu sein, erst um acht Uhr abends abgeschlossen war.

Jonathan blieb viel ruhiger, seine Gedanken nahmen einen anderen Lauf; er sagte sich, daß er nichts Berückendes darin fand, vierundzwanzig Stunden auf diesem Schiff zu verbringen.

»Und außerdem«, fügte er hinzu, »kenne ich nichts Dümmeres, als in Bordeaux den Weg nach Schottland zu suchen! Das ist einfach absurd!«

»Warum denn das?« entgegnete Jacques. »Alle Wege führen nach Rom. Ein Sprichwort, das natürlich piemontesischer Herkunft ist.«

Endlich wurden die Passagiere eingeschifft; der Kapitän gab das Abfahrtszeichen; die Räder des *Comte* setzten sich in Bewegung, und der Frachter folgte, nachdem er *geschwoit* hatte, der Strömung und fuhr inmitten der zahlreichen anderen Schiffe zügig aus dem Hafen.

Jacques stieß einen jener Seufzer aus, wie sie nur in zufriedenen Zwerchfellen entstehen.

»Endlich!« rief er.

Ein Dutzend Meilen zählt man zwischen Nantes und Saint-Nazaire, das an der Loire-Mündung liegt. Mit Hilfe der Strömung war es ein leichtes, diese Entfernung in wenigen Stunden zurückzulegen. Doch bei Niedrigwasser ist der Fluß in jenem Teil, der sich in unmittelbarer Nähe der Stadt befindet, von Sandbänken durchzogen, und die Fahrrinne, der man folgen muß, um ihnen auszuweichen, ist schmal und gewunden. Wäre der *Comte d'Erlon* gleich zu Beginn der Ebbe aus dem Hafen gefahren, dann hätte man nicht befürchten müssen aufzulaufen; doch er hatte sich Zeit gelassen, und der Kapitän schien sich nicht sicher zu sein, ob er die Indret-Passage meistern würde.

»Sobald wir sie hinter uns haben«, sagte er, »stehe ich für alles gerade.«

Jacques blickte ihn bewundernd an.

»Ein alter Seebär«, dachte er; »in Bordeaux sind wir dann also . . .?«

»Morgen abend!«

Das Schiff war ein ziemlich lahmer Kahn, doch mit Hilfe der Strömung kam es schnell voran. Am Ende des Hafens von Nantes verbreitert die Loire sich auf majestätische Weise; ihre Wasserfläche besteht an dieser Stelle aus dem Zusammenfluß von acht oder neun Armen, deren gelbliche Fluten sich an den Bogen vieler Brücken gebrochen haben. Auf der linken Seite erstreckten sich friedlich die Insel und das Dorf Trentemoult, deren Bewohner ein recht auffälliges Äußeres besitzen, ihre alten Bräuche bewahrt haben und sich, wie es heißt, nur untereinander verheiraten. Zur Rechten stieß der Kirchturm von Chantenay seine lange Spitze in den abendlichen Nebel. Die beiden Freunde konnten die verschwommenen Umrisse dieser sanften Hügel kaum erkennen, und so fuhren sie an Roche-Maurice und der Haute-Indre vorüber. Ein dumpfes Dröhnen, eine schwärzere Wolke, die sich von der Dunkelheit des Himmels abhob, feurige Rauchsäulen, die aus hohen Fabrikschloten züngelten, und eine von den bituminösen Gasen der Steinkohle geschwängerte Luft verkündeten ihnen, daß sie sich Indret und der Basse-Indre näherten.

Indret, eine ehemalige Kanonengießerei, war in eine weitläufige Betriebsanlage zur Herstellung von Dampfmaschinen umgewandelt worden, die unter Verantwortung der Regierung stand; der Hügel, der sie am linken Flußufer überragt, ist recht hoch und erlaubt dem Blick, weit hinaus über die umliegenden Landstriche zu schweifen. Doch Jacques schenkte den Dingen der Erde nur eine zerstreute Aufmerksamkeit. Sie hatten in der Tat die verhängnisvolle Passage erreicht; der Kapitän war auf den Steg zwischen den beiden Schaufelradtrommeln gestiegen und überwachte die Fahrt des Schiffes; der Lauf der Maschine verlangsamte sich, und der Dampf zischte aus den halb geöffneten Ventilen. Jacques fühlte sich so aufgeregt, als stünde er über den Riffen von Vanikoro. Plötzlich war ein ziemlich starkes Scheuern zu spüren. Der Kiel des *Comte* scharrte über den Sand, die Räder verdoppelten ihre Anstrengung und schleppten ihn über die Untiefe hinaus.

»Gerettet«, rief Jacques.

»So ist es«, antwortete ihm der Kapitän; »eine halbe Stunde später, und wir wären steckengeblieben! Jetzt sind wir gegen alles gefeit!«

»Hörst du, Jonathan, wir sind gegen alles gefeit!«

»Dann können wir also in unsere Betten kriechen«, erwiderte Jonathan; »und beachte, daß kriechen wörtlich zu verstehen ist, denn es handelt sich darum, in die Schublade einer Kommode zu schlüpfen.«

»Das macht ja gerade den Reiz der Sache aus, Jonathan!«

Daraufhin stiegen sie in den Salon hinab, wo einige Reisende bereits ihre Plätze eingenommen hatten; rings an den Wänden dieses Salons standen rote Sitzbänke: Früher einmal taten sich breite Nischen auf, in die man sich bloß waagerecht hineinzuzwängen braucht, um dann inmitten der ächzenden Holzverkleidungen und stöhnenden Planken einzuschlafen.

Eine Stunde später schleuderte ein heftiger Ruck alle beide aus ihrem Verschlag, und Jonathan saß unvermittelt auf dem Gesicht eines alten Seemanns, der sich auf der Bank unter ihm ausgestreckt hatte. Dieser würdige Sohn der Amphitrite wachte übrigens weder auf, noch rührte er sich.

»Was ist geschehen?« rief Jonathan und rutschte von seinem neuen, ein wenig rauhen Sitzplatz.

»Wir sind auf Grund gelaufen«, meinte Jacques.

»Jetzt sind wir festgefahren« schrie draußen jemand.

»Verdammt!« sagte der Kapitän und verließ überstürzt seine Kabine. »Nun verbringen wir die ganze Nacht hier! Wir kommen erst bei der nächsten Flut wieder los!«

»Na schön!« erklärte Jonathan; »zwölf Stunden Verspätung!«

Jacques stürzte an Deck; der *Comte* steckte tatsächlich im Sand fest und neigte sich auf seine linke Seite, nach Backbord. Das waren technische Ausdrücke, die Jacques mitten ins Herz gingen. Im Grunde genommen verdroß es ihn keineswegs, daß sie festgefahren waren!

Der Kapitän hatte seine Rechnung ohne die Pellerin-Passage gemacht, nachdem er die Indret-Passage so geschickt überwunden hatte. Aber das Wasser stand dermaßen niedrig, daß er jede Hoffnung aufgeben mußte, sein Schiff vor der morgendlichen Flut freizubekommen. Also gab er Befehl, die Feuer teilweise zu löschen, und wahre Sturzbäche von Dampf wurden freigesetzt. Die besonders finstere Nacht machte es kaum möglich, die nahen Ufer zu erblicken. Jacques blieb eine Weile an Deck und versuchte, die Dunkelheit zu durchdringen. Doch bald schon gesellte er sich wieder zu seinem Reisegefährten, der über den immer noch schlafenden alten Seemann geklettert und in seine Nische zurückgeschlüpft war.

FÜNFTES KAPITEL

Jonathan wird seekrank

IM MONAT AUGUST geht die Sonne sehr früh auf, doch Jacques war noch zeitiger unterwegs als sie. Um vier Uhr kletterte er an Deck und schleppte den armen Musiker hinter sich her, der noch ganz verschwollene Augen hatte und nicht begriff, warum er unbedingt auf den Beinen sein mußte. Jacques bestellte zwei Tassen eines dubiosen Kaffees.

»Ausgezeichnet«, meinte er, während sein Begleiter jeden Schluck zwischen zwei Grimassen hinunterwürgte. »Der beste Kaffee ist unbestritten eine intelligente Verbindung aus Bourbon, Mokka und Rio Nunez, doch ich will diesem hier nichts Übles nachsagen, der natürlich aus einer langlebigen Pflanze gewonnen wird, deren spindelförmige Pfahlwurzel zum Stamm der Zichoriengewächse gehört!«

»Du ziehst dich immer mit Definitionen aus der Affäre!« antwortete Jonathan.

»Das ist immerhin etwas! Im übrigen bin ich nicht schwierig, und auf Reisen dünkt mich alles gut!«

Gegen sechs Uhr war die Flut bereits zu spüren, und kurze Zeit später schwamm der *Comte d'Erlon* ungehindert auf dem Wasser; er hatte kein Hindernis mehr zu befürchten. Deshalb konnte er nun die Loire recht schnell stromabwärts fahren, Paimbœuf, eine wichtige Kreisstadt, hinter sich lassen, und ebenso Donges, ein malerisches kleines Dorf, dessen alte Kirche am Flußufer einen wunderbaren Eindruck erweckt. Saint-Nazaire tauchte bereits hinter seiner Reede auf, und bald schon begrüßten die Reisenden diesen neuge-

borenen Hafen, dem die Rouenbürger in Nantes mit Grausen das opulente Schicksal von Le Havre voraussagen. Ein Mastenwald ragte über den Dämmen empor, die das Dock umschließen. Im Westen schnitt eine Wasserlinie den Himmel ab, es war das Meer.

Jacques konnte nicht anders, er mußte einfach in die Hände klatschen und redete es mit all seinen mythologischen Namen an. Das Wetter war herrlich, und ohne die fortwährende und widerwärtige Bewegung breiter Grundseewellen wäre Jonathan vollkommen beruhigt gewesen. Bald darauf läutete die Glocke zum Mittagessen, und die Passagiere gingen in den Salon hinunter.

Das Essen entsprach den üblichen Mittagessen an Bord eines Dampfers; die frischen Lebensmittelvorräte schienen jedermann zufriedenzustellen. Was Jacques betraf, so fiel er über seinen Teller her und verschlang alles. Er verzehrte sogar eine beachtliche Portion gegrillter Sardinen, die der Kapitän den Geschmackspapillen der Pariser Zungen besonders ans Herz legte.

»Diese Sardinen wurden genau an der Stelle gefischt, über die wir soeben hinwegfahren, solche Sardinen werden Sie nirgendwo anders bekommen!«

»Köstlich«, meinte Jacques. »Ich würde mich sogar erkühnen, deliziös zu sagen, wenn es Ihnen eine Freude bereitet!«

Das Mittagessen verlief bestens, und die beiden Freunde kehrten in dem Augenblick auf das Deck zurück, als der alte Seemann von seinen Feldzügen zu erzählen anhob.

Der Wind stand günstig; der Kapitän befahl, alle Segel zu setzen und gab ihnen dabei so zärtliche Namen wie Fock oder Besan, die Jacques in Begeisterung versetzten. Währenddessen waren die anderen Passagiere im Salon geblieben; sobald der Tisch abgedeckt war, hatten sie mit einem jener grauenhaften Besikspiele begonnen, die so sehr zum Verfall des geistigen Niveaus der Bevölkerung beigetragen haben. Darüber hinaus wirkten sie wie Leute aus der besten Gesellschaft, und zuweilen drangen ihre kultivierten Ausdrücke bis ans Oberdeck:

»Achtzig von den Paschas, vierzig von den Knechten, sechzig von den Weibern!«

Jacques schäumte vor Wut! Es verdarb ihm seinen Atlantischen Ozean.

Die gefährlichen Klippen, die vor der Loire-Einfahrt warnen, entschwanden bereits aus dem Gesichtskreis der Reisenden. Die Charpentiers zeigten nicht länger ihre felsigen Köpfe, die Insel Noirmoutier verlor sich in den Strahlen der Sonne, und ein über das Deck gespanntes Sonnensegel schützte die Passagiere vor der Hitze. Jacques beharrte mit dem Hochmut eines Seefahrers darauf, sein Gesicht bräunen zu wollen, und hatte sich in der Schaluppe ausgestreckt, die an der Schiffsflanke hing; hier badete sein Gesicht, über die schäumenden Fluten gebeugt, in einer feuchten und salzigen Luft. Er verspürte nicht das geringste Anzeichen von Seekrankheit, zu sehr stand er im Bann all der Dinge, die er sah, hörte und dachte; überdies glaubte er nicht an diese Krankheit, und das ist ein sicheres Mittel, um von ihr verschont zu bleiben.

Jonathan war weit weniger hingerissen und fühlte sich unwohl; seine Verdauung bereitete ihm Schwierigkeiten, er und sein Magen waren eben nicht seefest. Seine Hand klammerte sich mit krampfhafter Überstürzung an die Takelage; sein Gesicht wurde blaß, ein seltsamer Druck legte sich auf seine Schläfen, und in Gedanken schickte er inbrünstige Gebete an Unsere Liebe Frau der Übelkeit. Plötzlich sah man, wie er ans Heck des Schiffes stürzte, sich hinausbeugte und dem Kielwasser das Geheimnis seiner Schmerzen anvertraute.

Jacques konnte nicht anders, als aus vollem Halse zu lachen, und der beklagenswerte Jonathan brachte es nicht übers Herz, sich deswegen zu ärgern.

»Eigentlich«, fügte er mit feuchtem Blick und zittriger Stimme hinzu, »eigentlich ist das gar nicht so schlecht! Ich fühle mich befreit!«

Gegen zwei Uhr tauchte die Ile Dieu rechts am Horizont auf, denn der Kapitän steuerte sein Schiff zwischen Festland und Insel hindurch. Er wagte sich sogar recht nahe an sie heran, in der Hoffnung, die Fischer würden ihm Hummer herüberbringen. Ein oder zwei Kähne mit roten Segeln lösten sich vom Ufer, doch zum großen Leidwesen des Kochs kam keines von ihnen an die Längsseite des Dampfers gefahren. Das Auflaufen vom Vorabend hatte die Lebensmittelwirtschaft durcheinandergebracht, und er fürchtete, noch vor der Ankunft in Bordeaux mit leeren Händen dazustehen.

»Überdies«, betonte der würdevolle Kapitän, »werfen wir morgen früh auf jeden Fall unseren Anker in der Garonne aus!«

Jacques bewunderte mit gebührendem Ernst diese Zuversicht eines Seemanns, der das Ende einer so langen Reise vorausplanen kann. Während das Schiff am südöstlichen Zipfel der Insel entlangfuhr, drang eine klagende Melodie auf den Flügeln des Windes bis an Jacques' Ohr; er lief zu seinem Freund und riß ihn aus seiner düsteren Beschaulichkeit.

»Komm, Jonathan! Hör doch! Die Brise ist von einer himmlischen Harmonie erfüllt! Komm! Wir werden einen jener naiven Gesänge erhaschen, die im Schoß der Meere heranreifen.«

Jonathan konnte dieser lyrischen Einladung nicht widerstehen. Er stellte sich in den Windschatten dieser atlantischen Melodie und war bereit, ihre flüchtigen Ausstrahlungen in seinem Reisenotizbuch festzuhalten! Er lauschte: Eine rustikale Drehleier spielte *Il balen del suo sorriso* aus dem *Trovatore.*

»Das ist seltsam, ja sogar traurig«, sagte Jacques. »Was meinst du?«

»Ich meine«, antwortete Jonathan, »daß es mich noch mehr seekrank macht.«

Und er kehrte an seinen Beobachtungsposten zurück.

Querschiffs von Les Sables-d'Olonne her läutete die Glocke zum Abendessen. Auf ein oder zwei Plätzen saß niemand, unter anderem blieb Jonathans Stuhl leer; der Smutje verläßt sich immer ein wenig auf diese Ausfälle, und man darf es ihm nicht verübeln. Im Laufe des Abends kühlte der Wind ab und drehte nach Süden; der Kapitän ließ die Segel bergen, und nachdem das Schiff nun weniger hart auf die Wellen drückte, schlingerte und stampfte es auf höchst ungefällige Weise. Da Jonathan es in seinem Zimmer nicht aushalten konnte, weil er sich dort noch kränker fühlte, wickelte er sich in seine Reisedecke und legte sich schicksalsergeben auf dem Deck zur Ruhe. Jacques spazierte mit einer Zigarre im Mund breitbeinig auf und ab, um das Gleichgewicht zu halten wie ein richtiger Vollmatrose, und die Nacht umhüllte die schwimmende Dampfmaschine mit ihrer Dunkelheit.

SECHSTES KAPITEL

Unterwegs nach Schottland, aber im Krebsgang

Bald schon ruhte alles an Bord; nur vier Personen waren an Deck geblieben: der Wachposten, der Rudergast, der alte Seemann und der gute Jacques.

Die beiden Letztgenannten kamen ins Gespräch: Der alte Seebär schien dem Pariser höchst lehrreich, wenn nicht sogar höchst interessant zu sein. Er machte ihn nämlich auf die Leuchttürme der Inseln Ré und Oléron aufmerksam, die zwei oder drei Meilen leewärts ihr Feuer auf die Küste warfen. Jacques konnte seinen Blick nicht losreißen von diesen mal starren, dann wieder kreisenden Lichtern, deren Strahlen, durch Linsen aus *fint-glass* geworfen, sich in der Ferne über die Wogen ausbreiteten.

Gegen Mitternacht überfiel ihn eine unbezwingbare Schläfrigkeit, und er suchte sein Bett auf, doch bei Tagesanbruch war er schon wieder auf den Beinen und grüßte in Begleitung Jonathans den Turm von Cordouan, der die Gironde-Einfahrt anzeigt. Die Mündung dieses Flusses ist so breit wie ein Meeresarm. Die Passagiere fühlten sich auf diesen ruhigeren Gewässern zu neuem Leben erwachen.

»Für einen Strom, der durch Bordeaux fließt«, sagte Jacques, »finde ich diese Gironde doch sehr friedfertig!«

Um acht Uhr morgens kam ein Lotsenboot an die Längsseite des *Comte d'Erlon*: Einer der Lotsen kletterte an Bord, und seine Begleiter fuhren auf der Suche nach neuen Schiffen davon.

Dieser Lotse war ein quirliger und graziöser kleiner Mann, reich an Gesten und Schaustellungen, mit einer ganz südfranzösischen Betriebsamkeit. Er gefiel Jonathan sehr, dessen Gedanken sich wieder aufklärten. Der Akzent des Seemanns aus Bordeaux ging ihm zu Herzen. Ob er sich auf die Kommandobrücke stützte oder über die Reling beugte, seine Haltung war bezaubernd, und bestimmt hatte er ein Gespür für bildhauergerechte Posen. Flinke Lautmalereien schlüpften ihm über die Lippen, und ein wohlklingendes Lachen brach hinter seinen weißen Zähnen eines Gascogners hervor.

Gleich nachdem er an Bord gekommen war, übernahm er die Steuerung des Schiffes, und der Kapitän wurde seiner Verantwortung enthoben. Ein beunruhigendes Gespräch entwickelte sich jedoch zwischen den beiden, und ihre Worte schienen ein verhängnisvolles Omen zu enthalten.

»Die Flut geht schon lange zurück«, sagte der Lotse.

»Ach was!« antwortete der Kapitän, »uns bleibt noch genug Zeit, um ans Ziel zu kommen.«

»Das könnte ich nicht beschwören.«

»Wenn wir unsere Fahrt beschleunigen.«

»Leider haben wir Gegenwind.«

»Pah! Pah! Wir kommen trotzdem noch durch, machen Sie sich keine Sorgen.«

»Wo sollen wir trotzdem noch durchkommen oder vielmehr nicht durchkommen?« fragte sich Jonathan, und er teilte Jacques seine Vorahnungen mit.

»Das ist nicht möglich«, antwortete dieser, »der Kapitän hat doch gesagt, daß wir innerhalb weniger Stunden in Bordeaux sind! Wenn der Kapitän aus der Gascogne käme, wäre ich argwöhnisch! Aber er ist Bretone, ich habe vollstes Vertrauen zu ihm!«

Eine Stunde später trieb Freund Jonathan sich an Deck herum, und der *Comte d'Erlon*, der im Schlamm der Gironde steckengeblieben war, bewegte sich so wenig wie die Erde vor Galilei.

»Jetzt sitzen wir sechs Stunden fest«, meinte der Lotse.

»Verdammt«, sagte der Kapitän.

»Sollten wir nicht durchkommen, lieber Jacques?«

»Gehen wir essen!«

Kein einziger Passagier fehlte bei dieser Mahlzeit; die Meeresluft hatte bei allen einen Heißhunger bewirkt. Und übrigens war dies ein geeignetes Mittel, um die Zeit totzuschlagen. Koch und Kapitän blickten einander an und erblaßten. Das Schiff hatte seinen Quai in Nantes vor sechsunddreißig Stunden für eine Reise verlassen, die nur vierundzwanzig Stunden dauern sollte! Und angesichts der gegenwärtigen Lage würde auf dieses problematische Mittagessen gewiß ein unmögliches Abendessen folgen.

»Glaubst du, daß Bordeaux wirklich existiert?« fragte Jonathan seinen Freund mit einem traurigen Lächeln.

»Ich weiß nicht, ob Bordeaux existiert, aber ich schwöre dir, daß es Bordelaiser gibt. Gehen wir essen!«

Summa summarum war der Schiffskoch ein Mann voll Phantasie, und in den Gerichten mit einer verdächtigen Sauce, der seltsame Gewürze einen pikanten Geschmack verliehen, servierte er mit Ach und Krach unbekannte Überreste. Zum Glück fehlte es nicht an Wein, und dieser färbte die Unreinheiten eines im Laderaum warm gewordenen Wassers! Kurz und gut, man aß mit Appetit, ohne sich über die nächste Mahlzeit Gedanken zu machen; dann gingen die einen an Deck zurück, während die anderen ihr maßloses Besikspiel wiederaufnahmen.

Dieser Teil der Gironde bot einen höchst sehenswerten Ausblick; die Küste des rechten Ufers war kaum zu erkennen, doch am linken Ufer konnten die Reisenden jene gewaltige Halbinsel bewundern, die zwischen Fluß und Ozean eingeschlossen ist und auf der sich die Sonnenstrahlen in einer Weise verbinden, daß sie die exzellenten Médoc-Weine hervorbringen.

Um drei Uhr spürte man die Flut ansteigen, im Heizkessel

wurden die Feuer wieder entfacht und tüchtig genährt; kurz darauf begannen sich die Räder zu drehen, und das Schiff befreite sich aus der Umklammerung des seichten Gewässers. Der kleine Lotse nahm wieder seinen Beobachtungsposten neben dem Steuermann ein und zeigte mit der Hand auf die Windungen der Fahrrinne. Bald schon kam die Zitadelle von Blaye in Sicht, berühmt durch eine politische Niederkunft, die der Juliregierung aus einer heiklen Lage half. Diese Zitadelle scheint recht unbedeutend zu sein; der Strand wirkt unfruchtbar, trocken, hart und weist kein schattiges Plätzchen auf. Man spürt, daß die Schätze des Himmels dem gegenüberliegenden Ufer vorbehalten sind, wo Château-Margaux und Château-Laffite sich entfalten. Pauillac tauchte auf: Es ist der Hauptort für die Verladung der Médoc-Weine, und eine Art verlängerter Hafenmole führt in den Fluß hinein, um den Schiffen das Anlegen zu erleichtern. In der Nähe der Stadt rückten die beiden Ufer der Gironde näher zusammen. Die Strömung, stärker als auf der Loire, denn da war sie durch die ansteigende Flut gebremst worden, kam der keuchenden Maschine, die immer wieder nach Luft rang, glücklicherweise zu Hilfe.

»Sie ist ein wenig schwach auf der Brust«, sagte Jacques, »und ich fürchte, daß ihr die Kohle, diese Hustenbonbons für Maschinen, ausgehen könnte.«

»Sag so etwas nicht«, antwortete Jonathan, »das fehlte gerade noch! Wenn ich mir vorstelle, daß wir auf Bordeaux zufahren, um eine Reise nach Schottland zu beginnen!«

Schließlich war es Zeit für das Abendessen, und mit einem Eifer, der nichts Gutes verhieß, stürmten die Passagiere in den Salon: Man setzte sich, faltete die Servietten auseinander, reichte dem Kapitän, der bei Tisch den Vorsitz führte, seinen Teller und bekam eine ekelerregende Flüssigkeit. Sie war nur deshalb eine Suppe, weil sie vor dem Essen serviert wurde, danach hätte sie Abwaschwasser geheißen. Eine Schiffskatze beendete ihr süßes Leben ebenfalls bei diesem denkwürdigen Anlaß; sie wurde mit allerhand Gewürzen zubereitet, aber das nachtragende Tier rächte sich bitter im Magen des armen Jonathan, der wahrscheinlich die Krallen geschluckt hatte! Der Kapitän des *Comte d'Erlon* war jedoch großartig, als er beim Dessert das Wort ergriff:

»Meine Herren«, sagte er und setzte seinen ausgehungerten Gästen ein paar Sardinen vor, »ich wollte diese kurze Reise nicht ausklingen lassen, ohne Ihnen echte *Royans* anzubieten, die aus der Gironde gefischt wurden.«

»Wie bitte, *Royans*!« riefen alle wie mit einer Stimme. »Das sind doch bloß Sardinen!«

»Meine Herren, Sie irren sich! Das sind echte, und ich möchte noch hinzufügen, ausgezeichnete *Royans.*«

Den Passagieren war es lieber, sie zu verspeisen als noch lange über sie zu debattieren. Doch Jacques zog daraus den logischen Schluß, daß in Bordeaux die Sardinen *Royans* hießen und die *Royans* in Nantes Sardinen. Der Kapitän war für ihn folglich Gascogner, sobald er die Garonne stromaufwärts fuhr!

SIEBTES KAPITEL

Zwischenstation in Bordeaux

In diesem Augenblick war ein langer Rauchstreifen am Horizont zu erkennen. Er stammte von einem Dampfer, der rasch aufholte und dem *Comte d'Erlon* zusehends näher kam; seine Segel waren sorgfältig an den Rahen festgemacht, und er fuhr, durch die kräftige und ruhige Bewegung seiner Schiffsschraube angetrieben, mit unvergleichlicher Grazie und Geschwindigkeit dahin.

»Das ist aber ein hübsches Schiff«, meinte Jacques, »und es läuft besser als unseres. Ich brenne darauf, seinen Namen zu erfahren, damit ich ihn mir hinter meine Reiseohren schreiben kann!«

Diese Genugtuung konnte er sich alsbald verschaffen: Er richtete sein Fernglas auf das Schiff und las auf der linken Backbordseite ganz deutlich: *Comtesse de Frecheville*!

»Die *Comtesse*!« rief er.

Tatsächlich, es war die *Comtesse*, die, nachdem sie Nantes zwölf Stunden später als der *Comte* verlassen hatte, zwölf Stunden vor ihm in Bordeaux eintreffen sollte.

»Die *Comtesse* ist entschieden gewandter«, sagte Jonathan zu ihm; »was für ein flottes Mädchen! Ich hatte schon recht, als ich ihr unser Schicksal anvertrauen wollte!«

Ein Pfotenhieb der so unvorsichtigerweise verschlungenen Katze brachte diesen harmlosen Scherz zum Verstummen.

Da bot die Gironde den Augen der Reisenden eines ihrer schönsten Schauspiele dar.

Sie erreichten Le Bec d'Ambès, jene Stelle, an der die Dordogne und die Garonne ihre Wasser unter dem Namen Gironde ineinanderströmen lassen. Herrliche Bäume in verlockendem Grün säumen die vier Ufer, und die beiden Flüsse vertragen sich in den ersten Augenblicken ihrer Vereinigung nicht allzu schlecht; Le Bec d'Ambès wird noch von den Strahlen ihres Honigmondes erhellt, und erst weiter draußen, gegen den Atlantischen Ozean hin, streiten sie sich wie alte Eheleute und peitschen ihre zornigen Fluten auf.

Die Nacht brach bereits herein; die Passagiere warteten ungeduldig darauf, ans Ziel ihrer Reise zu gelangen, und standen vorn am Bug des Schiffes. Sie hefteten ihre Blicke auf die Windungen des Flusses, und bei jeder Krümmung wuchs ihre Enttäuschung.

»Es ist ärgerlich! Einfach absurd! Wir kommen auch heute abend nicht an! Jetzt sind wir seit achtundvierzig Stunden in dieser verfluchten Sardinenbüchse eingesperrt!«

Dann wandten sie sich an den Kapitän, erkundigten sich beim Ersten Offizier, fragten den Lotsen aus, aber dieser blickte sie nur mit spöttischer Miene an.

Weitere zwei Stunden vergingen! Zwei schreckliche Stunden! Der *Comte d'Erlon* kämpfte gegen den Wind und die Gezeiten! Endlich tauchten am rechten Ufer verstreut ein paar Lichter auf, glühende Fabriksschlote kamen am linken Ufer in Sicht; Schattenrisse von Schiffen, die schlafend vor Anker lagen, zeichneten sich in einer verschwommenen Dunkelheit ab. Der Dampfer fuhr am felsigen Fuß eines hohen Hügels entlang, unter dem pfeifend der Zug nach Paris dahinbrauste; plötzlich wurde klirrend eine Kette entrollt, ein jäher Ruck ließ das Schiff stillstehen, der Dampf entwich aus dem Heizkessel, und die letzten Wassertropfen rannen über die müden Schaufelräder. Der *Comte d'Erlon* hatte soeben seinen Anker ausgeworfen.

»Wir sind angekommen«, rief Jacques.

»Angekommen!« antwortete jemand. »Aber wo ist Bordeaux?«

»Wir sind in Lormont«, sagte der Kapitän seelenruhig, »eine Meile unterhalb von Bordeaux. Wir können erst morgen früh am Quai anlegen!«

»Tod und Teufel!« riefen die Passagiere und trotteten zu ihren Schmerzenslagern zurück.

Da schließlich alles ein Ende nehmen muß, selbst eine Fahrt von Nantes nach Bordeaux, lag das Schiff am nächsten Tag vertäut vor dem Zollhaus, und nachdem die beiden Freunde ihre Seekoffer einem der lautesten Gepäckträger anvertraut hatten, steuerten sie auf das Hôtel de Nantes zu, das am Hafen steht.

Sie hatten sechzig Stunden auf dem *Comte d'Erlon* verbracht und befanden sich nun fünfhundert Kilometer südlich von Paris.

»Hübscher Anfang für eine Reise in den Norden!« sagte Jonathan.

Es ist leicht zu erraten, welche Sorge Jacques einzig und allein beschäftigte, als sie von Lormont aus die Garonne hochfuhren. Mit den Augen verschlang er die unzähligen Schiffe, die in der Flußmitte ankerten: Die *Hamburg* mußte unter ihnen sein! Hoffentlich war sie nicht während dieser verfluchten Reise ausgelaufen! Was für eine Enttäuschung, wenn sie auf einmal mit Volldampf in Richtung Liverpool an ihnen vorübergezogen wäre, während der *Comte d'Erlon* mühsam die Gironde hochkeuchte!

Sobald das Gepäck im Hotel abgestellt war, kehrte Jacques, mit seinem treuen Gefährten im Schlepptau, zum Hafen zurück. Sie wandten sich an einen Zöllner und fragten ihn nach den Ankünften und Abfahrten der letzten Tage. Der Beamte, ein überaus freundlicher Mensch, erteilte ihnen umfassend Auskunft: Die *Hamburg* stand nicht auf der Liste der ein- oder ausgelaufenen Schiffe!

»Jetzt fehlt uns nur noch eins«, sagte Jacques zitternd.

»Was denn, bitte schön?«

»Daß die *Hamburg* sich entschlossen hat, ihre Fracht in

Saint-Nazaire an Bord zu nehmen, jetzt, wo wir in Bordeaux sitzen!«

»Das wäre ja grauenhaft! Aber wir werden schon herausfinden, woran wir sind: Laß uns zunächst zu einem rechtschaffenen Bürger dieser Stadt gehen, der ein Freund von mir ist, und anschließend werden wir Mister Daunts Geschäftspartner unsere Aufwartung machen, er wird uns über die Lage ins Bild setzen.«

Nach so trefflichen Worten bleibt einem nur noch, auch trefflich zu handeln!

Aus diesem Grund marschierten Jacques Lavaret und Jonathan Savournon, nachdem sie sich den Weg hatten erklären lassen, Arm in Arm zur Rue Cornac.

ACHTES KAPITEL

Betrachtungen über den Wein aus Bordeaux

Es war an einem schönen Freitagmorgen. Jonathans Freund schlief noch, von einer schrecklichen Migräne geschwächt, die ihn tags zuvor übermannt hatte, als er unermüdlich nach dem *Comte d'Erlon* Ausschau hielt. Nichtsdestoweniger stand er auf, und Jonathan machte Jacques mit Edmond R. bekannt, einem Händler; es erübrigt sich zu sagen, welche Art von Handel er betrieb; Anwälte, Notare, Börsenmakler, Rentiers, Staatsbeamte, Pförtner oder Journalisten, alle Welt verkauft in Bordeaux Wein; jeder hat seinen mehr oder weniger gut bestückten kleinen Weinkeller und widmet sich so nebenbei diesem angenehmen Geschäft.

Edmond R. war ein echtes Kind der Garonne mit seinem schwarzgelockten Haar, seinem eigenwilligen und klugen Kopf, nie verlegen, unternehmungslustig und waghalsig, verstand sich darauf, alles zu machen oder auch alles zu sagen, und – um seine Personenbeschreibung zu vervollständigen – er schrieb mit der linken Hand. Er empfing die zwei Freunde mit großen Freudenbekundungen, und es war ihm ein Vergnügen, sie durch die Stadt zu lotsen. Doch zuvor mußte gegessen werden, endlich konnte man sich an einen ordentlich gedeckten Tisch setzen und wirklich echte *Royans* essen.

Edmond R. hatte seinem Kellermeister ein Zeichen gegeben, und erlesene Flaschen, die mit der berückenden Flüssigkeit gefüllt waren, reckten auf dem Tisch ihre schlanken Hälse in die Luft.

Man darf nicht glauben, daß in Bordeaux der Wein ganz selbstverständlich getrunken wird; diese wichtige Handlung erfordert einige unerläßliche Formalitäten. Deshalb gebot Edmond R. auch Jacques Einhalt, als dieser sich anschickte, sein Glas an die Lippen zu führen. Der Wein stammte aus dem Clos d'Estournelle, war fünfzehn Jahre alt und verdiente Aufmerksamkeit. Edmond goß ihn zunächst in große Gläser, die er nur zu einem Viertel füllte; dann ging er seinen Gästen mit gutem Beispiel voran und hob dieses Glas in Augenhöhe, durchbohrte mit seinem Blick die flüssigen Rubine, gab zu verstehen, daß dieser alkoholreiche, farbenprächtige Wein Körper habe, eine feine Nase und daß er ein köstliches Fleisch besitze; danach ließ er sein Glas sinken, schwenkte es langsam von rechts nach links und schneller von links nach rechts, tauchte den knöchernen Höcker, mit dem die Natur ihn großzügig ausgestattet hatte, tief hinein und schnupperte einige Minuten lang die lieblichen Düfte, die von dieser geschickten Kreisbewegung freigesetzt wurden. Nach einer stummen Verzückung schluckte er mit geschlossenen Augen all die von den Jahren in dieser wohltuenden Flüssigkeit vervielfachten Genüsse. Auf diese Weise trinkt man also in Bordeaux; es liegt etwas Religiöses in dieser Feierlichkeit, und jeder würde verhöhnt, der anders vorgehen wollte.

Jacques fand dieses Verfahren ausgesprochen ergötzlich, doch es hatte den Nachteil, das Essen in die Länge zu ziehen, und er wollte vor allem erfahren, wie es um die *Hamburg* bestellt war. Als Edmond R. sich erbötig machte, die beiden Freunde auf einem Spaziergang durch die Stadt zu begleiten, wollte Jacques deshalb gleich als erstes zu Mister Daunts Stellvertreter geführt werden und weigerte sich, die Herrlichkeiten von Bordeaux zu bewundern. Er wandte nicht einmal den Kopf zur Seite, um einen Blick auf die Quinconces zu werfen, die zu diesem Zeitpunkt mit den Schaubuden einer Ausstellung überfüllt waren, und gelangte endlich zu dem heißersehnten Geschäftspartner.

Dieser teilte ihm mit, daß Mister Daunt höchstpersönlich in Kürze nach Bordeaux kommen würde; was die *Hamburg* betraf, so hatte sie Glasgow verlassen, und man erwartete sie von einem Tag auf den anderen. Jacques trat ein wenig enttäuscht auf die Straße und ließ sich herumführen.

Edmond R. hegte gegenüber seiner Geburtsstadt keinerlei Vorurteile: Sofern man ihre Straßen, Plätze und Baudenkmäler, ihren Hafen, ihren Fluß und ihre Umgebung vorbehaltslos bewunderte, war er nicht weiter anspruchsvoll.

Als wahrer Komponist versuchte Jonathan, den weiblichen Part der Bevölkerung zu studieren. Zu diesem Zweck begab man sich auf den nahe gelegenen Markt, wo es von Bordelaiser Grisetten nur so wimmelte, mit schmucken Madrastüchern auf dem Kopf, die ihre aufgeweckten Gesichter noch lebendiger machen. Fast alle sind dunkelhaarig, und sie haben strahlend weiße Zähne; ihr Schnürleibchen ist verführerisch, ihr Wuchs frisch und anmutig; sie scheinen durchaus geneigt, amüsante Gespräche zu führen, doch was für ein Lärm herrscht auf diesem Markt, was für ein Geschrei, was für ein emsiges Treiben! Was für ein Austausch kecker Bemerkungen, was für ein Gebrauch pikanter Metaphern! Was für eine Kühnheit in der Phantasie und den Worten! Man spürt, daß durch all diese Kehlen das Wasser der Garonne geflossen ist!

Mit den breiten Straßen der vor kurzem erbauten Viertel sieht Bordeaux wie eine Großstadt aus. Das Theater wirkt monumental. Der Platz ist schön und ermöglicht einen leichten Zugang zum Säulenvorbau. Vielleicht ist zu bedauern, daß der berühmte Architekt Louis die Fassade des Bauwerks nicht dem Hafen zugekehrt hat.

Die beiden Freunde waren bei dreißig Grad Hitze am Ende ihrer Kräfte, und Jacques brachte, Edmonds Aufgekratztheit zum Trotz, nur ein sehr mäßiges Interesse für die Schönheiten der Stadt auf; eine einzige Besonderheit genoß das Privileg, die Falten auf seiner Stirn zu glätten. Als er nämlich sah, wie die Esel dieser Gegend, mit Hosen aus Leinwand oder Baumwolle bekleidet, in dieser seltsamen Aufmachung würdevoll durch die Straßen schreiten!

»Jetzt fehlt ihnen nur noch der schwarze Rock«, sagte er, »dann würden sie wie Gelehrte aussehen.«

»Das soll sie wahrscheinlich vor Fliegenstichen schützen!« antwortete Jonathan.

»Weiß Gott! Ich kann mir wohl denken, daß sie damit nicht in der feinen Gesellschaft verkehren sollen!«

Nachdem die beiden Pariser sich von Edmond R. verabschiedet hatten, gingen sie in das Zimmer hinauf, das im Hotel für sie vorbereitet worden war. Von ihrem Fenster hatten sie eine herrliche Aussicht. Zu ihrer Rechten führte der wunderbare Pont de Bordeaux über die Garonne; etwas weiter oben erstreckte sich bereits inmitten der Baugerüste die

Eisenbahnbrücke, mit der die Gare d'Orléans an die Gare du Midi angeschlossen werden soll. Dem Hafen gegenüber, am anderen Ufer, bot das Quartier de la Bastide den Blicken die malerische Zeile seiner Häuser dar und die Villen seiner ländlichen Gefilde. Hunderte von Kähnen, die mit Sonnensegeln und Flaggen geschmückt waren, stellten eine nie abbrechende Verbindung zwischen den beiden Quais des Flusses her. Auf der linken Seite wölbte sich der Bogen, den die Garonne an Bacalan entlang beschreibt, und die Hügel von Lormont erhoben sich am Horizont. Unzählige Schiffe in vielerlei Gestalt und von einzigartiger Schönheit, Handelsschiffe, amerikanische Klipper und englische Steamer paarten sich in der Mitte des Flusses; sie wurden nur von einem Anker gehalten, und bei jeder Flut *schwoiten* sie von allein und drehten sich langsam unter Einwirkung der Strömung wieder zurück.

NEUNTES KAPITEL

Besuch am Meerbusen von Arcachon

Am nächsten Morgen liefen Jacques und Jonathan auf den Quai; sie bestürmten den freundlichen Zöllner mit Fragen. Nichts Neues! Also mußte nach einer Verwendung für diesen Tag gesucht werden. Edmond R. schlug eine Spazierfahrt auf der Garonne vor, und alle waren einverstanden. Sie schifften sich vor dem Hôtel de Nantes ein, am Fuß eines riesigen Mastenkrans.

Der Kahn steuerte auf den Pont de Bordeaux zu. Edmond R. spielte mit seiner unerschöpflichen Redseligkeit den Cicerone, zum größten Vergnügen seiner Gäste.

»Ihr glaubt bestimmt«, sagte er zu ihnen, »daß diese Brücke schlicht und einfach eine Brücke ist?«

»Ja, gewiß.«

»Nun, liebe Freunde, sie ist auch eine Kaserne!«

»Eine Kaserne!«

»Und noch dazu eine große Kaserne! Unter der Fahrtrasse können sechstausend Mann einquartiert werden.«

»Ach wo! Sechstausend Mann«, rief Jacques.

»Mindestens sechstausend Mann!« fuhr Edmond fort.

»Du solltest nicht daran zweifeln, Jacques«, entgegnete Jonathan, »sonst sagt er dir noch zwanzigtausend.«

»Also meinetwegen, sechstausend Gascogner!«

Nachdem die Ausflügler die Kühnheit der Brückenbogen bewundert hatten, fuhren sie nach Bacalan hinunter und kehrten, der langen Linie der Quais folgend, bis zur Börse zurück, einem nicht gerade präsentablen Bauwerk. Edmond

führte sie zur Kathedrale, einer in den Annalen der Archäologie mit gutem Recht nicht angeführten Kirche. Anschließend begaben sie sich zum Turm von Saint-Michel, dessen Mumien besonders sehenswert sein sollen. Man zeigte ihnen unter anderen die eines Trägers vom Hafen, ein legendärer Held, der eines schönen Tages auf seinen Schultern eine mehr als dreitausend Pfund wiegende Last fortgeschleppt hatte!

»Hoho! Dreitausend Pfund!« meinte Jacques, der wie immer skeptisch war. »Wieviel wiegen denn eure Kilogramm, hier in der Gascogne?«

»Darauf könnt ihr Gift nehmen«, fuhr Edmond fort. »Dreitausend Pfund, wenn nicht sogar viertausend!«

»Na gut!«

»Reize ihn bitte nicht«, meinte Jonathan, »sonst erhöht er noch auf fünftausend Pfund!«

Edmond zuckte mit den Schultern; als Südfranzose hielt er diese denkwürdigen Taten für etwas ganz Natürliches!

Der Tag ging im Theater zu Ende, wo die drei Freunde eine Provinzaufführung der *Hugenotten* miterlebten.

Der Sonntag, den Jonathan gequält am 8. August anbrechen sah, verstrich, ohne daß die Reisenden etwas von ihrem schimärenhaften Schiff gehört hätten! In seiner Verlegenheit, wie er so beunruhigte Leute zerstreuen sollte, beschloß Edmond R., sie nach Arcachon mitzunehmen, wo sie im Meer baden könnten. Jonathan wehrte sich: Es erschien ihm albern, diese famose Schottlandreise fortzusetzen, indem sie immer weiter nach Süden vordrangen. Doch er mußte sich den Wünschen der Mehrheit beugen; am Montagmorgen bestiegen sie alle drei den Train du Midi und trafen ein paar Stunden später an ihrem neuen Bestimmungsort ein.

Der Meerbusen von Arcachon verdient es wirklich, besucht zu werden, denn er ist unermeßlich: Hohe Sanddünen, auf denen immergrüne Pinien wachsen, ziehen sich in gefälligen Linien an den Ufern entlang; die heilkräftigen Harzdüfte erfüllen die Luft mit einem belebenden Wirkstoff. Dieser noch unlängst höchst urwüchsige Landstrich steht im Begriff, zivilisiert zu werden, und Monsieur Coste bemüht sich mit seinen künstlich angelegten Austernbänken um die Bevölkerungszunahme.

Zwischen dem 9. und dem 12. August streiften die Touristen auf den hier beheimateten kleinen Pferden durch die Umgebung oder machten ihren Tag zu einem endlosen Bad in diesen lauwarmen Wassern, die mit Einbruch der Nacht zu phosphoreszieren begannen; um ihr Mittagessen einzunehmen, gingen sie auch zum Leuchtturm, der sich an der Einfahrt in den Meerbusen über dem Golf von Biskaya erhebt. Das war der südlichste Punkt, den Jacques und Jonathan jemals erreichen sollten.

Am Donnerstag wurde ihnen durch ein Telegramm die Ankunft der *Hamburg* mitgeteilt; es war an Edmond R. gerichtet und stammte von einem seiner Angestellten.

»Nichts wie los!« meinte Jacques. »Nichts wie los!«

»Aber ...«

»Es gibt kein aber! Ich habe kein Interesse daran, die *Hamburg* während meiner Abwesenheit davonfahren zu sehen!«

»Aber Jacques, laß ihr doch wenigstens die Zeit, ihre Güter aus- und einzuladen! Dafür braucht sie mindestens drei oder vier Tage!«

»Was denn! Mit den Lastenträgern aus Bordeaux und dampfbetriebenen Kränen! Bleibt doch, wenn ihr wollt, ich reise ab!«

Und wie immer kam Jonathan den Wünschen seines Freundes nach und reiste ab, nachdem er auch Edmond überredet hatte, der sich beharrlich weigerte, an die Existenz der *Hamburg* zu glauben.

Am Freitag, den 13. August, nahm die Karawane wieder die Eisenbahn, und um die Mittagszeit stürmte Jacques zum Hafen. Er suchte nach dem bewußten Schiff, konnte es aber nirgends erspähen! Er fragte seinen getreuen Zöllner, und dieser bestätigte ihm die Ankunft der *Hamburg*, wußte jedoch nicht zu sagen, an welcher Stelle sie vertäut war. Jacques mußte sich also wieder zu seinen Freunden gesellen, die ihn auf dem Platz vor dem Theater zum Mittagessen erwarteten; doch da er seiner Sache sicher war, ließ er seiner Freude freien Lauf.

Das Essen war ebenso vergnüglich wie reichhaltig: Edmond gab seinen Freunden einen gewissen Lursalluces zu trinken, von dem er nur sprach, indem er den Hut zog.

»Wißt ihr«, fragte er, »was dieser Wein hier kostet?«

»Nein! Wir haben nicht die geringste Ahnung.«

»Nun, ich will es euch verraten, obwohl es nicht üblich ist, den Preis solcher Dinge laut zu verkünden: Ein Faß kostet fünfundzwanzigtausend Franc.«

»Donnerwetter!« sagte Jonathan.

»Unmöglich«, meinte Jacques.

»Fünfundzwanzigtausend Franc, und damit bleibe ich hinter der Wirklichkeit zurück!«

»Das kann ich einfach nicht glauben.«

»Fordere ihn nicht heraus«, meinte Jonathan, »sonst sagt er uns noch vierzigtausend!«

Zwei Stunden später und nachdem sie recht ordentlich gespeist hatten, machte sich dieses unzertrennliche Kleeblatt auf den Weg zum Hafen, um die *Hamburg* unwiderruflich zu finden.

ZEHNTES KAPITEL

Klarmachen zum Ablegen

DIE *HAMBURG* lag vor den Fenstern des Hôtel de Nantes am Quai. Sie war ein Schraubendampfer von neunzig Pferdestärken und etwa fünfhundert Registertonnen; sie hatte die Bemastung eines Schoners, und ihre zum Heck geneigten Masten verliehen ihr ein schmuckes Aussehen. Die Kajüten und der Salon für die Passagiere waren in den Deckaufbauten des Vorschiffs untergebracht und hatten also nicht unter der unmittelbaren Nähe der Maschine zu leiden, die nach englischer Gewohnheit in die Heckteile verbannt war. Ein System geschickt angelegter Brücken erlaubte einem, kreuz und quer über die ganze *Hamburg* zu laufen, ohne das Deck zu betreten, das normalerweise mit Frachtgut verstellt war. Auf einer dieser Brücken, in der Mitte des Schiffes, war das Ruder installiert; so konnte kein Hindernis dem Steuermann die Sicht versperren, und sein Auge reichte bis an den Horizont.

Jacques stellte diese Anordnung mit einem kurzen Blick fest und stürzte, von seinen Freunden gefolgt, ans Oberdeck.

Jonathan suchte seine Erinnerungen an die englische Sprache zusammen und verlangte nach dem Kapitän. Der Kapitän erschien, er war ein kräftig aussehender Schotte mit einem gutmütigen Antlitz, das aufrichtig und offen wirkte; man erahnte in ihm einen verwegenen Gesellen und guten Seemann, rote und wettergebräunte Farbtöne betonten sein freundliches Kaledoniergesicht; es war ein Vergnügen, ihn anzublicken. Er empfing seine zukünftigen Passagiere mit überschwenglichen Freudenbekundungen und bat sie in den großen Salon; der *waiter*, das Bordfaktotum, stellte einen riesigen, einen Fuß breiten und zwei Fuß hohen Chester auf den Tisch; eine dickbäuchige Kaffeekanne wurde zwischen großen, leeren Gläsern und einer langen Whiskyflasche plaziert; obwohl sie gerade erst zu Mittag gegessen hatten, mußten Kapitän Speedys Gäste dem infernalischen Käse und dem noch infernalischeren Whisky alle Ehre angedeihen lassen. Unter dem Einfluß dieses vollkommen farblosen Kornbranntweins, dessen anregende Wirkstoffe sich durch die Beimengung von brühheißem Wasser noch verstärkten, wurde Jacques furchtbar übel; doch seine gute Laune flaute nicht ab. Der Kapitän verstand sich gut auf schottische Gastfreundschaft, und ohne Unterbrechung folgte ein Trunk auf den anderen. Jonathan plauderte mit diesem ehrenwerten Mann; er redete von Schottland, Edinburgh, Dundee, und die Worte *little girl, pretty girl* kamen oft über seine Lippen, auf denen ein breites, frohlockendes Lächeln lag. Natürlich verstand Jacques kein einziges Wort, doch er fand Kapitän Speedy ungeheuer geistreich.

Jonathan erkundigte sich nach dem Abfahrtsdatum des Schiffes und erhielt die Zusicherung, daß in drei oder vier Tagen alles erledigt sei.

In diesem Augenblick kam Edmond R., dem der Chester und der Whisky eingeheizt hatten, eine fabelhafte Idee: Er lud den Kapitän noch für denselben Abend zum Souper ein. Der gute Mann sagte ohne Zögern zu, und zur vereinbarten Stunde saßen die Geladenen um einen prunkvoll gedeckten Tisch. Wie es Jacques, Edmond und Jonathan gelang, nicht nur den Anblick der vor ihren Augen ausgebreiteten Speisen zu ertragen, sondern diese auch noch verschwinden zu lassen, ist ein Problem, dessen Lösung künftigen Zeitaltern überantwortet wird. Es muß hinzugefügt werden, daß der Schotte ihnen dabei gewissenhaft zur Seite stand. Was für eine Gabelführung! Welch bewundernswerte Kieferarbeit! Der Tonfall der Unterhaltung war sehr aufgekratzt; mit freundlicher und liebenswürdiger Miene servierte Edmond schauderhafte Dummheiten. Der Kapitän verstand nichts und lachte so schallend, daß die Teller zu zerspringen drohten! Der Bordelaiser hatte sich eingebildet, den Schotten betrunken machen zu können! Was für eine Torheit! Vergeblich wurden erlesene Tropfen aus Bordeaux, dem Burgund und der Champagne, vergeblich wurden edler Cognac und die Erzeugnisse des Kirsch-Landes aufgetischt, Speedy goß alles hinunter, ohne auch nur mit der Wimper zu zucken: Die Garonne wurde vom Clyde überflutet! Um Mitternacht ging dieses wüste Gelage zu Ende; die beiden Pariser kehrten, an die stämmigen Arme des Kapitäns geklammert, ins Hotel zurück, und auf dem Heimweg redete Jacques mit ihm unablässig in einem Englisch, das er nicht beherrschte, während der andere ihm in einem Französisch antwortete, das er noch nie beherrscht hatte.

Der nächste Tag diente der Erholung: Niemand kroch aus seinem Bett. Am Sonntag wurden die Echos von Lormont durch die Kanone des 15. August unsanft aus dem Schlaf gerissen, sie beging den Nationalfeiertag; ein großartiges Feuerwerk sollte den Tag abschließen, doch als echtes Bordelaiser Feuerwerk hatte es sich beeilt, ein paar Tage zuvor ganz von alleine loszugehen; deshalb beschränkten sich die Volksbelustigungen auf zweiundvierzig von den Soldaten der Linientruppen abgefeuerte Kanonenschüsse.

Indessen verstrichen die Stunden, und an Bord der *Hamburg* nahmen die Arbeiten langsam ihren Fortgang. Bei der Wasserlinie war keine Veränderung eingetreten: Das vollkommen entladene Schiff ragte in beklagenswerter Weise aus dem Wasser heraus. Montag und Dienstag vergingen, erst am Mittwoch gelangten die Getreidesäcke, aus denen die Fracht bestehen sollte, an Bord; die Luken wurden geöffnet, und der Laderaum begann sich zu füllen. Jacques hatte sich mit einem dolmetschenden Lastenträgermeister angefreundet, der die Anlieferung der Waren überwachte; er nötigte ihn, dem Kapitän tausend Fragen zu stellen, die alle mit dem vermutlichen Abreisetag in Zusammenhang standen. Der Schotte legte ihn endlich auf den Freitag fest, und sogleich wurde die Frage aufgeworfen, ob man es sich nicht unverzüglich an Bord bequem machen sollte. Doch Jonathan wollte nicht einwilligen; er hegte nach wie vor Zweifel, und zwar mit gutem Recht. Im übrigen begann er sich ernsthaft zu langweilen: Er erklärte, daß er auf diese absurde Schottlandreise, die in die verkehrte Richtung ging, verzichten konnte, und sprach davon, einen Vorstoß in die Pyrenäen zu unternehmen. Diesbezüglich kam es zu einer lautstarken Diskussion, obendrein noch angestachelt von Edmonds Sarkasmen, dessen Scherze über das alte Kaledonien und die *Hamburg* unerschöpflich waren, und es ist bekannt, wozu die Phantasie eines Bordelaisers fähig ist. Jacques verteidigte sich jedoch so wacker, daß am ursprünglichen Plan festgehalten wurde; er konnte sich allerdings nicht weigern, seine Freunde auf einen Ausflug zur Brücke von Cubzac zu begleiten, der am Donnerstag bei herrlichem Wetter stattfand. Doch um ein Haar hätte er eine schlimme Wendung genommen, denn die Ausflügler wären beinahe im Schlamm der Dordogne steckengeblieben; im Gegensatz zu Empedokles erreichten sie das Ufer, nachdem sie ihre Sandalen geopfert hatten, glücklicher, aber weniger berühmt als der Philosoph aus Agrigente!

Der Freitag brach an, und die Verladung war noch immer nicht abgeschlossen; ohne Aufschub legte der Kapitän die Abreise für Sonntagmorgen fest. Der Musiker glaubte, verrückt zu werden, Jacques biß wütend die Zähne zusammen, Edmond vollführte eine närrische Pantomime! Während der nächsten zwei Tage konnte Jacques nicht mehr stillsitzen, und am Samstagabend verlangte er von seinem Reisegefährten, daß sie an Bord schliefen, obwohl das Schiff erst um zehn Uhr morgens den Anker lichten sollte. Auf seinen Befehl hin wurden die Koffer vom Hoteldiener an Deck geschafft, und Edmond versprach, in aller Frühe zu kommen, um seinen Freunden ein letztes Mal die Hände zu drücken.

ELFTES KAPITEL

Endlich auf dem Weg nach Schottland

Der grosse Salon der *Hamburg*, im Stil englischer Behaglichkeit eingerichtet, bot alle erdenklichen Vorzüge; ringsum waren ausladende Diwane aufgestellt, und elegante Vorhänge schmückten die Türen. In einer Konsole, die an der hinteren Holztäfelung angelehnt war, standen Bücher bereit, und die zwei Zifferblätter von Uhr und Barometer zeigten im gleichen Augenblick die gegenwärtige Stunde und das zukünftige Wetter an.

Auf jeder Seite des Bücherschranks befanden sich zwei Türen, die zu den Kabinen führten; jede Kabine bestand aus vier Schlafkojen, von denen jeweils zwei, der Schiffsachse folgend, übereinander angebracht waren; die gegenüberliegende Wand hatte kleine Fenster und erlaubte dem Blick, über das Meer zu schweifen. Darunter streckte sich ein breites Kanapee aus, und in der linken Ecke spendete eine Waschtoilette mittels zweier Hähne, auf denen die Wörter *up* und *shut* zu lesen waren, Wasser im Überfluß.

Die neuen Passagiere erkoren die beiden unteren Kojen zu ihrer Bettstatt, die nach englischer Art mit Matratzen, zu kurzen Baumwollaken und zu schmalen Kopfkissen ausgerüstet war. Lachend schlüpften sie hinein, und Jacques sank über dem dritten Band der *Memoiren* von Saint-Simon in den Schlaf.

Am nächsten Morgen bullerten die Öfen, und die *Hamburg* legte, unter dem Befehl eines unfreundlichen und griesgrämigen Lotsen, ihre erste kleine Fahrt im Hafen von Bordeaux zurück. Dieser Mann sprach kein Wort Englisch, was seine Beziehungen zu Kapitän Speedy mühselig machte.

Das Schiff fuhr die Garonne hinunter, doch es war noch kein endgültiger Aufbruch; es hielt in Bacalan an, wo seine Fracht ergänzt werden sollte. Die Luken des bis oben hin mit Getreide angefüllten Laderaums waren geschlossen und mit wasserdichten Persenningen zugedeckt; jetzt mußte auf dem Deck noch eine beachtliche Menge an Strebe- und Stützmaterial für Bergwerke verstaut werden, herbeigeschafft von zwei Lastkähnen, die an die Schiffsflanke geschwommen kamen.

Im selben Augenblick stieß auch Edmond zu seinen Freunden. Der Kapitän hoffte, die abendliche Flut nutzen zu können, wenn er das Trimmen seiner Ladung beschleunigte; doch es war eine langwierige Arbeit, denn dieser Holzhaufen mußte platzsparend gestapelt und mit Ketten gegen Erschütterungen durch starken Seegang gesichert werden.

Als Edmond sah, daß noch ein paar freie Stunden vor ihnen lagen, regte er an, zum Mittagessen nach Lormont zu fahren, das eine Meile unterhalb von Bacalan lag; er lud sogar den Kapitän ein, doch dieser zog es vor, an Bord zu bleiben, um die letzten Arbeiten voranzutreiben. Die Schaluppe der *Hamburg* brachte die Tischgesellschaft ans rechte Flußufer, nachdem sie ausdrücklich versprochen hatte, vor der Flut wieder zurück zu sein.

Jacques hütete sich wohl davor, wortbrüchig zu werden; deshalb war er auch recht unwirsch während der Mahlzeit, die in einer blühenden Laube am Ufer der Garonne eingenommen wurde; um zwei Uhr sprangen die drei Freunde in ein Boot und segelten flußaufwärts. Nach einer entsetzlichen Diskussion zwischen Jacques und Edmond über die Frage, ob ihr Segel backbord und steuerbord beigeholt werden mußte – eine Diskussion, die den armen Jonathan beinahe seekrank werden ließ –, legten sie längsseits der *Hamburg* an: Doch leider Gottes waren die Feuer gelöscht! Die Verladung konnte vor dem Abend nicht zu Ende geführt werden, und so mußte man die Abfahrt wieder auf den nächsten Morgen verschieben.

Das alles lief dem gesunden Menschenverstand wirklich zuwider, und wäre Jonathans Seekoffer nicht bereits an Bord gewesen, so hätte er dem unberechenbaren Schiff den Rükken gekehrt. Jacques schwor, er wolle das Deck der *Hamburg* nicht mehr verlassen! Edmond gelang es dennoch, alle beide zum Abendessen recht weit wegzulocken und hielt sie bis um neun Uhr fest. Dann wurde in ergreifender Weise Abschied genommen, und man schüttelte einander lange die Hand! Edmond drückte lachend die Hoffnung aus, seine Freunde vor dieser unmöglichen Reise noch einmal zu sehen, und darauf trennten sie sich.

Die Nacht war sehr dunkel: Jacques und Jonathan gingen bis zum Quai vor den Quinconces hinunter, doch anstatt bis nach Bacalan weiterzulaufen – denn sie befürchteten, daß sie dort keine Möglichkeit finden würden, um an Bord zu gelangen –, nahmen sie bereits hier ein Boot. Es kostete sie einige Überredungskunst, bis der Fährmann einwilligte, sie zu begleiten, denn er mußte gegen die ansteigende Flut fahren; doch zuletzt entschloß er sich, durch den stolzen Preis von drei Franc fünfzig geködert und von seinem Sohn, einem zwölfjährigen Kind, unterstützt, das Abenteuer zu wagen. Er nahm seine Ruder in die Hand und steuerte geradewegs auf die Bastide zu, um den Sog zu nutzen und auf diese Weise leichter flußabwärts zu kommen. Es wurde eine beschwerliche Fahrt, denn die Strömung war so stark, daß der Kahn sich kaum von der Stelle rührte; nach einer Stunde hatte er nicht einmal die Hälfte der Strecke zurückgelegt, also zog Jacques seinen Rock aus, griff nach dem Ruder des Kindes und pullte aus Leibeskräften.

Zur Ermüdung gesellte sich bald schon eine weitere Schwierigkeit: Die *Hamburg* mußte erst einmal gefunden werden. Woran sollte man sie in dieser pechschwarzen Nacht unter all den Schiffen erkennen? Jacques hatte sich ihren Standort eingeprägt, doch er hatte seine Rechnung ohne die Dunkelheit gemacht. Eine Stunde lang irrte das Boot auf gut Glück umher, und der todmüde Fährmann sprach davon, trotz allem wieder umkehren zu wollen!

»Das hat uns gerade noch gefehlt!« sagte Jonathan zutiefst entmutigt. »Ihr werdet sehen, wir finden die *Hamburg* nicht wieder, sie wird ohne uns auslaufen!«

Jacques war außer sich.

»Und für diese tolle Eskapade haben wir siebzehn Tage in Bordeaux zugebracht!«

Jacques gab keine Antwort, er riß die Augen weit auf und knirschte mit den Zähnen. In diesem Augenblick fuhr das Boot zwischen dem Land und einem Schoner hindurch, der ein paar Klafter weiter vertäut war. Jonathan, der sich von seiner Bank erhoben hatte, wurde plötzlich von dem zwischen Schiff und Land gespannten Seil erfaßt und fiel einen Schrei ausstoßend auf den Rücken.

»Geschieht dir ganz recht«, sagte Jacques, der unbarmherzig wurde.

Doch gerade da vermeinte er, einen schwachen Lichtschimmer zu erkennen, der am Bug eines Schiffes von einer vergoldeten Galionsfigur erzeugt wurde; die düstere Masse, die vor seinen Augen lag, erinnerte ihn an die schlanken Formen der *Hamburg*. Er ließ darauf zusteuern und war sich bald sicher, keiner Täuschung zu unterliegen! Endlich, nach zwei Stunden angestrengter Suche, kletterte er, von seinem treuen Gefährten begleitet, an Bord und legte sich schlafen, mit jener alten Spur von Hoffnung, die ihn nie verlassen hatte.

Am nächsten Tag schoß die *Hamburg* bei zurückweichender Flut auf die Garonne-Mündung zu.

Jacques blickte stolz über die Flußufer, herablassend grüßte er Le Bec d'Ambès, Pauillac und Blaye! Selbst Jonathan lächelte, während er die belebende Morgenluft einatmete.

»Auf geht's nach Schottland«, rief der eine.
»Auf geht's«, antwortete der andere.

An Bord ereignete sich nichts Außergewöhnliches. Aber der Komponist mußte als Dolmetscher zwischen dem Kapitän und dem Lotsen einspringen, um die *Manöver* der *Hamburg* im Hafen von Bordeaux zu regeln; er zog sich nur mit großer Mühe aus der Affäre und schwitzte dicke Tropfen, um dieses ungewohnte Englisch auszuhusten.

An der Flußmündung kam eine Schaluppe herangeschwommen, der griesgrämige Lotse hatte seinen Dienst auf dem Fluß beendet und überließ seinen Platz einem Zunftgenossen, der das Schiff aufs Meer hinausbringen sollte; er verschwand im Beiboot der Schaluppe, während diese am Heck festgemacht und von der *Hamburg* ins Schlepptau genommen wurde. Es gab noch eine kurze Unterbrechung, um bei einem staatlichen Aviso, das als Wachschiff benutzt wurde, die letzten Formalitäten zu erledigen, dann zog die *Hamburg* am Turm von Cordouan vorüber und durchfurchte mit ihrem Vordersteven die Wogen des Ozeans.

ZWÖLFTES KAPITEL

Eine Nacht auf hoher See

KAPITÄN SPEEDY war immer noch nicht Herr an Bord. Wie sein Vorgänger sprach auch der zweite Lotse kein Wort Englisch; das mag unglaublich und lachhaft erscheinen, denn der Hafen in Bordeaux wird von einer stattlichen Anzahl englischer Schiffe angelaufen, doch es ist so.

Kaum hatte dieser Mensch übrigens seinen Fuß auf das Deck der *Hamburg* gesetzt, dachte er nur daran, sie so schnell wie möglich wieder zu verlassen; die Nacht rückte näher, und ihm stand der Sinn nicht danach, in der Dunkelheit an Land zurückzukehren. Das Schiff sauste geschwind zwischen den roten Bojen dahin, mit denen die Einfahrt in die Gironde gekennzeichnet ist; sobald sie an der letzten vorbeigefahren waren, sollte der Lotse wieder dem Kapitän die Führung des Schiffes übertragen und sich auf seine Schaluppe zurückbegeben. Deshalb versuchte er schon bald, mit dem Fernrohr am Auge, diesem begreiflich zu machen, daß die letzte Boje in Sicht war. Der Kapitän richtete das Instrument auf die bezeichnete Stelle.

»*No!*« meinte er.

»Was soll das heißen: nein!« antwortet der Lotse und zeigte auf einen unsichtbaren Punkt am Horizont. »Was soll das heißen: nein! Verstehen Sie mich denn nicht?«

Der Kapitän ging mit großen Schritten an Deck auf und ab, ohne ihm noch länger zuzuhören.

»Monsieur«, sagte der Lotse zu Jonathan, »wären Sie doch so gütig, ihm zu erklären, daß ich hier nichts mehr verloren habe; da hinten ist die letzte Boje deutlich zu erkennen, ein paar Taulängen leewärts!«

»Ich kann sie aber nicht ausmachen!« erwiderte Jonathan.

»Und ich genausowenig«, meinte Jacques, der sich die ersten Webeleinen der Fockwant hinaufgeschwungen hatte. »Ich sehe absolut nichts.«

»Das ist aber seltsam«, sagte der Lotse.

Tatsächlich konnte man nicht die allerkleinste Boje erspähen, nur der Lotse zeigte mit südfranzösischer Selbstsicherheit auf sie; er bestürmte den Kapitän noch mehrere Male, aber dieser war nicht bereit, sich einer so anfechtbaren Gewißheit zu beugen. Er fluchte in seinen Bart, schimpfte ihn einen Hund, einen John Bull und einen schottischen Maulwurf, erreichte jedoch nichts. Nachdem sie eine Stunde lang verhandelt hatten, tauchte die famose Boje endlich auf; der Lotse ließ sich vom Kapitän entlohnen, sprang in seine Schaluppe, deren Schlepptau gekappt wurde, und das Schiff blieb unter dem ausschließlichen Befehl Kapitän Speedys zurück, der Kurs auf die offene See nahm, um die bretonische Küste zu umschiffen.

Das Meer war herrlich; die *Hamburg* fuhr schnell, ohne zu schlingern und fast ohne zu stampfen; ihre Fock, ihr Besan, ihr Marssegel und ihre Stagsegel, die sich im Ostwind aufblähten, drückten sie auf die Wogen. Jonathan fühlte sich ausgesprochen wohl, und Jacques war so glücklich, wie man es in dieser Welt nur sein kann. Gegen zehn Uhr gingen die beiden zu ihrer Kabine zurück und schliefen in ihren Kommodenschubladen ein, doch nachts stand Jacques zweimal auf, er kroch aus seinem Bett, um das wundervolle Schauspiel einer Nacht auf hoher See zu betrachten; er war süchtig nach solchen Erregungszuständen und kostete sie aus. Der Kapitän und sein Erster Offizier, ein kräftiger Bursche aus Liverpool, hielten abwechselnd Wache, und das Deck hallte unter ihren eiligen Schritten wider; von Zeit zu Zeit gingen sie zum Rudergast, schauten auf den Kompaß, den eine Lampe von innen her beleuchtete, und prüften, ob das Schiff den Kurs genau einhielt. Dann nahmen sie, die Hände in den Taschen vergraben und die Pfeife im Mund, ihren Rundgang wieder auf, ohne sich um das Sausen des Windes oder die Gischtfetzen zu kümmern, die ihnen ins Gesicht peitschten. Auf Vor- und Achterschiff standen Matrosen in der Dunkelheit beieinander, bewegungslos auf die Reling gestützt, andere lagen auf zusammengerollten Tauen, und man spürte, daß hier, zwischen dem Ächzen der Maschine und dem Schlagen der Segel, ein unbestimmtes Schweigen herrschte.

Der Sonnenaufgang war eine Pracht, und die Beschreibungen Chateaubriands kamen Jacques wieder in den Sinn.

»Jetzt«, sagte er, »muß der Kapitän begrüßt werden.«

»Ich will es für uns beide tun«, antwortete Jonathan.

»Nicht nötig! Sprich für dich! Ich habe mir einige alltägliche Worte gemerkt und weiß genug, um mich aus der Affäre zu ziehen.«

»Wie es dir beliebt«, meinte Jonathan und schlenderte davon, um mit dem Ersten Offizier ein Gespräch anzuknüpfen; so erfuhr er, daß die *Hamburg* sich längs der bretonischen Küste befand, auf der Höhe von Belle-Ile.

Jacques spazierte seinerseits auf den Kapitän zu.

»*Good mourning*«, sagte er und schüttelte ihm ausgesprochen seemännisch die Hand; »*good mourning*, Käpten!«

Dieser hob den Kopf und gab ein paar Worte zur Antwort, die Jacques sich mit »Mir geht's nicht schlecht und Ihnen« übersetzte. Entzückt über seinen Erfolg stolzierte er auf den Ersten Offizier zu und wiederholte seine kleine Zeremonie:

»*Good mourning, master!*«

Der Erste Offizier spitzte die Ohren und schaute ihn merkwürdig an.

»Na!« sagte Jacques, »nicht schlecht gemacht, was? Ich habe wirklich eine große Begabung für die englische Sprache! Doch jetzt müssen wir uns stärken gehen.«

Und so sah das Programm für die Mahlzeiten aus, mit denen der Kapitän seine Passagiere zum Preis von fünf Shilling pro Kopf und Tag versorgte: morgens um acht zunächst Tee mit gebutterten Toastschnitten, um zehn Uhr eine Mahlzeit mit Fleisch, um drei Uhr ein Dinner bestehend aus Suppe, Fleisch und Obstkuchen und schließlich um sieben Uhr abends Tee mit Chesterkäse.

Die Pariser waren mit dieser Kost restlos zufrieden; das Fleisch schien ausgezeichnet zu sein und gebraten, wie man nur in England brät; meistens stammte es vom Rind oder vom Schwein, und der direkt aus York bezogene Schinken munterte den Magen mit seinen schmackhaften Scheiben auf; die in Wasser und ohne Salz gekochten Hülsenfrüchte wurden in ihrem natürlichen Zustand serviert, sie waren ein vorzüglicher Ersatz für das Brot, das sich im Vergleich mit den irischen Kartoffeln nicht behaupten konnte.

Getrunken wurde ausschließlich klares Wasser; die Engländer trinken zum Essen nur ganz wenig, die noch zivilisierteren Amerikaner trinken überhaupt nichts. Auf jeden Fall waren Kapitän Speedy und der Erste Offizier an Bord von bemerkenswerter Abstinenz; sie lehnten es jedoch keineswegs ab, mit ihren Passagieren ein paar gute Flaschen Bordeaux zu teilen, die der Freundschaft von Edmond R. zu verdanken waren. Beim Dinner tauchte regelmäßig eine riesengroße Terrine auf, gefüllt mit einer appetitlichen Suppe, in der sich kaum aufgesprungene Gerstenkörner mit ansehnlichen Fleischwürfeln und üppigen Gemüsestücken vermischten; der obligate Kuchen bestand aus cremigweichen Pflaumen in einer saftigen und goldfarbenen Hülle; beim Nachtisch ächzte der Tisch unter dem Gewicht eines ehrfurchtgebietenden Chester, dessen ursprüngliche Farbe mit der Zeit nachdunkelte und dessen Duft sich immer stärker ausprägte.

Diese Gerichte wurden vom *waiter* in angemessener Weise serviert, auf großen Fayencetellern und mit hohen Glocken aus englischem Metall zugedeckt, die das Wappen der *Hamburg* aus Dundee zierte. Die Unterhaltung kam nie ins Stocken und wurde durch das Trinken von Gin oder Whisky nur noch lebhafter.

Jacques versteifte sich darauf, Englisch sprechen zu wollen, und leistete sich mehr als einen Schnitzer, die den guten Kapitän und seinen Ersten Offizier Tränen lachen ließen; Jonathan machte ihm den Grund für diese Heiterkeit, so gut es ging, verständlich. Denn wenn es ihm einmal glückte, das treffende Wort für seinen Gedanken zu finden, dann sprach er es wiederum so schlecht aus, daß er die seltsamsten Verwechslungen herbeiführte. Um Brot zu verlangen, sagte er beispielsweise beim Dinner zum Kapitän:

»*Give me some bread*«, sprach es aber *braid* aus.

Speedy brach in lautes Gelächter aus.

»Weißt du, worum du ihn gerade gebeten hast?« fragte Jonathan.

»Natürlich, um Brot!«

»Ganz und gar nicht: Du hast ihn um ein wenig Braut gebeten!«

»Also bitte, *bread* bedeutet doch wohl ...«

»Ja! Wenn man es *bred* ausspricht.«

»Da liegt der Hund begraben«, rief Jacques, »eigentlich sind alle Sprachen einander sehr ähnlich! Nur die Aussprache ist unterschiedlich!«

DREIZEHNTES KAPITEL

Wo sich Jacques Lavaret mit Ausspracheschwierigkeiten herumschlägt

TAGSÜBER LIESS der Kapitän auf dem Kajütdeck Kissen auslegen, und seine beiden Gäste widmeten sich rauchend und plaudernd dem Dolcefarniente; sie hatten ihren Spaß daran, den breiten Schatten der Wolken nachzublicken, die sanft über die Wellen strichen, oder sie markierten die Schiffsroute auf den Bordkarten. Am Dienstagabend befand sich die *Hamburg* gerade auf der Höhe der Ile d'Ouessant, als sie plötzlich von einem unübersehbaren Schwarm Tümmler umgeben war. Diese in ihrem Element überaus anmutigen Tiere sind indes nur einfache Meerschweine, sie schwammen unglaublich schnell dahin, überholten die *Hamburg*, machten einen Bogen um sie und bespritzten sie sogar mit ihren kräftigen Schwanzflossen; dieses kuriose Schauspiel dauerte über eine Stunde. Dann brach die Nacht herein, der Wind wurde merklich kühler und der Kapitän ließ das Marssegel um ein Reff verkleinern; das Meer war aufgewühlt, stürmisch und schlug in kurzen, kleinen Wellen hoch, die ungewöhnlich hart waren; die starke Ärmelkanalströmung machte sich bemerkbar. Jonathan ertrug die Stampfbewegungen mit dem kampferprobten Magen eines alten Seebären.

In der Nacht herrschte tatsächlich schwerer Seegang, das Schiff knarrte unter dem Ansturm von Wind und Wellen. Jonathan schlief schon lange, als Jacques ihn gegen zwei Uhr morgens weckte, um ihn an Deck zu schleppen.

»Wir reisen«, sagte dieser, »um Eindrücke zu sammeln! Laß dich also beeindrucken«, und er zwang ihn mitzukommen.

Der Himmel war mit dicken schwarzen Wolken bedeckt, die Finsternis erlaubte einem kaum, den Bug oder das Heck des Schiffes zu erkennen; die Mastspitzen verloren sich im Nebel, und die schlaffen Segel schlugen an den Rahen; das Licht im Kompaßhäuschen, unsichtbar für jeden anderen als den Rudergänger, fiel direkt auf die Kupferbeschläge des Steuerrads. Dieser funkelnde Kreis in der tiefen Dunkelheit rief einen gespenstischen Eindruck hervor, das Schiff schien von einer übernatürlichen Hand gelenkt zu werden, durch dieses leuchtende Rad, dessen Speichen und Kranz aussahen, als stünden sie in Flammen.

»Ist das phantastisch genug?« sagte Jacques.

»Phantastisch«, antwortete Jonathan wortkarg und kehrte in sein Bett zurück.

Am nächsten Morgen holte ihn das Getrappel zahlreicher Füße aus dem Schlaf: Das Deck wurde gründlich gewaschen; von der Maschine in Gang gesetzte Spezialpumpen spritzten wahre Sturzbäche in alle Richtungen, und die Kraft ihrer Wasserstrahlen siegte schon bald über den Schmutz an Bord.

In technischer Hinsicht war die *Hamburg* wunderbar ausgerüstet, sie besaß eine zusätzliche Maschine, die einen auf dem Oberdeck montierten Drehkran antrieb. Das Laden und Entladen des Schiffes erfolgte durch Dampf, mit einer höchst englischen Schnelligkeit und Präzision.

Als der Kapitän an Deck kam, begrüßte Jacques ihn wieder mit einem »*good mourning*«, das diesen zusammenzucken ließ.

»Ist doch merkwürdig«, sagte sich Jacques, »es scheint ihm zu mißfallen, daß man ihm guten Tag sagt. Die Engländer haben zuweilen seltsame Schrullen! Na ja ...«

Der Anblick der britischen Küste riß ihn aus seinen Überlegungen; das Land's End oder Kap Finisterre ragte vor dem Bug des Schiffes empor, mit seinen Felsen, die durch ihr unwirtliches Aussehen noch höher wirkten, und die *Hamburg* fuhr nah genug an ihnen vorüber, daß man auch die kleinsten Unebenheiten erkennen konnte. Hier war die äußerste Grenze jenes alten Cornwall mit seinem ausgetrockneten und harten Boden, seinen dichten Nebeln und seinen von häufigen Unwettern heimgesuchten Küstenstreifen. Ein recht plump gebauter Leuchtturm ragte auf einer einzelnen kleinen Insel empor, und das ruhiger gewordene Meer lief zu seinen Füßen sanft aus; der Himmel saugte sich mit jenem Grauton voll, der dem feuchten England seine nebelverhangene Atmosphäre verleiht. Bald wurden die Scilly-Inseln leewärts zurückgelassen, und das Schiff nahm Kurs gen Norden, um die Einfahrt in den St.-Georgs-Kanal zu suchen.

Nachdem das Deck gewaschen und die morgendlichen Arbeiten verrichtet waren, hatte die Mannschaft nicht mehr viel zu tun; aber die Sauberkeit, um die all diese Matrosen bei ihrem Schiff so bemüht zu sein schienen, wandten sie nicht auf sich selbst an, und alle Pumpen der Welt hätten es nicht geschafft, sie vom gröbsten Schmutz zu befreien. Noch nie hat eine schmuddeligere, verdrecktere und teerstrotzendere Sippschaft die Planken eines Handelsschiffes betreten; dieses im übrigen nicht sehr laute Völkchen verschwand für einen Großteil des Tages auf seinem Posten im Hinterschiff und kümmerte sich nicht um die beiden Franzosen an Bord. Zur Essenszeit gingen sie, mit den verschiedenartigsten, jedoch immer schmutzigen und verbeulten Wasserkesseln ausgerüstet, heißes Wasser holen, um sich ihren Tee zu brühen, dieses für den Engländer jeder Gesellschaftsschicht unentbehrliche Getränk. Er diente dazu, die Verdauung eines trockenen und mit einer rohen Zwiebel eingeriebenen Stücks Brot zu beschleunigen, das die Grundlage ihrer Verpflegung ausmachte; sie ernährten sich nämlich auf eigene Kosten, und die Dürftigkeit und Unzulänglichkeit einer solchen Mahlzeit darf nur ihrer eigenen Sparsamkeit zugeschrieben werden.

Gegen Abend entschwand zu ihrer Linken die Einfahrt in den Bristolkanal, und wieder verloren die Reisenden das Festland aus den Augen; sie hatten sich in dieses Leben an Bord vollkommen eingewöhnt und fühlten von Tag zu Tag eine stärkere Verbundenheit mit dieser neuen Existenz. Um Zungenübungen zu machen, unterhielt Jonathan sich oft mit dem Ersten Offizier und dem Kapitän; er hatte überdies gehörige Schwierigkeiten, ihre mundartlich eingefärbten Antworten zu verstehen. Das Schottische besteht aus drei verschiedenen Dialekten: Englisch, Angelsächsisch und Ersisch oder Gälisch, was nichts anderes ist als das Idiom der Westbretagne. Es war eine anstrengende Arbeit, die noch schwere Migränen für die Zukunft verhieß.

In der Nacht von Mittwoch auf Donnerstag ereigneten sich keinerlei Zwischenfälle; nachdem die *Hamburg* die Landzunge von Wales auf der Höhe der Grafschaft Pembroke umschifft hatte, fuhr sie durch die stumpfen und bleiernen Wasser des St.-Georgs-Kanals.

»*Good mourning*, Käpten«, sagte Jacques und streckte dem Schotten die Hand entgegen.

»*Good mourning*«, antwortete dieser mit beleidigter Miene, »*you are, sir, truly tedious!*«

»Was will er denn von mir?« entgegnete Jacques verunsichert und wandte sich Jonathan zu, der aus vollem Herzen lachte. »Das ist doch die Höhe! Was habt ihr nur gegen mich, der eine zuckt mit den Schultern, wenn ich ihm einen guten Tag wünsche, und der andere lacht Tränen.«

»Mein guter Jacques, was zum Teufel hast du dem Kapitän bloß gesagt, damit dieser dir antwortet: Sie sind außerordentlich unangenehm?«

»Was ich ihm jeden Morgen sage: *good mourning.*«

»*Morning* und nicht *mourning*«, rief Jonathan. *Good mourning* heißt: gutes Trauern; das ist genauso, wie wenn du zu diesem braven Kerl sagen würdest: Wann haben wir denn das Vergnügen, auf Ihre Beerdigung zu gehen?«

»Nicht möglich!«

»Doch, wahrhaftig!«

»Dann klärt sich ja alles auf! *Good morning, captain.*«

VIERZEHNTES KAPITEL

Jacques und Jonathan gehen in Liverpool an Land

AM DONNERSTAG gegen fünf Uhr morgens hatten sie den St.-Georgs-Kanal auf der Höhe der Insel Anglesey durchquert; nun mußte Kurs nach Osten genommen werden, und das Schiff segelte in Richtung Liverpool; der Kapitän rechnete damit, am Nachmittag anzukommen.

Um sechs Uhr kam an die Längsseite der *Hamburg* eine Yacht, die so bezaubernd aussah wie ein Vergnügungsschiff; es war aber nur eine Schaluppe mit Kuttertakelung, die dem Liverpooler Lotsendienst gehörte; ein Beiboot löste sich von ihr, und der Lotse stieg an Bord.

Jacques und Jonathan staunten nicht schlecht: Ein frischrasierter Herr, sorgfältig behandschuht, mit Hose und schwarzem Rock bekleidet, einen seidenen Hut auf dem Kopf und einer weißen Krawatte um den Hals, einen leichten Mantel nachlässig über den Arm geworfen – das war also ein Lotse aus Liverpool! Seine Kleidung von bestem Geschmack konnte der Strenge des pedantischsten Dandys trotzen! Und das auf hoher See und vor Sonnenaufgang. Dieser Mann wirkte jung, und sein ebenmäßiges Gesicht strahlte britische Ruhe und Gesundheit aus. Er übernahm das Kommando auf dem Schiff, stellte sich an den Kompaß, gab die Richtung an, der gefolgt werden mußte, und stellte sich dem Kapitän zur Verfügung, der ihn ein paar Stunden später zum Essen lud.

»Das ist ein netter Vorgeschmack auf die englischen Sitten, Freund Jonathan.«

»Dieser Herr ist um vieles vornehmer als wir: Man könnte ihn für ein Parlamentsmitglied halten.«

»Vor allem, wenn er sich beim Nachtisch betrinkt!«

Aber der Lotse blieb vollkommen nüchtern, auch wenn er die letzten Flaschen Bordeaux leerte.

Als sie wieder an Deck waren, erblickte Jacques einen großen Raddampfer, der ihnen entgegengesaust kam; auf seinen Schaufelradtrommeln prangten in Messing die drei Beine des sizilianischen Wappens.

Das ungewöhnlich schnelle Schiff stellte die Verbindung zwischen Liverpool und der Insel Man her; das Meer war zu diesem Zeitpunkt von unzähligen Schleppern übersät, die alle nach demselben Modell gebaut waren, mit einem Flaggenmast auf dem Vorschiff und einem hohen Schornstein; sie lauerten auf die Ankunft von Schiffen, die zwischen Liverpool und der ganzen Welt verkehren.

Ein Aviso der königlichen Marine war mit dem Ausloten der Wassertiefe in den Fahrrinnen beschäftigt, von denen die Einfahrt in den Mersey durchzogen ist. Dieser breite und tiefe Fluß bildet den Hafen von Liverpool und beginnt sogleich majestätisch: Auf der linken Seite stehen riesengroße Bauwerke mit englischer Regelmäßigkeit in einer Linie, und zahlreiche Leuchtfeuer bestrahlen diesen Teil der Küste; rechter Hand liegt die Landzunge von Birkenhead mit ihrem Fort, dessen Kanonen die gesamte Reede hinwegfegen könnten. Der Hafen von Liverpool erstreckt sich zwischen dem Uferstreifen und der Landzunge, da, wo der Mersey in die Irische See mündet, und dringt sieben oder acht Meilen flußaufwärts ins Landesinnere vor.

Die *Hamburg* fuhr bereits an den Granitmauern der Hafenbecken entlang, auf denen in dicken, schwarzen Lettern die Namen dieser gewaltigen Docks geschrieben standen, die weltweit unübertroffen sind. Vor dem Victoria-Turm angelangt, von dem die Haupteinfahrt verteidigt wird, warf das Schiff mitten im Mersey seinen Anker, denn die Tide erlaubte ihm nicht, in die Becken hineinzufahren.

Jacques und Jonathan wußten nicht, wohin sie zuerst blicken sollten, um die tausend Einzelheiten dieses Schauspiels zu erfassen; es war zwei Uhr nachts, und da sie vor der Zollrevision nicht an Land gehen konnten, beschlossen sie, an Bord zu Abend zu essen, um keine Zeit zu verlieren. Sie gingen in den Salon hinunter und verzehrten diese letzte Mahlzeit in Gesellschaft von Kapitän Speedy, dem Ersten Offizier und dem Zollbeamten, einem überaus liebenswürdigen Menschen, an dem kein äußeres Zeichen verriet, welchem Handwerk er nachging. Er versprach den beiden Reisenden, sie schnell abzufertigen, ohne ihre Seekoffer allzu genau in Augenschein zu nehmen. Beim Nachtisch wurden von Jacques Trinksprüche auf den wackeren Schotten und sein Schiff ausgebracht; dann fielen überschwengliche Dankesworte, während man sich herzlich die Hände schüttelte; ein Boot, das schon seit geraumer Zeit längsseits wartete, nahm das Gepäck auf, und Jacques und Jonathan gingen an Bord, ein wenig bedrückt, die *Hamburg* zu verlassen, die sie nie wiedersehen würden.

Das Boot fuhr zu einer in die Dockmauer gehauenen Steintreppe; die zu diesem Zeitpunkt gerade sehr starke Ebbe entblößte schlickige und rutschige Treppen, wodurch es recht schwierig wurde, wieder festen Boden unter die Füße zu bekommen, und man mußte um die Koffer fürchten, die auf den Schultern eines Lastenträgers bedrohlich schwankten. Als sie den Quai endlich erklommen hatten, gelang es Jonathan, ihrem Führer verständlich zu machen, daß er ihnen einen Wagen beschaffen sollte; sie gingen zwischen den Hafenbecken hindurch, und an einem gegenüberliegenden Ausgang stand ein Cab bereit. Sie stiegen ein, händigten dem Lastenträger eine bestimmte Geldsumme aus, deren eigentlicher Wert ihnen mehr oder weniger unbekannt war, und ließen sich zu einem Hotel in der Nähe der Eisenbahnlinie nach Edinburgh bringen. Ihr Cabman hielt auf dem Platz von Saint George's Hall, vor dem Queen's Hotel.

Nun mußte der Kutscher bezahlt werden, und das war ein heikles Unterfangen für Leute, die so wenig über den Preis einer Droschkenfahrt und den Wert der Geldstücke unterrichtet waren. Der für die Reisekasse zuständige Jonathan wurde nicht klug aus all diesen Silber- und Kupfermünzen, *crown, half-crown, two-shillings, six-pence, four-pence, three-pence* und *penny*, deren Beschriftung man auf den halb verwischten Vorder- und Rückseiten nicht entziffern konnte. Die Silber- und die Kupfermünzen sind in England viel weniger wert als in Frankreich; was den gängigen Wert betrifft, kann der *six-pence* übrigens als Entsprechung eines Fünfzigcentimestücks betrachtet werden; und den *shilling*, der einen Franc fünfundzwanzig wert ist, gibt man so leicht aus wie das Einfrancstück; dieses Verhältnis besteht im großen ganzen auf allen Stufen, und der Souverän von fünfundzwanzig Franc wird wie Frankreichs Louis verwendet.

Schließlich kam Jonathan nach mehreren Versuchen mit einer halben Krone davon, was ein wenig mehr als drei Franc ist. Das war teuer für eine Fahrt von zehn Minuten.

Nachdem sie ihr Zimmer im Queen's Hotel bezogen hatten, entspann sich folgender Dialog zwischen den beiden Freunden:

»Endlich«, sagte Jacques, »jetzt sind wir also in England!«

»In England ja! Aber nicht in Schottland, dem Ziel unserer Reise!«

»Teufel auch! Laß uns doch wenigstens Atem holen.«

»Atem holen werden wir, so gut es irgend geht, aber wir haben keine einzige Minute zu verlieren; wir sind vor genau vierundzwanzig Tagen aus Nantes abgereist und müssen in den ersten Septembertagen wieder in Paris sein. Urteile selbst, wieviel Zeit uns bleibt, um nach Edinburgh zu gelangen, uns ein paar Seen und Gebirge anzuschauen, nach London zurückzufahren und die Meerenge wieder zu überqueren! Es ist absurd! Das hat uns nur die Verspätung der *Hamburg* eingebrockt!«

»Wir wollen ihr nichts Schlechtes nachsagen! Sie ist ein braves Schiff, das gut läuft!«

»Wenn es läuft, einverstanden; doch ohne es beleidigen zu wollen, kann man behaupten, daß es sich nicht gerade schnell auf den Weg macht! Wir sollten übrigens nicht jammern, sondern überlegen.«

»Gut, überlegen wir.«

»Laß uns der Reihe nach vorgehen; wir müssen erstens Briefe zur Post bringen, die wir an Bord vorbereitet haben; uns zweitens über die Abfahrtszeiten nach Edinburgh informieren; drittens im Auftrag meines Bruders bei Mister Kennedy, Esquire, vorstellig werden; viertens Liverpool besichtigen, und zwar heute abend, in der Nacht und auch morgen früh.«

»Das Programm ist perfekt. Also los.«

»Aber wo gehen wir hin?«

»Ich weiß es nicht«, antwortete Jacques, »und das macht den Charme unserer Reise aus. Niemals geht man so weit, wie wenn man nicht weiß, wohin man geht, sagte ein Redner des Konvents.«

»Ich habe nichts dagegen einzuwenden, vorausgesetzt, wir kommen rechtzeitig zurück. Los.«

FÜNFZEHNTES KAPITEL

Größe und Elend Liverpools

DIE ZWEI FREUNDE begaben sich unverzüglich zum Caledonian Railway, dessen Bahnhof direkt auf dem Platz von Saint George's Hall steht; die Abfahrt war für den nächsten Tag um zwei Uhr nachmittags angegeben. Sie hatten einige Schwierigkeiten, sich diese Auskünfte zu besorgen, denn Eisenbahnangestellte sind in England rar; dagegen bewegen sich die Besucher ungehindert in den Bahnhöfen und spazieren, wie es ihnen beliebt, auf den Bahnsteigen umher. Jonathan mußte also seinen ganzen Verstand aufbieten, um einen Anschlag zu entziffern, der nicht gerade durch Klarheit glänzte.

Auch das Frankieren der Briefe führte zu einer gewissen Verlegenheit, denn Jonathan kannte ausgerechnet die Übersetzung für das Wort Postwertzeichen nicht; schließlich verkaufte ihnen ein Apotheker welche unter dem Namen *postage's stamps*, und als sie auch von dieser Sorge befreit waren, begaben sie sich zu Mister Joe Kennedy, Custom House Street.

Dieser achtbare Kaufmann empfing sie freundlich in düsteren Büroräumen, in denen man schon nachmittags um vier die Gaslampen anzünden mußte; hohe, gelblichschwarze Backsteinhäuser mit Fenstern, die vom Kohlenrauch verschleiert und mit kleinen Schwenkkränen geschmückt waren, verschlimmerten die Dunkelheit der Straße noch zusätzlich. Mister Kennedy war das würdevolle Abbild eines englischen Reeders, mit kräftigem Kopf, struppigem

Backenbart und frischem, um nicht zu sagen rötlichem Teint. Feierlich bot er den Reisenden seine Dienste an und lud sie ein, noch am selben Abend mit ihm eine Art Picknick einzunehmen; die beiden stimmten mit Begeisterung zu, denn sie waren erpicht darauf, die englischen Sitten zu erforschen. Sie verabredeten sich für neun Uhr in der Bull and Mouth Tavern, deren Lage ihnen sorgfältig beschrieben wurde.

Nun lagen noch ein paar freie Stunden vor ihnen, und diese mußten nutzbringend verwendet werden; also lenkten Jacques und Jonathan ihre Schritte zum Hafen, und dabei kamen sie durch enge, morastige Gassen, in denen das englische Elend seinen abscheulichen Luxus zur Schau stellte. Fast alle Frauen trugen unbeschreibliche Hüte, die nun endlich, nachdem sie auf dem blonden Haar reicher Ladies geblüht hatten, nachdem sie auf dem Dutt einer Kammerzofe oder einer Kleinhändlerin verwelkt waren, auf den Köpfen der

unglücklichsten Geschöpfe der Welt im wahrsten Sinne des Wortes verfaulten: Ausgeblichene Bänder, Blumen, die selbst in der künstlichen Botanik keinen Namen mehr hatten, klammerten sich noch an sie, festgehalten durch diesen feuchten Schmutz, der in England aus Nebel und Kohlenstaub zusammengesetzt ist. Diese Elenden, in notdürftige Lumpen gehüllt, schlurften barfuß durch einen schwarzen und klebrigen Schlamm. An ihrem schleppenden Gang, an ihrer gebeugten Haltung, an ihrem vom Elend gezeichneten Gesicht erkannte man die armselige Bevölkerung der Manufakturstädte! In den zahlreichen Fabriken, wo die Polizei nicht wie in Frankreich ausreichende Nachforschungen anstellt, übersteigt die Arbeit oft die menschlichen Kräfte. Schinderlöhne werden bezahlt; wie viele Arbeiterinnen schuften dort, in widerliche Zimmer eingesperrt, fünfzehn Stunden am Tag ohne Kleid, ohne Unterrock, ja sogar ohne Hemd, nur in ein löchriges Tuch gehüllt! Es soll Frauen gegeben haben, die auf diese Weise Jahre zubrachten, ohne einen Fuß vor die Tür zu setzen, ohne einen Fuß vor die Tür setzen zu können!

In den Straßen, in denen die Arbeiterklasse dahinvegetierte, gab es unendlich viele Kinder. Man konnte keinen Schritt tun, ohne mit einem Dutzend dieser halbnackten Bälger zusammenzustoßen, die kreischten und sich im Dreck wälzten. Obwohl es die natürlichste Sache der Welt war, staunte Jacques noch immer, sie Englisch reden zu hören, und wenngleich sein Staunen absurd war, konnte er sich nicht daran gewöhnen.

Ansonsten schienen alle große Freiheit zu genießen; die Policemen mischten sich nur dann in die Angelegenheiten der Leute, wenn diese sie um Hilfe baten. Offensichtlich gab es weniger Streitereien als in Frankreich und ganz bestimmt weniger Lärm; die Handlungsfreiheit artete sogar in Zügellosigkeit aus, und die seltsamsten Gewerbe wurden am hellichten Tag ausgeübt, ohne daß es dem englischen Schamgefühl in den Sinn kam, sich darüber zu empören.

»Scham empfinden sie wohl nur vor Worten«, sagte Jacques.

Ein reges Treiben herrschte in jenem Teil der Stadt, der an den Hafen grenzt; an allen Straßenecken waren Schankwirtschaften für Bier und Likör zu finden, getrunken wurde an der Theke; Ale und Portwein flossen aus vollen Gläsern, das erste Getränk machte auf Jacques einen ausgezeichneten Eindruck, das zweite schien ihm jedoch würdig, den Porteuren vorbehalten zu bleiben, die es früher als einzige tranken und ihm seinen Namen gegeben haben. Was den Gin betraf, den Brandy, den Whisky, den *rum toddy*, eine Art Grog, den *mint julep*, einen Pfefferminzsirup, den *cocktail*, ein scharfes Gemisch, das den Trinkern Tränen in die Augen trieb, so wollte er nichts davon hören.

Liverpool, das ihnen bisher wie eine ganz gewöhnliche Stadt erschienen war, zeigte sich am Hafen als unermeßliche Metropole. Seine Docks stellen eine Herkulesarbeit dar, von der nichts ein Bild vermitteln kann: Die doppelten und mitunter sogar dreifachen Becken erstrecken sich über eine Fläche von mehr als einer Meile; es ist unmöglich zu verstehen, wie eines ins andere führt, und Ariadnes Faden würde einem Fremden aus diesem flüssigen Labyrinth nicht heraushelfen. Die Schiffe stehen so dicht gedrängt, daß unter ihren Körpern das Wasser verschwindet; in unüberschaubarer Anzahl stehen sie da, von vielerlei Gestalt und aus vielerlei Nationen: amerikanische Klipper, in riesigen Ausmaßen gebaut, auf deren Oberdeck Kajütsaufbauten emporragen, die eine ganze Welt fassen können; starke holländische Galeoten, immer frisch und adrett unter ihrem Teeranstrich, schlanke Schiffe, deren lange, verzierte Galionen an den Quais liegen; Dreimaster, deren Tonnage erstklassige Fregatten eifersüchtig machen kann und die ihre bevorstehende Abfahrt auf bunten Holzbrettchen bekanntgeben. Die platten Hecks dieser tausend Schiffe tragen bezaubernde poetische Namen in eingelegten Goldbuchstaben, Namen, die den sagenumwobenen Ländern Indiens und Malayas, den heißen Gestaden Afrikas, den Buchten, Meerengen, Strömen, Flüssen Amerikas und Ozeaniens entlehnt sind, und Flaggen aller Nationen der Erde, die im Nebel flattern und mit ihren grellen Farben die graue Eintönigkeit durchbrechen. In den Kielräumen türmen sich Ballenberge, aus denen Kaffee, Zucker, Baumwolle hervorquellen, Stapel von Campeche- und Mahagoniholz, alle nur erdenklichen Kolonialwaren, die mit ihren wunderlichen Gerüchen die Luft erfüllen. Eine Armee von Arbeitern, die zum größten Teil den schwarzen Hut und eine große, um die Mitte zusammengebundene Schürze tragen; Waggons, die auf Bahngeleisen dahingleiten und ihr verschlungenes Band kreuzen; absonderliche Maschinen, die sich für die verschiedensten Verwendungen eignen, Kräne, Hebeböcke, die gesamte Menagerie der Mechanik, die unablässig arbeitet, Ballen, Säcke, dickbäuchige Kisten voller Waren wegschafft; mitten in diesem Ameisenhaufen das Zischen von Dampf, das Rasseln der Küstenschiffe, das Knirschen von Ketten oder das Hämmern der Kalfaterer, die an den Schiffsflanken baumeln, das matte Dröhnen der Wagen auf den Drehbrücken und die Hufeisen der Pferde, die über Metalldeckel klappern, das Plätschern des Wassers zwischen den aneinanderstoßenden Schiffen, das Pfeifen des Windes in diesem Mastenwald und weiter entfernt das dumpfe Gemurmel der ansteigenden Flut – das alles sieht und hört man in diesen Hafenbecken, in denen ein ganzes Meer eingedeicht wurde, das ist die Geschäftigkeit, der Verkehr, der Lärm, kurz gesagt das Gesicht der Docks von Liverpool!

SECHZEHNTES KAPITEL

Den englischen Sitten auf der Spur

NACH EINEM LANGEN Spaziergang, auf dem die beiden Freunde diese wundervollen Dinge in ihrer Gesamtheit erfaßten, ohne sich mit den Einzelheiten aufzuhalten, standen sie auf einem weitläufigen Schwebequai, der von Blechflößen getragen wurde; dieses bewegliche Dock hob und senkte sich mit den Gezeiten und machte es dadurch den Passagieren immer leicht, sich an Bord der Dampfer nach Birkenhead zu begeben. Für diese Fahrt über den Mersey wird eine gewisse Anzahl von *steamboats* eingesetzt, die am Bug und am Heck mit einem Ruder ausgestattet sind; indem der Steuermann abwechselnd jenes feststeckt, das als Vordersteven dienen soll, braucht er nicht zu wenden und spart kostbare Zeit. Diese Schiffe sind immer mit Reisenden überfüllt, und obwohl die Überquerung kaum zehn Minuten dauert, sind sie mit einem Kompaß ausgerüstet, der wegen der häufigen Flußnebel benötigt wird, denn diese erlauben es nicht, das gegenüberliegende Ufer zu sichten.

Jacques stürmte auf eines dieser Schiffe, riß seinen Begleiter mit sich, und um den bescheidenen Preis von *one penny* fuhren sie nach Birkenhead. Eine vollkommen durchmischte Gesellschaft füllte das Deck: Es gibt keinerlei Unterschied zwischen den Plätzen erster und zweiter Klasse; Fischhändlerinnen, Arbeiter und Kaufleute sitzen auf den Bänken nebeneinander, ohne sich um ihre Nachbarn zu kümmern; jegliche Unterscheidung würde das britische Gleichheitsprinzip verletzen. Jonathan saß neben einem armen Mädchen, das nach vollendetem Tagewerk mit seinem leeren Korb nach Birkenhead zurückkehrte; es tat weh, die sanften und anmutigen Züge seines erschöpften Gesichts zu sehen: Sein Kopf war auf die Brust herabgesunken, seine nackten Füße übereinandergekreuzt, und die teilnahmslose Nachlässigkeit seiner Haltung machte eine tiefe Resignation deutlich, der jede Hoffnung fehlte. Jonathan knüpfte ein Gespräch mit diesem armen Kind an; seine Mutter war bei der Geburt eines fünften Kindes gestorben, und der Vater ließ seine unglückliche Familie ohne jede Hilfe im Stich; als Älteste unter den Geschwistern mußte das junge Mädchen für die vier anderen Kinder sorgen, und es gelang ihm, sie nicht eigentlich zu ernähren, sondern nur den Augenblick hinauszuzögern, in dem sie Hungers sterben würden. Es erzählte von seinem Leid trockenen Auges, denn seine Tränen waren seit langem versiegt. Nichts konnte herzzerreißender sein als diese Geschichte, die für so viele Arbeiter von Liverpool etwas ganz Alltägliches war. Jonathan schenkte der kleinen Verkäuferin ein paar Münzen, und diese schien insbesondere darüber zu staunen, daß ein Fremder ihrem Schmerz Interesse entgegenbrachte; nach der Ankunft am Pier von Birkenhead verschwand sie schnell, ohne sich noch einmal umzudrehen. Welches Schicksal erwartet dieses arme Mädchen, ein elendes, wenn es sich der Erfüllung seiner Pflichten verschreibt, ein schändliches, wenn es die Ratschläge seiner gefährlichen Schönheit befolgt!

Jacques und Jonathan kehrten zum Quai der Hafenbecken zurück; die Stunde ihrer Verabredung mit Joe Kennedy trieb sie zur Eile, und in einem dichten Nebel, den das Gaslicht der Laternen kaum durchdrang, gingen sie zur Taverne. Bei Einbruch der Nacht schließen übrigens Geschäfte und Läden, der Handel begibt sich zur Ruhe, und die Straßen bleiben in einer beinahe vollkommenen Dunkelheit zurück.

Die beiden Gäste von Mister Kennedy wurden mit einer

kühlen Höflichkeit empfangen, die sie überraschte; da sie mit den englischen Sitten wenig vertraut waren, begaben sie sich in die Defensive. Die Gesellschaft bestand aus einem Dutzend kräftiger Burschen, die den Eindruck erweckten, nur ihre Schuldigkeit zu tun, wenn sie hier zum Abendessen zusammenkamen. Mit dem von Cooper so oft beschriebenen Ritual stellte Mister Kennedy die zwei Fremden einem seiner Freunde, Sir John Sinclair, vor; man vermeinte, Kapitän Truck aus *Das amerikanische Postschiff* zu hören:

»Mister Sinclair, das ist Mister Lavaret, Mister Lavaret, Sir John Sinclair. Mister Sinclair, Mister Savournon! Mister Savournon, Sir John Sinclair.«

Nach so einer Vorstellung hatte man einander kennengelernt.

Das Essen war ein Picknick; doch in England verlangt jede Zusammenkunft, daß jemand den Vorsitz und sogar den Unter-Vorsitz führt; also mußte ein Vorsitzender bestimmt werden, und die Wahl fiel auf Sir John Sinclair. Dieser Gentleman verneigte sich reserviert und nahm den Ehrenplatz ein; der stellvertretende Vorsitzende war ein dicker, rotgesichtiger Kerl mit Metzgerschultern, der gegenüber von Sir John Platz nahm. Die Pariser hatten sich nebeneinander gesetzt!

»So viele Umstände, nur um ein ganz simples Roastbeef zu essen«, sagte Jacques, »und Schinken mit Eiern.«

»Bis jetzt kommt mir nichts sonderbar vor, doch man schenkt uns keinerlei Beachtung; laß uns essen und beobachten.«

Das Essen bestand unvermeidlich aus einem Stück Fleisch, das aus den Flanken eines kolossalen Ochsen des Devonshire geschnitten war, und dem köstlichen Schinken von York. Die Tischgenossen verschlangen riesige Portionen, ohne auch nur einen Schluck zu trinken und fast ohne zu atmen; sie aßen mit der linken Hand, spießten sorgfältig arrangierte Scheiben vom Rindfleisch und vom Schinken auf ihre Gabeln und bestrichen alles zusammen mit einer dicken

Schicht Senf. Die Servietten fehlten gänzlich, und jeder wischte sich die Lippen am Tischtuch ab; in dem rauchigen Saal herrschte eine nahezu vollkommene Stille, die Kellner im schwarzen Frack servierten geräuschlos und sprachen immer nur flüsternd miteinander.

Fast das ganze Essen verlief auf diese Weise. Jacques hoffte, daß beim Nachtisch die Liköre diesen reglosen Maschinen ein wenig Heiterkeit entlocken würden, doch ein unvorhergesehenes Ereignis gab dem Festmahl plötzlich eine andere Wendung.

Der stellvertretende Vorsitzende hatte den Einfall, sich vom Tisch zu erheben, um hinauszugehen; Sir John Sinclair fragte ihn mit schulmeisterlichem Ernst nach dem Grund; der stellvertretende Vorsitzende, Mister Brindsley, gab keine Antwort und steuerte die Türe an.

»Mister Brindsley«, sagte der Vorsitzende mit gebieterischer Stimme, »Sie können nicht hinausgehen, ohne mich um Erlaubnis zu bitten!«

»Und warum das?« entgegnete der andere.

»Weil ich bei dieser Zusammenkunft den Vorsitz habe und jede Bitte dieser Art an mich zu richten ist.«

»Gott verdamm'mich, sollte ich das tun«, antwortete der stellvertretende Vorsitzende.

»Sie beharren darauf, trotz meines Verbots hinausgehen zu wollen?«

»Ich beharre darauf, hinausgehen zu wollen, und ich gehe hinaus.«

Die Tischgenossen warteten in aller Ruhe auf den Ausgang dieses Wortgefechts.

»Aufgepaßt«, meinte Jacques, »wir werden in die englischen Sitten eingeführt!«

Als Mister Brindsley die Türe einen Spalt öffnete, sagte Sir John Sinclair mit ruhiger Stimme zu ihm:

»Mister Brindsley, wäre es Ihnen recht, den Rock abzulegen?«

»Außerordentlich recht«, antwortete dieser, »es handelt sich doch wohl um einen Boxkampf?«

»Wie Sie sehen, ja!« erwiderte der Vorsitzende.

Sogleich wurde der Tisch beiseite geschoben, und ein ausreichend großer Platz stand für den Kampf zur Verfügung; die mit solchen Zeremonien vertrauten Kellner verschlossen sorgfältig die Türen. Sekundanten machten sich bereit, um den beiden Champions zur Seite zu stehen, die aufeinander zuschritten, eine Faust in Verteidigungs-, die zweite in Angriffsstellung.

»Ei der Teufel«, murmelte Jonathan, »das sieht bedrohlich aus!«

»Aber nein, das ist eben ihre Art, das Essen ein wenig aufzulockern!«

Ein paar heftige Schläge prasselten nieder; jene, die abgewehrt wurden, hallten kurz auf dem Arm wider, die anderen zierten die Gesichter der Kampfhähne bereits mit blauen Flecken. Das Publikum beurteilte die Schläge, und es wurden Wetten über den Ausgang des Streites abgeschlossen; diesbezüglich brachen vereinzelte Diskussionen aus, man hörte hurra, hurra! und hipp, hipp! rufen, und die zunächst noch friedlichen Gruppen zeigten Symptome der Erregung, die Unheil verhießen. In diesem Augenblick trat Mister Kennedy an die beiden Freunde heran und sagte zu ihnen:

»Sehen Sie sich vor, das wird in eine allgemeine Prügelei ausarten, und Sie werden Ihre Fäuste einsetzen müssen.«

»Danke«, meinte Jonathan, »mir reicht's, ich lege keinen Wert darauf, mir ein Auge ausschlagen zu lassen.«

»Allerdings, Jonathan, wenn wir die englischen Sitten genauer erforschen wollen ...«

»Ganz wie es dir beliebt, Jacques; doch ich verschwinde.«

»Aber mein lieber Jonathan, wir sind Franzosen, und im Ausland repräsentiert jeder Franzose Frankreich, wir können uns nicht davonstehlen ... im übrigen ist die Türe verschlossen!«

»Ich habe eine Idee, Jacques, mach es mir nach, und wir werden uns aus der Affäre ziehen.«

Die Schlägerei griff um sich; der Vorsitzende hatte, um im englischen Boxerjargon zu sprechen, einen hochgradig beschädigten *Rüssel*, und der stellvertretende Vorsitzende ein paar ausgeschlagene Zähne in der *Erdäpfelfalle*; es wurde immer lauter, selbst der achtbare Joe Kennedy hatte soeben einen formidablen Schlag aufs Auge abbekommen, und der *rote Saft* floß allenthalben, als plötzlich das Licht ausging. Jacques und Jonathan hatten geschickt die Gashähne abgedreht und ergriffen im Schutz der Dunkelheit die Flucht, nicht ohne jedoch ein paar eindrucksvolle Rippenstöße eingesteckt zu haben, die ihnen ein angemessenes Bild von der Kraft der englischen Faust vermittelten.

SIEBZEHNTES KAPITEL

Ein nächtliches Konzert

UND JETZT«, sagte Jonathan, als sie auf der Straße standen, »ab ins Hotel!«

»Und zwar schnell, denn ich weiß nicht, ob diese erlauchten Gentlemen unseren Scherz goutieren werden; es ist unstatthaft, in dieser Weise die Vergnügungen einer ganzen Gesellschaft zu stören.«

»Und ein Wiedersehen mit diesen reizenden Tischgenossen, mein lieber Jacques, ist ganz unwahrscheinlich, denn wir reisen morgen ab.«

»Aber Jonathan, was ist mit dem guten Mister Kennedy? Wir schulden ihm zumindest einen Verdauungsbesuch!«

»Mein teurer Freund, man schuldet nur dann einen Verdauungsbesuch, wenn man in Muße verdauen konnte, dies ist allerdings nicht der Fall! Laß uns also ins Hotel zurückgehen, und wünschen wir Mister Kennedy, Mister Brindsley und Sir John Sinclair noch einen schönen Abend! Ich für mein Teil habe es eilig, nach Schottland zu kommen. Die Melodie, die musikalische Inspiration sind aus diesem grauenhaften Land geflohen, und ich werde sie nur im Reich Fingals wiederfinden.«

Kaum waren diese Worte ausgesprochen, da drang die Kavatine aus dem *Trovatore: Quel suon, quelle preci solenni* an Jonathans Ohren; ein Unglücksrabe spielte mit einem Kornett, das von einer dicken Schicht Grünspan überzogen war, äußerst gewissenhaft dieses fatale Stück an der Ecke des Platzes von Saint George's Hall.

»Man kann sich bestimmt vergiften«, sagte Jacques, »wenn man in dieses karbonisierte Blechinstrument bläst!«

»Und vor allem, wenn man so eine Arie spielt!« fügte Jonathan hinzu.

Von dieser barbarischen Melodie verfolgt, erreichten die Touristen das Queen's Hotel; es war ein echter Genuß für sie, endlich in richtige Betten zu sinken, die wie im Mittelalter auf vier Säulen ausladende weiße Vorhänge trugen; nur die Laken aus gewalkter Baumwolle riefen bei ihnen im ersten Augenblick ein recht unangenehmes Gefühl hervor. In England nehmen die Betten den meisten Platz im Zimmer ein; man kann sich nur mit Mühe umdrehen, und zuweilen muß man das Fenster öffnen, um in seine Rockärmel zu schlüpfen. Die Ankleideräume sind hoch und breit, mit riesengroßen Fayenceutensilien ausgestattet; kleine, niedrige Tische stehen für die Koffer bereit; diese Hotels verfügen über einen gewissen Komfort, der sich nicht mit dem groben Kattun der Vorhänge und den geflickten Teppichen verträgt. Und doch mußte dieses Hotel von Bedeutung sein, wenn man nach dem Preis von fünf Shilling pro Nacht und Bett urteilt, der auf den Anschlagtafeln vermerkt ist.

Die Reisenden waren zum Umfallen müde, und so schliefen sie auch bald ein; doch sie wurden ein erstes Mal durch ein Geschrei und Gekreisch aus dem Schlaf gerissen, das sich unter ihrem Fenster erhob: Fünf oder sechs noch junge Frauen zankten und prügelten sich auf dem Platz! Niemand scherte sich übrigens darum, kein Watchman kam auf den Gedanken einzuschreiten; wahrscheinlich balgten sich die Unglückseligen um irgendeinen verspäteten Passanten mit dieser Erbitterung, die voll verführerischer Versprechungen steckte. Eine der Jüngeren, eine Vestalin wider Willen, wenn man ihren Worten Glauben schenkt, ließ diesbezüglich sogar eine kuriose Bemerkung fallen; doch der Romane, der die Kühnheit der Worte besitzt, ist nicht kühn genug, um sie hier zu übersetzen, und selbst der Grieche würde es nicht wagen.

Dieses Sittenbild währte recht lange; das Weibervolk verfluchend, war es Jacques doch gelungen, wieder in den Schlaf zu sinken, als ihn eine volltönende Stimme neuerlich weckte; es war nicht auszuhalten, also stand er auf, öffnete das Fenster, lehnte sich hinaus und erblickte einen vornehmen, adrett gekleideten Gentleman, der in einer Droschke Posaune spielte. Die langen Röhren des Instrumentes ragten beim Fenster des Wagenschlags heraus; der englische Musikliebhaber vergnügte sich auf diese Weise ganz allein, indem er um Saint George's Hall herumfuhr, und seine kräftigen Lungen schleuderten, man muß es wohl sagen, denn es ist die reine Wahrheit, das *Ricordati, ricordati* aus dem *Trovatore* schwungvoll in die Luft. Und jedesmal, wenn sich während der Kreisfahrt des Fuhrwerks der Schalltrichter des Instrumentes auf das Queen's Hotel richtete, ertönte dieses gräßliche *Ricordati* in den scheußlichsten Noten.

»Immer und immer wieder der *Trovatore*!« sagte Jonathan.

»Es ist eben eine typisch englische Musik, mit der Stärke von fünfzig Pferden!«

Schließlich siegte die Müdigkeit über den Lärm, und bei Tagesanbruch sprangen die beiden Touristen aus dem Bett, um andere Teile der Stadt zu besichtigen; zunächst betraten sie Saint George's Hall, wo sie eine gewaltige Orgel bewundern konnten, die neunzig Register besitzt und deren Bälge mit Hilfe von Dampf bewegt werden. Dann lenkten sie ihre Schritte zu den zwei schönen Kirchen Saint Peter's und Saint Paul's, deren Mauern von einer dicken Rußschicht überzogen scheinen; aber nachdem diese dunklen Farbtöne eine Menge Einzelheiten verbergen, passen sie eigentlich recht gut zu dieser schwerfälligen und vierkantigen angelsächsischen Architektur. Sie kamen an einem Gymnasium in gotischem Stil vorüber, durchquerten anschließend den Innenhof der Börse, den eine große Bronzegruppe schmückt, und spazierten am Zollamt entlang, das am Hafen einen recht monumentalen Anblick bietet. So gelangten sie bis zum New Prince's Dock, wo der Kanal von Leeds nach Liverpool beginnt; sie wollten noch einmal die unermeßliche Ausdehnung der Hafenbecken sehen und kletterten deshalb auf die obere Etage eines Omnibusses, der auf seiner Strecke an der Außenmauer der Docks entlangfährt. Als sie einem anderen Omnibus begegneten, entdeckten sie auf der Plattform den guten und ehrenwerten Kapitän Speedy; rasch winkten sie einander zu, und gegen Mittag betraten Jacques und Jonathan die Säulenhalle des Queen's Hotel.

Hier wurde ihnen ein respektables Mittagessen aufgetischt, bestehend aus kaltem Fleisch, Bier, Tee und Röstbroten, die hier unter dem Namen Toasts in einem silbernen Gerät serviert werden, und sie ließen es sich vorzüglich schmecken. Dann wurden die Kosten beglichen, ohne die *attendance* zu vergessen, und gefolgt vom Hotelboy, der ihre Koffer trug, begaben sie sich zum Caledonian Railway.

Wartesäle gibt es in den Bahnhöfen der englischen Eisenbahn kaum oder überhaupt nicht; die Abfahrtszeiten sind genau festgelegt, aber die Preise ändern sich mit der Geschwindigkeit der Züge; die Büros für die Fahrkartenausgabe sind lange im voraus geöffnet, und jedermann kann seinen Platz frei wählen und sich in seinem Abteil ausstrecken, sobald es ihm beliebt. Jacques, der zeigen wollte, wie gut er sich aus der Affäre ziehen konnte, schritt auf das Büro zu und sagte mit seiner feierlichsten Stimme:

»*Two tickets of second class, if you please, for Edinburgh.*«

Er hatte dafür all seine Englischkenntnisse aufgewandt und nahm die beiden Fahrkarten zweiter Klasse stolz entgegen; was den Preis anging, so überließ er es seinem Freund, ihn auszuhandeln, denn dies überstieg seine Fähigkeiten. Niemand verlangte von ihnen, daß sie ihr Gepäck aufgeben sollten, und so verfrachteten sie es in ihren Waggon und warteten ungeduldig auf den Augenblick der Abfahrt. Eine

Stunde später war es endlich soweit; die Lokomotive pfiff viel distinguierter als eine französische Lokomotive, und der Zug verschwand in einem fünfzehnhundert Meter langen Tunnel.

ACHTZEHNTES KAPITEL

Von der Trefflichkeit der englischen Eisenbahnen

Als sie diesen Tunnel hinter sich ließen, beschleunigte der Zug seine Fahrt; in der Geschwindigkeit sind die englischen Eisenbahnen den französischen überlegen; ihre Bewegung ist sanfter, was ebensosehr der Qualität ihrer

Federn wie deren beachtlicher Spannweite und der elastischeren Bauart der Geleise zuzuschreiben ist. Dagegen werden sie kaum überwacht; nirgendwo ist einer jener treuen Streckenwärter zu sehen, die bei jedem Kilometer den Arm in die Höhe recken. Fast ununterbrochen folgen die Züge aufeinander und kreuzen sich; doch wie viele Unfälle ereignen sich, an die man nur wenig Gedanken verschwendet, ganz zu schweigen von jenen, an die man überhaupt keinen Gedanken verschwendet! Der Coroner kommt und stellt fest, daß die Opfer eines gewaltsamen Todes gestorben sind, und damit ist alles erledigt; der reibungslose Gang der Geschäfte, die Notwendigkeiten der Verkehrsverbindung, die Erfordernisse der Handelsbeziehungen sind ausreichende Entschuldigungen für diese kleinen Morde. Allerdings muß gesagt werden, daß die Unfälle in keinem Verhältnis zu den Gefahren stehen, denen man sich aussetzt; hinter ihrer zur Schau getragenen Sorglosigkeit verbergen die Angestellten und Lokomotivführer ein außerordentliches Gespür für diese großen Unternehmungen. Die Engländer sind mit den Amerikanern die besten Mechaniker der Welt; sie schrecken vor keinem Hindernis zurück, und in ihren Köpfen entsteht die Idee gemeinsam mit der Maschine, die sie ausführen muß. Mit einem Wort, im Bereich der Mechanik sind sie zu allem fähig. Demzufolge begreift man auch, daß während des Krimkrieges eine seriöse Gesellschaft mit einem beachtlichen Kapital gegründet wurde, die ein Angebot für die Belagerung von Sewastopol unterbreitete. Auf der Grundlage einer vertraglichen Vereinbarung wollte sie die Stadt innerhalb eines festgelegten Zeitraumes einnehmen und für jeden Tag Verspätung Millionen bezahlen; außerdem sollte sie alle für diese neuartige Industrie erforderlichen Maschinen bauen, und es ist gewiß, daß sie schneller und mit weniger Blutvergießen ans Ziel gekommen wäre. Doch wenn der Krieg nichts anderes mehr ist als das Geschäft einer Aktiengesellschaft, was wird dann aus der Ehre?

»Eine schwerwiegende Frage«, fügte Jacques hinzu, nachdem er seinem Freund diese scharfsinnigen Überlegungen mitgeteilt hatte.

Schon bald ließ der Zug Wigan und Preston hinter sich, berühmt durch die entzückende komische Oper von Adam, die den Namen dieser Stadt trägt. Der Railway fuhr durch die sattgrünen Landschaften des Lancashire; in England sind Wiesen und Bauernhöfe von einem besonderen Grün und einer besonderen Frische, und selbstverständlich nimmt das Auge, wenn es auf ihnen ruht, ein ganz neues Farbempfinden wahr. Diese von zahlreichen Flüssen durchzogene und von Thermalquellen erwärmte Grafschaft ist reich an Produkten aller Art; Handel und Industrie sind gut entwickelt, und die Countrymen in ihren bezaubernden Cottages strahlen Wohlstand aus.

Der Zug hielt einige Augenblicke im Bahnhof von Lancaster, einer Stadt, die weniger industrialisiert ist als ihre mächtigen Nachbarinnen Liverpool und Manchester und die sehr unter dem Rosenkrieg gelitten hat. Diese historischen und im Mittelalter großen Städte sind weit hinter den Manufakturzentren zurückgeblieben; die fünfzehntausend Einwohner der alten Metropole können nicht wetteifern mit den zweihunderttausend von Liverpool, das zu Beginn des 18. Jahrhunderts nichts weiter als ein Marktflecken mit siebentausend Seelen war!

Nach Lancaster kam Penrith, nach Penrith Carlisle und dann endlich die schottische Grenze; in jeder Station stieg Jacques aus, um die Luft des jeweiligen Landstriches einzuatmen und die Namen der verschiedenen Orte zu entziffern. Dies gelang ihm jedoch nur selten, denn die Bahnhöfe sind ungeschickt angelegt und mit riesigen Anschlagtafeln überfüllt, auf denen sich die Bekanntmachungen in weißen Buchstaben auf blauem Grund ausbreiten. Jacques verirrte sich in diesem unübersehbaren Wortmaterial, und wie der Affe von Piräus hielt er schließlich irgendeine Auskunft für den gesuchten Namen, was in Carlisle geschah; als er wieder in seinen Waggon stieg, sagte er zu Jonathan:

»Wir sind in *Ladies' rooms.*«

»Dummkopf!« antwortete sein Freund und klärte ihn über sein entsetzliches Mißverständnis auf. Wütend stellte Jacques sich an die Wagentür und konzentrierte seine ganze

Aufmerksamkeit auf die entfliehenden Blickpunkte; er wußte, daß Schottlands Grenze nahe war, und im Vorüberfahren spähte er nach einem Berg; einen Berg sehen! Welch grandioses Schauspiel für einen Menschen, der immer nur Montmartre bewundert hatte! Wenig später, und ohne sich diesmal zu irren, konnte er den Namen der Station erkennen: Gretna Green, die erste schottische Stadt!

Ein süßer Name, der gar manches Herz heftig hat pochen lassen! Zauberhafte Benennung, wo so viele Romane ihren letzten Band abgeschlossen haben, um der Geschichte Platz zu machen! Nicht nur der Schmied, wie man immer geglaubt hat, sondern auch der Fischer oder der Gastwirt des Ortes besaßen die erforderlichen Eigenschaften, um eine Trauung nach den schottischen Gesetzen zu vollziehen; und vom einfachen Cockney bis zu Charles Ferdinand de Bourbon, Bruder des Königs von Sizilien – vor der Liebe waren sie alle gleich, und wie viele Paare haben sich nicht vor diesen improvisierten Beamten vereint! Solche heimlichen Ehen werden noch immer geschlossen, obwohl die Regierung seit dem Jahre 1846 Sorge getragen hat, sie zu verbieten. Gretna Green glitt am Zug, der mit Volldampf dahinbrauste, vorüber wie ein Andenken aus verliebten Zeiten!

Endlich atmeten die zwei Reisenden die Luft des alten Kaledonien ein!

Plötzlich rief Jacques, der sich an der Wagentür hinauslehnte, mit bewegter Stimme:

»Jonathan, Freund Jonathan, endlich habe ich ihn!«

»Wen denn, Freund Jacques?«

»Den ersten Berg meines Lebens!«

»Tatsächlich! – Willst du ihn mir nicht einen Augenblick leihen, ich gebe ihn dir bestimmt wieder, versprochen!«

»Mach ruhig deine Späße, aber schau«, entgegnete Jacques; »siehst du diese undeutliche Gestalt, die am Horizont emporragt, das ist ein richtiger Berg, dessen Gipfel sich in den Wolken verbirgt!«

Jacques hatte recht, man konnte die ersten Erhebungen der Skiddaw-Kette erahnen, und die Spitze eines vereinzelten Berges verlor sich im Nebel. Der Railway schlängelte sich zwischen den Gebirgsfalten dahin, und die Landschaft veränderte völlig ihr Aussehen; sie zeigte mit einem Mal, ohne jeden Übergang, einen rauhen und unwirtlichen Charakter; das Tal verengte sich zu einer tiefen Schlucht, und der Zug fuhr mit großer Geschwindigkeit auf einer schwindelerregenden, an die Flanken dieser alten Felsen geklammerten Trasse dahin. Dieses Tempo hatte etwas Phantastisches an sich, in jeder Biegung schien die Wagenreihe drauf und dran, in diese Schlünde hinabzustürzen, auf deren Grund die schwarzen Wasser eines Wildbachs tobten; spitze Steine, trostloses Heidekraut auf einem kahlen Boden, eine vollkommene Einsamkeit hatten das Grün und die Lebhaftigkeit der englischen Gefilde abgelöst; hier waren sie bereits im Land der Fergus' und der Mac Gregors!

Jacques und Jonathan konnten sich von ihrer Betrachtung nicht losreißen; doch nach einer Stunde waren die erstmals aufgetauchten Highlands wieder verschwunden und hatten den Ebenen der Lowlands Platz gemacht. Die Nacht brach rasch herein, und die beiden Touristen mußten sich wieder mit ihren Sitzbänken begnügen, während sie sich schweigsam von diesen neuartigen und erregenden Eindrücken durchdringen ließen.

Gegen elf Uhr hielt der Zug in Carstairs, wo sich die Strecke gabelt, eine Linie führt nach Glasgow und die andere Richtung Edinburgh; um Mitternacht erwachten die Reisenden, die Ermüdung und Dunkelheit schließlich einschlafen hatten lassen, unter einem wolkenbruchartigen Regen in der Hauptstadt Schottlands.

NEUNZEHNTES KAPITEL

Ankunft in Edinburgh

AM BAHNHOF nahmen sie eine Droschke und ließen sich, einer Empfehlung folgend, zum Lambret's Hotel in der Princes Street fahren; breite, jedoch spärlich beleuchtete Straßen verstärkten die Wirkung der ziemlich steilen Gefälle. Die Prinzenstraße zeigte sich mit niedrigen Häusern auf ihrer linken und dem Gitter eines weitläufigen Parks sowie hohen, in die Finsternis eingetauchten Ungetümen auf ihrer rechten Seite.

Bei ihrer Ankunft im Hotel wurden die Reisenden von einem Franzosen empfangen, Monsieur Lambret, der dieses Etablissement leitet. Man wies ihnen zwei Einzelzimmer zu, die nur über die unlogischste Treppe der Welt erreicht werden konnten; das ist im übrigen bei englischen Treppen so üblich, und es bereitet einem größte Schwierigkeiten, sich zurechtzufinden. Die Zimmer waren ausgesprochen schäbig und erinnerten an alte Provinzhotels, wie man sie noch in Amiens oder Blois findet.

Nachdem sie ihr Gepäck abgestellt und ihren Türschlüssel, der allgemeinen Gepflogenheit entsprechend, im Schloß steckengelassen hatten, ging Jacques, dem Jonathan auf den Fersen folgte, in den recht hübschen Salon hinunter, in dem das Abendessen serviert wurde: Kaltes Roastbeef, Schinken und zwei Pinten eines vorzüglichen schottischen Ales, das in silbernen und mit dem Stadtwappen geschmückten Krügen schäumte, war alles, was zur Verfügung stand.

Jacques aß mit wahrem Heißhunger, denn seit dem morgendlichen Frühstück in Liverpool hatte er nichts mehr zu sich genommen; bei ihm dauerte das Souper länger als bei Jonathan, der damit beschäftigt war, über eine riesengroße, an der Wand des Speisesaals hängende Schottlandkarte nachzugrübeln; gegen ein Uhr morgens kehrten sie in ihre Zimmer zurück. Jacques konnte, bevor er sich schlafen legte, dem Wunsch nicht widerstehen, sein Fenster zu öffnen, das auf die Prinzenstraße hinausging. Der strömende Regen fiel in eine tiefe Dunkelheit; das Auge konnte draußen im Freien nichts erkennen, außer einem weiten, leeren Raum, an dessen Ende hoch oben eine Vielzahl heller Punkte leuchtete. Jacques konnte sich dieses Phänomen nicht erklären und schlief nach seiner Ursache suchend ein.

Bei den ersten Sonnenstrahlen sprang er aus dem Bett, und Jonathan klopfte an die Tür. Jacques stürzte auf seinen Balkon; Princes Street lag breit und prachtvoll vor seinen Augen, rechter Hand trug eine beachtliche Anhöhe, zu deren

Füßen sich herrliche Gärten erstreckten, das Schloß von Edinburgh auf ihrem Kamm; vor ihm, über einer Eisenbahnstation, reckten erstaunlich große Häuser ihre zehn, mit Fenstern übersäten Stockwerke in die Höhe: Sein Blick umfaßte die ganze Altstadt, die hoch oben auf diesem zur linken

Seite hin abfallenden Hügel hockte; darüber konnte man am Horizont einen Berggipfel gewahren, auf den Jacques mit dem Finger deutete.

»Das wird unser erstes Ausflugsziel sein«, sagte er.

»Keineswegs«, antwortete Jonathan, »wir beginnen mit einem Rundgang um die Zitadelle, dann werden wir irgendwo zu Mittag essen, und anschließend können wir uns diesen doch recht steilen Aufstieg erlauben!«

Jacques schloß sich den Überlegungen seines Freundes an, und so brachen sie zu zweit an einem Tag auf, der wunderschön zu werden versprach.

Die Prinzenstraße zieht sich durch die schluchtartige Senke, die Alt- und Neustadt voneinander trennt; sie hat auf ihrer linken Seite keine Nebenwege und führt an der Eisenbahnstation entlang und am Gitter einer öffentlichen Parkanlage mit wundervollen Rasenflächen im mittleren Teil der Straße. Ein hundertfünfzig Fuß hohes Gebäude stellt an seinen Ecken, seinen Kranzgesimsen, seinen vielen Türmchen und seinem spitzen Turmhelm die zahllosen Blüten des Flamboyantstils zur Schau. Es ist das Denkmal von Sir Walter Scott. Die Statue des großen Schriftstellers, der in einer nachdenklichen Haltung dasitzt, befindet sich in der Mitte der niedrigsten Plattform, unter dem Scheitel eines Spitzbogengewölbes; diese Statue aus weißem Marmor genießt eine gewisse Berühmtheit, und das Gesicht des weithin bekannten Schriftstellers besitzt feine und intelligente Züge. Dieses für seine Bestimmung doch übermäßig große Denkmal zieren noch zahlreiche andere Statuen, die Walter Scotts sympathische Helden darstellen; in den vier Nischen des unteren Teils kann man die Dame vom See, Fürst Charles von Waverley, Meg Merrilies und den Letzten Spielmann sehen, wenn nicht gar bewundern.

Die Prinzenstraße setzt sich zwischen dem Gitterzaun des Princes Street Garden und einer Reihe niedriger Häuser fort, die mit ihren Namen wie Queen's Hotel, Gibb's Royal Hotel,

Caledonian Hotel und Campbell's North British Hotel fast alle für die Reisenden bestimmt sind; zwischen den Gartenanlagen erheben sich die Royal Institution, in griechischem Stil, und die Nationalgalerie in etruskischem Stil. Diese verschiedenen, vom Standpunkt der Kunst aus mehr oder weniger gelungenen Bauwerke haben mit allen Monumenten Englands und Schottlands eines gemein, nämlich daß sie zur Gänze fertiggestellt und sorgfältig instand gehalten sind; sie weisen keine unvollendeten Gesimse auf, keine Verzahnungssteine am Mauerende, denen nur allzuoft ein paar Zähne fehlen, keine häßlichen Gerüste, die noch vor Beendigung der Arbeit verrotten.

Nachdem die beiden Freunde am Ende der Princes Street bei der Saint John's Kirche angekommen waren, bogen sie links in die Lothian Road ein und spazierten am Bahnhof des Caledonian Railway entlang; sie hatten die Absicht, um den Felsen herumzugehen, auf dessen Gipfel das Schloß von Edinburgh wie ein Adlernest hockt. Dieser Hügel bildete einst die gesamte Stadt Edinburgh, die verqualmte Alte: *Auld Reekie*, nach ihrer volkstümlichen Bezeichnung. Sie erstreckt sich in gerader Linie vom Schloß bis zum Holyroodpalast, über die High Street und die Vorortstraße Canongate, und wird durch sehr hohe Brücken mit den zwei anderen Hügeln verbunden, auf denen sich die Neustadt im Norden und die Vororte im Süden ausbreiten. Diese Unebenheiten im Gelände eignen sich vorzüglich für Prachtbauten und Aussichtspunkte, und sie wurden in Edinburgh auch genutzt, was der Stadt den Namen Athen des Nordens eingetragen hat; stolz auf ihre Universität, ihre Gymnasien und philosophischen Schulen, ihre Dichter und Redner, erhebt sie im übrigen Anspruch auf diesen ruhmreichen Namen sowohl was ihr Aussehen als auch ihre geistige Verfassung betrifft.

Als sie über den Grass Market schlenderten, machte Jacques seinen Freund auf den schroffen und wilden Charakter des alten Felsens aus grünem Basalt aufmerksam, der von der

Schloßanlage gekrönt wird. Diese Esplanade diente einst als Richtplatz, und Walter Scott ließ auf ihr eine der packendsten Episoden aus dem *Gefängnis von Edinburgh* spielen, Hauptmann Porteous' Tod am Galgen; Jacques, der sich vor seiner Abreise mit dieser heilsamen Lektüre genährt hatte, machte auf Jonathan einen äußerst gelehrten Eindruck. Hier *arbeitete* der Lockman, der Henker, so genannt aufgrund seines Vorrechts, ein wenig Mehl aus allen Säcken zu nehmen, die auf dem Markt der Stadt feilgeboten wurden. In einer engen Gasse ganz nahe an diesem Platz haben sich die blutigen Dramen von Burke dem Würger zugetragen.

Die beiden Freunde kamen in der Nähe der Kathedrale und des Parlamentsgebäudes auf die High Street und konnten diesen zwei Bauwerken nur eine zerstreute Aufmerksamkeit schenken. Die Saint-Giles-Kirche dünkte ihnen, ein recht schwerfälliges Exemplar der angelsächsischen Gotik zu sein, und das Parliament House ist ein nichtssagendes Monument an der Ecke eines Platzes, in dessen Mitte die Statue, genauer gesagt eine schlechte Reiterstatue, von Charles II. emporragt.

Als Jacques *Das Gefängnis von Edinburgh* gelesen hatte, war in ihm eine archäologische Liebe für das alte Gefängnis

Tolbooth aufgekeimt, in dem die arme Effie Deans so unsäglich gelitten hatte; diesen Teil des Romans hatte er besonders eingehend studiert, und er hoffte, mit seinen Kenntnissen glänzen zu können. Nach seinen Berechnungen mußte er nun bei diesem schaurigen Bauwerk angelangt sein, und er suchte begierig nach ihm, ohne jedoch die geringste Spur zu entdecken; er war untröstlich und teilte Jonathan seinen Kummer mit.

»Fragen wir doch einfach«, sagte dieser.

»Aber wen?«

»Einen Buchhändler, laß uns in diesen Laden hier gehen.«

»Gut, gehen wir hinein, und wenn man uns hier nicht weiterhilft, wird man uns nirgendwo weiterhelfen; wir stehen genau an jener Stelle, wo sich der Kellerraum der alten Mistress Macleuchar auftat; hier plauderte sie mit dem freundlichen Altertümler, der fluchend auf die Postkutsche nach Queensferry wartete, die Hagedornfliege genannt wurde! Mir scheint, ich sehe den Laird von Monkbarns vor mir, wie er durch Bow und Canongate trottete, auf der Suche nach einer unvollständigen Ausgabe oder einem jener kleinen Elzevirdrucke, die er dann triumphierend nach Hause trug!«

Während dieser Tirade hatte Jonathan das Geschäft betreten und kam nun wieder heraus, ohne irgend etwas erfahren zu haben; der wackere Buchhändler kannte nicht einmal einen Roman mit dem Titel *Das Gefängnis von Edinburgh*.

»Das ist ein starkes Stück«, sagte Jacques.

»So ist es nun einmal.«

»Vielleicht konntest du dich nicht verständlich machen.«

»Doch, vollkommen.«

Später bekam Jacques eine Erklärung für diesen Umstand: Der fragliche Roman war in England niemals unter diesem Titel veröffentlicht worden, sondern unter dem Namen, den das alte Gefängnis früher trug, das Herz von Midlothian, *The Heart of Midlothian*. Midlothian ist der Name der Grafschaft, deren Hauptstadt Edinburgh ist; das Gefängnis existiert nicht mehr, es wurde 1817 zerstört, und damals erhielt Walter Scott dank der Zuvorkommenheit seines alten Freundes Robert Johnstone, Esquire, der in jener Zeit Syndikus der Handwerkergilde war, die Erlaubnis, die Steine und die gewaltigen Türriegel fortzuschaffen, und er verzierte damit den Eingang zum Küchenhof auf seinem Schloß Abbotsford.

ZWANZIGSTES KAPITEL

Eine Stadt voller Gegensätze

Es würde mich überglücklich machen«, sagte Jacques, während sie die High Street hinuntergingen, »wenn wir eine Taverne finden könnten, auf der ein Schild mit dem Wappen von Wallace, den Drei-Kranichen oder dem Kettenhemd der Southwarcks prangt; das würde ihr ein wenig Lokalkolorit verleihen und wäre unserem Mittagessen bestimmt nicht abträglich.«

»Ich habe nichts dagegen«, antwortete Jonathan, »aber laß uns vor allem essen, mit oder ohne Wirtshausschild.«

In Edinburgh außerhalb der Hotels etwas zu essen zu finden ist äußerst schwierig; es gibt keine Restaurants wie in Paris, und auf den wenigen Tavernen prangt nicht das kleinste Schild; doch mit viel Geduld fanden die beiden ausgehungerten Touristen schließlich eine Art Coffee House gegenüber von Tron-Church, und hier taten sie sich, zu einem höchst bescheidenen Preis, an kaltem Fleisch und schottischem Ale gütlich. Jonathan hätte gern ein paar frische Eier probiert; doch es gelang ihm nicht, sich verständlich zu machen; der Ausdruck *weichgekocht* fehlte in seinem Wortschatz.

Nach dieser kräftigen Mahlzeit kam Jacques auf seinen morgendlichen Einfall zurück, und Jonathan mußte ihm folgen, um den Berg, den er von seinen Fenstern aus entdeckt hatte, zu erklimmen. Über die High Street, jene bunt bevölkerte Straße, die Walter Scott in seinem Roman *Der Abt* so genau beschrieben hat, machten sie sich auf den Weg zu Schloß Holyrood und ließen die Bridge Street, die mit ihren gigantischen Brücken die drei Höhenzüge der Stadt miteinander verbindet, links und rechts von sich liegen. Im äußersten Süden erblickt man die Universität, die auf dem Standort jenes Hauses erbaut wurde, das Bothwell mit Darnleys Leiche in die Luft sprengte; man kann übrigens keinen Schritt in Edinburgh tun, ohne auf die lebendige Erinnerung an Maria Stuart zu stoßen und ohne den ergreifenden Ruinen des schottischen Romanciers zu begegnen. Die lange Straße nach der High Street trägt den Namen Netherbow und führt am Haus des großen Reformators John Knox vorüber, des einzigen Mannes, den das Lächeln der schottischen Königin nicht bezwingen konnte; deshalb starb er am 24. November 1572 auch friedlich in seinem Bett. Netherbow weicht schließlich der Canongate, jener uralten Straße, in der sich einst die gesamte Stadt vereinigt fand.

Hier liegt der Vorort des Elends im wahrsten Sinne des Wortes, und er führt zum königlichen Schloß: Unbekleidete Kinder, Frauen und junge Mädchen mit nackten Füßen, Bettler unter breitkrempigen Hüten stoßen hier zusammen, kreuzen einander, schleppen sich dahin und schleichen mit ihren hungrigen Gesichtern an den hohen Häusern entlang. Und doch, inmitten dieser siechen Bevölkerung, in dieser verschmutzten Luft, die für ansteckende Krankheiten so förderlich ist, auf diesem durchweichten und schlammigen Straßenpflaster, in den hintersten Winkeln dieser düsteren, feuchten und stinkenden Gassen, die unter dem Namen Closes bekannt sind und zu abscheulichen Schlupflöchern führen, stürzt man über stufenlose Treppen bis zu den beiden aneinandergrenzenden Schluchten hinab und begegnet der schrecklichen Poesie des alten Schottland. Hier stieg Waverley hinunter, als er zum ersten Mal nach Edinburgh kam; hier fertigte ihm der Schneider jene berühmte schottische Tracht an, die von der Witwe Flockhart so sehr bewundert wurde. Hier wahrscheinlich entluden nach dem Sieg des Kronprätendenten die Hochländer ihre Gewehre, und Flora

Mac Ivor wurde beinahe von einer überschwenglichen Kugel getroffen. Das Canongate-Viertel läßt sich mit nichts vergleichen; sein Gesicht *sui generis* ist einzigartig auf der Welt, seine Verkaufsbuden und Kramläden, seine an Eisenketten knirschenden Wirtshausschilder, seine breiten Vordächer, seine Gefängnisuhr, die ein trostloses Zifferblatt in die Straßenmitte reckt, die immer noch gedeckten Holztische seiner alten Gasthöfe – alles verleiht ihm eine Eigentümlichkeit, die nur der Pinsel von Delacroix geglückt wiedergeben könnte. In dieser Straße, wie übrigens fast allerorten, scheinen die Frauen den Männern an Zahl weit überlegen zu sein; dies liegt wohl daran, daß in Edinburgh verschwindend wenig männliche Hausangestellte beschäftigt sind, während es von Dienstmädchen und Chambermaids, die mit den alten Hüten ihrer Herrinnen auf den Köpfen herumlaufen, nur so wimmelt.

Wenn man sich Holyrood nähert, wird die Straße ein wenig breiter: Man kommt an einem Hospital und der Kirche von Conangate mit ihrem eigentümlichen Friedhof vorüber. Sie ist ein gotischer Bau, ohne jeden Stil und unscheinbar. Die Straße mündet schließlich auf einen Platz, an dessen Ende sich der Palast der einstigen Herrscher Schottlands erhebt.

In der Mitte des Platzes hatte sich ein großer Auflauf von Menschen gebildet, die alle einen erst kürzlich errichteten, reizenden Springbrunnen bewunderten; er bot dem Auge alle Pracht der gotischen Renaissance dar und folglich eine minderwertige Reinheit des Stils. Doch er wirkte so fein gemeißelt, mit so viel Geduld gearbeitet, so frisch erblüht, daß es Vergnügen bereitete, ihn zu betrachten; er schien in einer einzigen Sommernacht hier aufgeschossen zu sein wie eine tropische Blume.

Jacques und Jonathan gingen auf Holyrood zu, das von Soldaten in der alten schottischen Tracht bewacht wurde; sie trugen den Faltenrock aus grünem Stoff, das karierte Plaid und die Tasche aus dem Fell langhaariger Ziegen, die bis auf die Oberschenkel herabhängt. Da es ihnen an Zeit fehlte, beschränkten sie sich darauf, die vier dicken, zinnenbewehrten Türme an der Fassade zu bewundern, die ihr ein mittelalterliches Aussehen verleihen; mit Ausnahme der verfallenen Kapelle, die hinter dem Palast ihre gotischen Mauerbögen emporreckt, ist es unmöglich, die neuen oder auch bloß renovierten Teile zu erahnen. Trotz aller schauerlichen Begebenheiten und grausamen Verbrechen, die sich in ihrem Inneren zugetragen haben, trotz der schrecklichen Erinnerung an die Liebe zwischen Maria Stuart und dem armen Rizzio, sieht diese alte Residenz weder düster noch grausig aus: Ganz im Gegenteil, man könnte meinen ein Lustschlößchen, das dank einer Laune des Besitzers sein feudales Äußeres bewahrt hat. Man mußte schon ein thronloser König wie Charles X. sein, um die tiefe Ruhe hier nicht genießen zu können, ohne der Vergangenheit nachzutrauern und sich um die Zukunft zu sorgen.

»Holyrood! Holyrood!« rief Jacques, die wunderschönen Verse Victor Hugos zitierend. »Und nun wird der Berg erstürmt.«

»Hier scheint es mir ein wenig steil zu sein«, sagte Jonathan, »vielleicht kann uns jemand einen nicht ganz so schroffen Pfad zeigen!«

»Nie und nimmer! Wir gehen geradewegs hinauf! Vorwärts!«

Und er stürmte in den königlichen Garten, der sich auf der rechten Seite des Schlosses erstreckt. Ein Kavallerieregiment exerzierte gerade, und seine blitzenden Waffen und roten Uniformen erzielten in dieser Landschaft einen köstlichen Effekt; ein paar Bäume warfen ihre Schatten auf die Ufer eines kleinen Sees, oder vielmehr eines schlichten Teiches, der den Fuß der Hügel umspült.

Jacques erinnerte sich unwillkürlich an die Szenen aus *Waverley*, die an eben dieser Stelle spielten; hier sammelte sich das Heer von Charles Edward mit seinen wehenden Tartans, seinen wogenden Federbüschen und seinen flatternden Bannern, auf denen die Losungen der Clauronalds, Macfarlanes, Tullibardines und Gordons zu lesen standen. In der Mitte ragte die Standarte des Ritters empor, mit seiner Devise: *Tandem triumphans*, die er bald in der Schlacht von Prestonpans bestätigen sollte.

Zu ihrer rechten Hand waren in regelmäßigen Abständen laute Detonationen zu hören, die in den Berghöhlen widerhallten; eine Kompanie von Riflemen in dunklen Anzügen machte Schießübungen mit dem Präzisionsgewehr. Nach und nach überblickten die Wanderer, je weiter sie über die umliegenden Kuppen hinauskamen, all diese Einzelheiten; Jacques hatte geschworen, sich nicht eher umzudrehen, als bis er den heißersehnten Gipfel erreicht habe.

Zunächst mußte Victoria Drive überquert werden, eine wundervolle Ringstraße für jene Wagen, die Walter Scott sich mit ein paar Zeilen seines *Gefängnisses von Edinburgh* erschrieben haben will. Er zeichnet ein bezauberndes Bild von den Pfaden, die sich am unteren Teil der Salisbury-Felsen entlangschlängeln; diese Felsen bilden das Fundament von

Arthur's Seat, dem Arthursitz, so lautet der Name jenes Berges, den Jacques gerade hinaufkletterte. Er ist ungefähr tausend Fuß hoch, was Jacques einfach nicht glauben wollte, er gab ihm höchstens dreihundert Fuß; da ihm ein solcher Anblick höchst unvertraut war, mußte er noch mehr als eine Enttäuschung dieser Art einstecken. Endlich erreichte er, weit vor dem armen, keuchenden Jonathan, den Gipfel von Arthur's Seat: schwitzend, mit rasendem Puls und völlig außer Atem. Er schloß kurz die Augen, drehte sich zur Stadt um und blickte hinunter.

Nie zuvor war ein herrlicheres Schauspiel fassungsloseren Augen begegnet. Arthur's Seat reckte seinen Kopf weit über die umliegenden Hügel hinaus; ihm zu Füßen entrollte sich das Panorama von Edinburgh mit seinen neuen Vierteln und den in geraden Linien verlaufenden Straßen der Neustadt, mit dem wirren Häuserhaufen und dem wunderlichen Straßengeflecht von *Auld Reekie.* Zwei Punkte ragten aus dieser Fläche heraus: das Schloß auf seinem Basaltfelsen und Calton Hill, das auf seiner runden Kuppe die Ruinen eines griechischen Denkmals trägt. Prachtvolle, von Bäumen gesäumte Straßen liefen strahlenförmig auf die Kapitale zu; im Norden schneidet ein Meeresarm, der Firth of Forth, eine tiefe Kerbe in die Küste, und hier liegt der Hafen Leith; weiter oben zieht sich die Küste der Grafschaft Fife harmonisch dahin, und im Osten das unendliche Meer, das von diesen Höhenzügen herab immer ruhig und blau wirkt; ein Weg, so gerade wie die Straße von Piräus, verbindet, nach einem Wort von Charles Nodier, dieses moderne Athen mit der Nordsee. Im Westen zeichnet sich die entfernte Spitze des Ben Lomond ab, und rechter Hand erstrecken sich die Strände von Newhaven und von Portobello mit seinen Badeanstalten. Die Feder ist unfähig, die gewaltige Wirkung dieses Bildes wiederzugeben. Jacques schwieg, er war überwältigt von jener stummen Erregung, die große Naturschauspiele hervorrufen. Jonathan hatte ihn eingeholt und teilte seine sprachlose Bewunderung; sie blieben lange so stehen, während der Seewind sie mit seinen kräftigen Düften umwehte.

»Laß uns hinabsteigen«, sagte Jacques schließlich, »laß uns schnell hinabsteigen, denn sonst überkommt mich noch das Verlangen, diesem berückenden Schauspiel niemals Lebewohl zu sagen. Komm, Jonathan.«

Sie hatten den Arthursitz von seiner steilsten Seite her in Angriff genommen, am entgegengesetzten Hang führte ein langsamerer Pfad hinunter; rotwangige und vergnügte junge Mädchen kamen heraufgeklettert, sie lachten und riefen: »Oh meine Beine, meine armen Beine! *My poor legs!*« Jonathan, der stolz darauf war, sie zu verstehen, schenkte ihnen sein freundlichstes Lächeln. Während sie den Berg hinabgestiegen waren, hatte er den Plan gefaßt, in Portobello ein Meerbad zu nehmen, und gefolgt von Jacques, machte er sich auf den Weg durch die Landschaft. Sie brauchten nicht mehr als eine halbe Stunde, um ans Ziel zu gelangen.

Portobello ist die Ansammlung von ein paar Häusern auf einem recht hübschen Strand. Woher stammt dieser italienische Name inmitten all der harten gälischen Bezeichnungen? Jonathan konnte es sich nur durch die Anwesenheit des Sängers Rizzio und seiner Gefährten an Marias Hof erklären. Hier, auf dem gelben Sand, begegnete man dem Badeleben, wie englische Stiche es bekannt gemacht haben: Zahlreiche Familien verbrachten auf diesem Strand die wärmsten Stunden des Tages; die Kinder spielten, die Dienstmädchen und Hauslehrerinnen überwachten sie, die Mütter und die reizenden jungen Misses entschwanden ins Meer. Die Männer badeten ungefähr zehn Meter von den Frauen entfernt. Ein bewegliches Häuschen beförderte sie über die ersten Wellen hinaus.

»Ein gutes Beispiel für die englische Prüderie!« sagte Jacques. »In Frankreich gibt es solche Trennungen nicht.«

»Das ist bedauerlich! Sehr bedauerlich«, antwortete Jonathan, »aber wir müssen uns wohl oder übel den Landessitten fügen!«

Und jeder betrat sein rollendes Häuschen.

»Jonathan«, rief Jacques schon nach wenigen Augenblicken, »ersuche den Chef der Anstalt doch bitte um eine Badehose.«

»Sapperlot, das wird schwierig, ich kenne das Wort dafür nicht.«

»Dann mußt du dich eben durch Gesten verständlich machen!«

Jonathan rief nach dem Bademeister, doch was er auch anstellte, es war nichts zu erreichen; und er setzte Jacques von seinem Fehlschlag in Kenntnis.

»Jetzt sitzen wir schön in der Tinte«, meinte dieser. »Warum hast du es denn nicht geschafft?«

»Unmöglich, das war ein richtiger Westbretone!«

»Aber wir können doch nicht ...«

Der Satz erstarb auf seinen Lippen; durch die halb geöffnete Tür seiner Kabine hatte er soeben einen prachtvollen Badegast erblickt, einen reinrassigen Engländer, der voller Anmut aus dem Wasser kam, gemächlichen Schrittes und von Kopf bis Fuß nackt ...

»Jonathan, schau nur ...«

Jonathan verschlug es die Sprache; andere Badegäste kamen in diesem Moment auf den Strand zurück, ebensowenig bekleidet wie der erste und ohne sich um die Mistresses und Miladies am Ufer zu kümmern!

Die beiden Freunde zögerten nicht länger; sie rannten auf die erstbeste Welle zu und stürzten sich hinein, ohne noch einmal den Kopf zu wenden!

»So steht es also mit der englischen Prüderie«, sagte Jacques und schüttelte sein nasses Haar.

»Wahrscheinlich wäre das Gegenteil *shocking*!«

Die Wassertemperatur kam den Badenden, die noch vor wenigen Tagen in den Meerbusen von Arcachon eingetaucht waren, eher kühl vor; aus diesem Grund entstiegen sie, nach einem verständlichen Zaudern, wie sie denn ihre Häuschen in diesem dürftigen Kleide erreichen sollten, den salzigen Fluten im Krebsgang, auf die Gefahr hin, bei den jungen Damen durch ihre Positur und ihren überstürzten Rückzug für Gelächter zu sorgen.

EINUNDZWANZIGSTES KAPITEL

England: Eine große Lady auf ihrem Spaziergang

Nach diesem erquickenden Bad gingen sie in das benachbarte Wirtshaus oder vielmehr *Gewölbe*, wo sie sich an einem Glas ausgezeichnetem Ale labten. In diesem Augenblick hielt der Omnibus, der zwischen Portobello und Edinburgh verkehrt; sie stiegen auf die Plattform und fanden schließlich zwei Plätze inmitten der Menge, die das Oberdeck belagerte: Kinder, Greise, Frauen, Hunde – alles war auf dieser schaukelnden Maschine willkommen. Auch im letzten Winkel hockte noch ein Fahrgast, und der Coachman, ein würdevoller und ernster Mann in Frack und schwarzem Hut, hielt sich nur noch durch ein wundersames Gleichgewicht auf seinem Sitz. Endlich erreichten sie die Haltestelle, nachdem sie einen Bogen um Calton Hill gemacht hatten und über die Regent Road am neuen Gefängnis der Stadt vorbeigefahren waren. Dieses ist ein Wirrwarr aus kleinen, angelsächsischen Gebäuden, die sich stufenförmig über einen flachen Hügel hinaufziehen, mit zinnenbestückten Mauern, steinernen Schilderhäuschen, Fenstern, die dicke Eisenstäbe vergittern, und zahllosen Pechnasen; man könnte es für eine mittelalterliche Stadt in Miniatur halten, die auf peinliche Sauberkeit achtet und kräftig mit Bohnerwachs poliert wird.

Der Omnibus blieb vor dem Theater stehen, einem Bauwerk, über das man besser kein Wort verliert, und fast gegenüber dem Staatsarchiv, das eine Kuppel ohne jede Anmut ziert.

Von hier kehrten die beiden Freunde ins Hotel Lambret zurück, um einen Blick auf den Stadtplan von Edinburgh zu werfen. Welche Absicht steckte dahinter? Jonathans Bruder hatte die Nichte eines angesehenen Schotten geheiratet, der mit seiner ganzen Familie in Edinburgh lebte. Wenn Jonathan, dessen Eintreffen im übrigen bereits angekündigt war, ihm seine Aufwartung machte, dann konnte er nur mit größter Zuvorkommenheit empfangen werden; wenn er auf diese Weise in das Zuhause dieser ehrenwerten Familie vordrang, würde er sich noch besser mit den Sitten des Landes vertraut machen. Er unterbreitete Jacques also den Vorschlag, ihn zu begleiten, und dieser stimmte begeistert zu.

Mister B. wohnte ein wenig außerhalb der Stadt, in der Inverleith Row. Um in diese Gegend zu gelangen, mußte man die modernen Viertel von Edinburgh durchqueren, all die neuen Straßen entlang, deren Bezeichnungen wie *place, terrace, road, row* und *street* den Ortsfremden noch zusätzlich verwirren.

Jacques überschüttete Jonathan mit Fragen über Mister B.; da er immer nur seinen Walter Scott im Kopf hatte, fragte er sich, ob er ihn mit Euer Gnaden oder Eure Herrlichkeit anreden mußte, und er rechnete damit, einen Squire aus alten Zeiten in seiner Nationaltracht anzutreffen.

Sie nahmen die Saint-Andrew-Straße und kamen auf den Square, in dessen Mitte ein Standbild Melvilles in die Höhe ragt. Es handelt sich um eine kannelierte Säule, die von einer Statue gekrönt wird und an die Trajanssäule in Rom erinnert; denn man muß schon anmerken, daß fast alle Bauwerke Edinburghs eine Kopie oder ein im allgemeinen mißlungenes Kleinformat eines berühmten Denkmals aus der Antike sind. Auf einer Seite des Platzes stand die Königliche Bank, die man nicht mit der Bank Schottlands verwechseln darf, und auch nicht mit der Bank der Englischen Kompanie, deren herrschaftliches Haus mit seinen korinthischen Säulen nur ein paar Schritte entfernt steht, nicht mit der Handelsbank, einem Zwitterbau, bei dem sich griechischer und römischer Stil um die Ornamentik zanken, und kurz gesagt auch nicht mit allen anderen Banken, von denen es in den englischen Städten nur so wimmelt.

Die George Street führt vom Saint Andrew's Square zur Saint George's Church, parallel zur Princes Street; sie ist prachtvoll, von Versicherungs- und Bibliotheksgebäuden gesäumt, von Museen und Kirchen, die alle deutlich ihren Ehrgeiz bekunden, Denkmäler zu sein. In diesem Augenblick ließ der spitze Turm der Kirche Saint Andrew das fröhliche Läuten seines Glockenspiels erklingen. Jonathan schrieb sich die Reihe der Töne, die in absteigenden Quinten dahersprangen, in sein Notizbuch: c, f, h, e, a, d, g, c; diese Aufeinanderfolge erzielte eine ganz besondere Klangwirkung, die den Musiker aufhorchen ließ. Die Passanten machten sich bestimmt wenig Gedanken darüber; sie gingen wie sehr beschäftigte, aber ernsthafte Leute ihrer Wege. Dieser Teil der Bevölkerung stach scharf von den Menschen im Canongate-Viertel ab: Die Frauen, in Toiletten von ziemlich schlechtem Geschmack und bunt zusammengewürfelten Farben gewandet, stolzierten selbstsicher und steif mit ihren langen britischen Schritten einher; die tief angesetzte Gürtellinie ihrer Kleider verlängerte den Oberkörper auf Kosten der Taille, die abgeflacht und formlos wirkte, und auf ihren Köpfen saß der unvermeidliche breitkrempige Hut. Als Jacques eine dieser ungraziösen Frauen vorübergehen sah, sagte er zu Jonathan:

»Ist dir nie eine sonderbare Idee gekommen, wenn du die Karte von Schottland und England betrachtet hast? Diese Karte stellt nämlich eine große Lady auf ihrem Spaziergang dar. Die Schleppe ihres Kleides mit seinen zerknitterten Volants zieht sich bis in den Atlantischen Ozean hinein, und ihre lange Taille reicht bis zu jenem Gürtel aus Grafschaften, der sie zwischen Irischer See und Nordsee umklammert. Sie neigt sich nach hinten und reckt den Kopf mit den eckigen

Zügen nach oben, in den ihr der Firth of Forth einen riesigen Mund gräbt; sie trägt einen runden Hut, unter dem ihre Korkenzieherlöckchen in Gestalt von zerzausten, schwimmenden Inseln hervorlugen! Schau nur, und mit ein wenig gutem Willen wirst du zugeben, daß ich recht habe.«

Während sie so plauderten, kamen die zwei Pariser zu einer abscheulichen Statue von George IV., und über die Hanover Street bogen sie in die Straße, die am Garten der Königin entlangführt, einer Art in die Länge gezogener Square. Alle diese Straßen sind wundervoll, in rechten Winkeln angelegt, breit und sauber, aber nahezu menschenleer; die niederen Häuser bestehen im allgemeinen aus einem Souterrain für die Küchen, einem Zwischengeschoß, einem ersten und zweiten Stockwerk; sie haben nur drei Fassadenfenster und werden von nicht mehr als einer Familie bewohnt: Man erreicht sie über eine kleine Brücke, der ein griechischer Säulengang Schutz bietet, und Jacques hatte seinen Spaß daran, von den Eingangstüren, die nur einen einzigen Flügel besitzen, den Beruf der Hausbewohner abzulesen. Die *surgeons, physicians, sollicitors* amüsierten ihn sehr; auch den Firmenschildern, die er nicht verstand, war es vergönnt, seine Heiterkeit zu erregen; ein einziges, das sich oft wiederholte, erschien ihm bedrohlich und furchteinflößend, und er war jedesmal wie vor den Kopf geschlagen, wenn er dieses beängstigende Wort las: *upholsterer*!

»Das heißt doch nur Polsterer«, erklärte ihm Jonathan.

»Und mit welchem Recht, wenn ich bitten darf, führt ein Polsterer so einen Namen?«

ZWEIUNDZWANZIGSTES KAPITEL

Miss Amelias Reize

INDEM SIE ihren Weg zum Water of Leith hin fortsetzten, gelangten sie schließlich unter einigen Schwierigkeiten in die hübsche Allee mit dem Namen Inverleith Row; nach einer halben Meile erreichten sie das Haus von Mister B. Ein Gitterzaun, der einen kleinen, bepflanzten Hof umschloß, stand davor. Es war eine entzückende Villa, die gepflegt und adrett aussah, mit breiten, nach Licht und Luft gierenden Fenstern. Jonathan läutete: Ein Diener öffnete die Tür, und sobald Jonathan in seinem besten Englisch nach Mister B. verlangt hatte, wurde er, in Begleitung von Jacques, über eine glänzende und mit einem schmalen Teppich belegte Treppe zum Salon in den ersten Stock geführt.

Dort saßen zwei Frauen, mit Nadelarbeiten beschäftigt: Es waren Mistress B. und Miss Amelia, ihre Tochter, eine überaus anmutige junge Person, deren Aufgewecktheit, Freundlichkeit und Liebreiz einen Gegensatz zur britischen Steifheit bildeten. Die beiden Pariser stellten sich selbst vor; man hatte sie bereits erwartet, und es war Miss Amelia zu verdanken, daß man sich rasch kennenlernte. Mistress B. sprach kein Französisch, aber ihre Tochter, die einige Zeit in Nantes und Paris gelebt hatte, drückte sich, ungeachtet ihres schottischen Akzentes, tadellos aus. Jacques, der hoch erfreut war, ein zusammenhängendes Gespräch führen zu können, bemühte sich eifrig um Miss Amelia.

Die Damen ließen auf einem Tablett zwei Gläser und zwei Flaschen bringen, eine mit Port, die andere mit Sherry – das ist der englische Name für Jerez; diese beiden Weine bilden offensichtlich den Grundstock eines englischen Kellers, denn sie werden überall angeboten, und man geizt nicht mit ihnen. Jacques und Jonathan nahmen diesen stärkenden Likör und einige Biskuits gerne an, dann baten sie um die Gunst, Mister B. vorgestellt zu werden.

»Mein Vater ist im Augenblick nicht hier«, antwortete Miss Amelia, »aber wenn Sie uns das Vergnügen bereiten, zum Essen zu bleiben, werden Sie ihn bestimmt treffen.«

Jacques bat, seinen Begleiter und ihn selbst zu entschuldigen, er wolle, obwohl man in Schottland war, die Gastfreundschaft nicht mißbrauchen.

»Das hat doch nichts mit mißbrauchen zu tun«, sagte die liebenswürdige Miss, »es wird ein Dinner ganz ohne Umstände sein; aber Monsieur Savournon ist doch Musiker, und ich bin verrückt nach Musik; wir könnten also den Abend zwischen meiner Orgel und meinem Klavier verbringen.«

»Nun gut, Mademoiselle, morgen ist Sonntag, wenn es Mister und Mistress B. genehm ist ...«

»Oh!« meinte Miss Amelia. »Oh! Das ist unmöglich. Morgen speisen Sie mit uns, das versteht sich von selbst, aber am Sonntag können wir keine Musik machen; es widerspricht unseren Gewohnheiten, für Katholiken und Protestanten ist das eine Regel, die keine Ausnahme duldet.«

Jacques und Jonathan akzeptierten diese doppelte Einladung, die mit so viel liebenswerter Hartnäckigkeit gemacht worden war.

»Nun«, fuhr Miss Amelia fort, »werde ich meinen Hut und meinen Schal holen und Ihnen, bis Zeit zum Abendessen ist, die Sehenswürdigkeiten der Umgebung zeigen.«

Und von ihrer Mutter gefolgt verließ Amelia den Salon.

»Das ist wirklich eine reizende Schottin«, sagten die beiden Freunde einmütig.

Der Salon war ein geräumiges Zimmer, kühl und hell, nach allen Anforderungen der englischen Behaglichkeit eingerichtet. Die großen Fenster öffneten sich, wie überall in England, von oben nach unten mittels einer Feder und eines Gegengewichts; sie erinnern an die früheren Schiebefenster, sind aber außergewöhnlich leicht, und die von einem dünnen Eisengestell umrahmten Glasscheiben lassen das Tageslicht strahlend einfallen. Diese Vorrichtung kommt ohne Fensterflügel aus und erlaubt deshalb, im Inneren Jalousien aus dünnen, gepreßten Lamellen anzubringen. Der Kamin aus schwarzem Marmor war hoch, breit und fast ohne Vorsprung, mit einer Feuerstelle, die für das Verbrennen von Kohle geeignet war; eine kleine und einfache Wanduhr stand zwischen zwei bronzenen Kandelabern. Diese waren auf dem Kaminsims befestigt und bekamen über eine verborgene Leitung das Gas zugeführt, das sie für die Speisung ihres dreiköpfigen Brenners benötigten. Auf diese Weise wird das Gas in alle Ecken des Salons und bis zum Deckenlüster verteilt. Diese Art der Beleuchtung ist hell und praktisch zugleich. Die Polsterstühle in verschiedenen Formen und Stoffen stellten ihren müden Benutzern die vorteilhaftesten Rundungen zur Verfügung. Hier war keine der französischen Moden oder Gewohnheiten zu finden, weniger Luxus, dafür aber viel mehr Gemütlichkeit; ein Broadwood-Flügel und eine klangvolle Orgel ergänzten diese Einrichtungsgegenstände, die ein ganz besonderes Stilempfinden und Harmonie zum Ausdruck brachten.

Wie so oft in Schottland spalteten Katholizismus und Protestantismus auch die Überzeugungen dieser gastfreundlichen Familie: Mister B. war ein denggläubiger Protestant, während seine Frau und seine Tochter nach der katholischen Religion lebten; aber durch ihre Toleranz, ihre Geselligkeit, ihre Poesie milderte diese mit ihrem Zauber die Nüchternheit des Protestantismus. Die schottischen Kalvinisten haben, mit der Stimme von John Knox, diese Strenge in der Erfüllung religiöser Pflichten sehr weit getrieben und sich sogar von der anglikanischen Kirche getrennt; während diese, obwohl sie die kalvinistischen Glaubenssätze gelten läßt, die Bischöfe und eine gewisse Hierarchie im Priesteramt bewahrt hat. Die schottischen Presbyterianer haben eine absolute Gleichheit unter den Geistlichen verkündet, die, von jeder Liturgie und äußeren Religionsausübung befreit, keinen anderen Auftrag haben, als die Bibel durch die individuelle Vernunft auszulegen. Jacques nahm sich fest vor, die Einzelheiten der beiden, in der Familie B. vereinten Religionen mit Interesse zu verfolgen.

Nach einigen Minuten kehrte Miss Amelia allein zurück, und mit der Ungezwungenheit der jungen Engländerinnen wies sie ihren beiden Gästen den Weg zu einem neuen Ausflug.

»Meine Herren«, sagte sie, »ich werde sie in den Botanischen Garten führen, der sich hier in der Inverleith Row befindet; heute ist Samstag, die Gewächshäuser sind noch offen, und Sie werden ganz ungewöhnliche Pflanzen zu sehen bekommen.«

Jacques bot Miss B. seinen Arm an, diese stimmte anmutig zu, und schon bald standen sie vor dem Eingang der Botanical Gardens. Mit seinem schmucklosen kleinen Tor wirkt dieser Garten wie ein sorgfältig gepflegter Privatbesitz; seine Rasenflächen sind prachtvoll wie in ganz England, und die Spaziergänger schlendern so ungehindert auf ihnen dahin wie auf den Sandwegen. Miss Amelia lenkte ihre Schritte zu den Gewächshäusern, einer geräumigen Glasrotunde, unter der exotische Pflanzen aller Klimazonen Schutz finden. Die Kuppe dieser Rotunde wird von einer eisernen Galerie abgeschlossen, von der man eine herrliche Aussicht über ganz Edinburgh hat.

Dieser reizende Spaziergang dauerte ungefähr eine Stunde, angefüllt mit Jacques' unablässigen Fragen über Schottland und Miss Amelias beständigen Erkundungen über Frankreich. Schließlich waren sie wieder in der Inverleith Row, und Miss Amelia führte ihre neuen Freunde ganz selbstverständlich, als sei es ein vergnüglicher Ort, zum Friedhof von Edinburgh, auf der anderen Straßenseite.

Dieser war im übrigen ein entzückender Park mit grünen Rasen und von Buchsbäumen gesäumten Alleen; die Gräber unter ihren kühlen Schattendächern boten einen erfreulichen Anblick, und man bekam Lust, sich auf ihnen zur ewigen Ruhe auszustrecken. Die Vorstellung vom Tod hat nicht das schaurige Gesicht der Mausoleen und Säulenstümpfe in Frankreich; die Grabmäler gleichen bezaubernden Cottages, auf denen das Leben geruhsam und verlockend dahinfließt. Dieses eigentümliche Gefühl erfüllte Jacques, und er begriff, warum Miss Amelia sie ganz einfach und wie selbstverständlich in diesen hinreißenden Park geführt hatte.

DREIUNDZWANZIGSTES KAPITEL

Ein Familientreffen

Bei ihrer Rückkehr trafen die Besucher Mister B. und den Reverend, Mister S., im Salon an. Mister B. empfing sie mit herzlicher Würde und redete in ihrer Muttersprache zu ihnen, die er mit gemessener Langsamkeit gebrauchte; mit seinen stillen und vornehmen Umgangsformen machte er den Eindruck, der beste Mensch der Welt zu sein. Jacques suchte vergebens nach dem schottischen Plaid und dem Kilt, Mister B. trug ganz einfach einen schwarzen Frack.

Reverend S., ein katholischer Priester, schien ein Freund des Hauses zu sein; sein sanftes und gütiges Gesicht, seine tiefgründigen und leidenschaftlichen Augen, sein zurückhaltendes und bescheidenes Auftreten machten ihn zu einem vollendeten Beispiel des englischen Klerikers. Was für ein Unterschied zu jenen presbyterianischen Geistlichen, halb Priester, halb Kaufleute, die sich den Spekulationen des Handels und dem Heil der Seelen verschrieben haben und unter denen die englischen Missionare in den Kolonien die empörendsten Ausgeburten sind!

Mister S. war viel in Europa herumgekommen; als zeitweiliger Gast in Rom, Wien, Paris besaß er zuverlässige Kenntnisse und sprach ein ausgezeichnetes, akzentfreies Französisch; er leitete eine nicht besonders große Pfarrgemeinde in der Grafschaft Fife.

Als das Abendessen serviert war, begaben sich alle in den Speisesaal im ersten Stock. Beim Eintreten war Jacques von seinem strengen und imposanten Aussehen überrascht:

Er glaubte, einen jener weitläufigen mittelalterlichen Säle vor sich zu sehen, in denen die Familie einst unter dem feierlichen Vorsitz des Vaters ihre Mahlzeiten einnahm; es herrschte eine fast religiöse Stille, und die dunklen Farben der Wandbehänge und Möbel machten diesen Eindruck noch vollkommener.

Jonathan wurde zwischen Mistress B. und Reverend S., Jacques rechts von Mistress B. und links von Miss Amelia gesetzt. Bevor alle Platz nahmen, blieb jeder noch ein paar Augenblicke stehen und sprach in Gedanken das Tischgebet.

Eine Suppe, bestehend aus Fleisch und Brühe, wurde serviert, und Miss Amelia teilte ihren Gästen mit, daß es sich dabei um das Nationalgericht Hotchpotch handelte; man erwies dieser Suppe also, während man sie verspeiste, die ihr gebührende Ehre.

»Wir haben Wert darauf gelegt, meine Herren«, sagte Mister B., »unsere schottischen Gepflogenheiten in keiner Weise zu verändern.«

»Wir sind Ihnen dafür außerordentlich verbunden«, antwortete Jonathan. »In seiner Phantasie hat mein Freund oft an den Mahlzeiten des Helden Walter Scotts teilgenommen, und er hält sich in diesem Augenblick für einen Gast von Fergus Mac Ivor Vich Ian Vohr!«

»Monsieur Jacques bedauert nur eines«, warf Miss Amelia ein, »daß wir nämlich nicht die Tracht der Highlands tragen!«

»Die Herren werden reichlich auf ihre Kosten kommen, wenn sie sich die Mühe machen wollen, weiter nach Norden vorzudringen«, sagte Reverend S.; »auf dem Land, im Umkreis der Seen, der kleinen Täler und Gebirge haben die Einwohner noch einige Spuren der vergangenen Zeiten bewahrt, die Tracht ist der ganze Stolz Schottlands.«

»Sie haben doch bestimmt die Absicht, ein wenig ins Hochland hinaufzufahren?« sagte Mister B.

»Nun ja«, antwortete Jacques, »wir wollten Sie diesbezüglich um Ihren Rat bitten. Ich gedenke auf keinen Fall, Schottland zu verlassen, ohne noch mehr davon kennengelernt zu haben.«

»Und wie finden Sie unser Land?« wollte Miss Amelia wissen. »Antworten Sie mit der Freimütigkeit unserer Breiten.«

»Es ist ein wundervolles Land«, antwortete Jacques, »und überdies außergewöhnlich interessant zu besichtigen; man kann ganz allgemein sagen, daß hier nichts getan, gesagt oder gedacht wird, daß man hier nichts zu hören oder zu sehen bekommt, was Frankreich ähnlich wäre; deshalb gibt es für uns auch bei jedem Wort, jeder Handlung, jedem Blick so viel Anlaß zum Staunen oder Beobachten. Wir konnten uns nur ein oberflächliches Urteil bilden, und doch sind wir voller Bewunderung; für mich war die Wirklichkeit bisher nie schwächer als alles, was ich mir vom alten Kaledonien erträumt hatte.«

»Ich teile die Meinung meines Freundes voll und ganz«, fuhr Jonathan fort, »und ich bin überzeugt, daß wir noch viel beeindruckter sein werden, wenn wir den einen oder anderen Ausflug in die Berge unternehmen können.«

»Sie haben recht«, antwortete Reverend S., »und nichts ist leichter als das; machen Sie mir doch die Freude, mich auf dem Schloß meines Bruders in O. zu besuchen, in der Grafschaft Fife, es wird für Sie der Ausgangspunkt einer wirklich interessanten Exkursion sein. Dort werden Sie feststellen können, daß die drei Lieben, die nichts aus dem Herzen eines Schotten auszureißen vermag, noch immer lebendig sind: die Liebe zu seiner Heimat, die er durch einen glühenden Patriotismus zu erkennen gibt, die Liebe zu seinem Clan, für den er eine grenzenlose Starrköpfigkeit unter Beweis stellt, und schließlich die Liebe zu seiner eigenen Familie, die er seinen Eltern und Vettern bis zur neunten Generation erweist. Das birgt einen Rest Mittelalter und Feudalismus, den ich nicht zu bekämpfen wage. Werden Sie kommen, meine Herren?«

»Sie müssen annehmen, Sie müssen annehmen«, rief Miss Amelia lebhaft. »Sie werden das hübscheste Schloß Schottlands sehen, in einem reizenden Park, und man wird Sie mit verschwenderischster Gastfreundschaft empfangen.«

»Wir glauben Ihnen gern, Miss Amelia«, antwortete Jonathan.

»Es tut mir sehr leid«, sagte Mister S., »daß mein Bruder und meine Schwägerin nicht zugegen sein werden, um Sie willkommen zu heißen, aber ich werde sie nach bestem Wissen und Gewissen vertreten.«

»Wir danken Ihnen aufrichtig«, antwortete Jacques, »aber wie lange wird dieser Ausflug dauern? Uns sind durch die Zeit gewisse Grenzen gesetzt!«

»Sie haben mehr Zeit, als Sie benötigen werden, seien Sie dessen versichert; Sie brauchen nur den Firth of Forth auf einem Dampfer hochzufahren und sind bei Ihrer Ankunft noch eine Stunde von O. entfernt.«

»Von da aus«, fuhr Mister B. fort, »wird es für Sie ein leichtes sein, Schottland über Stirling bis nach Glasgow zu durch-

queren, dann kommen Sie über den Loch Lomond, den Loch Katrine und die Berge nach Edinburgh zurück.«

»Topp!« sagte Miss Amelia, »diesen Ausflug läßt sich kein Tourist entgehen, er ist großartig, und zwei Tage genügen, um unerhörte Dinge zu sehen. Ich übernehme es, Ihre

Marschroute festzulegen, damit Sie keine Stunde verlieren und keinen Aussichtspunkt versäumen.«

»Abgemacht«, riefen die zwei Pariser, »wann brechen wir auf?«

»Montag früh«, mischte Mister B. sich wieder ins Gespräch, »und vergessen Sie nicht, daß ich morgen, am Sonntag, für eine Besichtigung Edinburghs zu Ihrer Verfügung stehe, und anschließend essen Sie mit uns zu Abend. Im übrigen reisen wir selbst im Laufe des Montags ab und werden Sie vermutlich bei Ihrer Rückkehr von den Seen leider nicht wiedersehen.«

Jacques und Jonathan bedankten sich herzlich bei ihrem Gastgeber und verließen sich ganz auf ihn, um alles zu ihrer größten Zufriedenheit zu regeln.

VIERUNDZWANZIGSTES KAPITEL

Von der schottischen Küche

Das abendessen verlief mit interessanten Gesprächen, bei denen Jonathan sein reinstes Englisch zur Entfaltung brachte. Große gebratene Fleischstücke, riesige Roastbeefs tauchten unter silbernen Glocken auf. Das Gemüse, nur in Wasser gekocht und ohne jedes Gewürz, mischte sich auf den Tellern der Tischgenossen unter die Rinderbraten- und Schinkenscheiben. Jonathan, dem eine herrliche, faustdicke portugiesische Zwiebel kredenzt worden war, hatte Mühe, mit ihr fertig zu werden, und es kostete ihn einige Anstrengungen und diskret unterdrückte Grimassen, um seine Ehre zu retten, die er in diesem Kampf aufs Spiel gesetzt hatte. Der zweite Gang bestand aus *grouses*, einer Art Rebhuhn mit einem frischen und nach wildem Heidekraut schmeckenden Fleisch. Jeder schnupperte von Zeit zu Zeit an einem kleinen Glas Sherry oder Portwein. Doch als Mister B. bemerkte, daß die Pariser Mägen sich nicht so recht in diese Diät schicken wollten, ließ er mehrere Pinten eines höchst wohlschmeckenden Bieres servieren, das unter dem Namen *table-beer* bekannt ist. Zum Dessert kam die unentbehrliche Obsttorte auf den Tisch, dann machte sich jeder Tischgast an die Zubereitung eines seltsamen Getränks, das den Abschluß der Mahlzeit bilden sollte. Die Pariser ahmten, so gut es ging, ihren Amphitryon nach und gaben in ein hohes Glas, das für diesen Zweck vorgesehen war, einige Löffelvoll Tamarindengelee, darüber gossen sie heißes Wasser und Rum. Dieses Gebräu wurde mit einem ganz besonderen, langen Löffel umgerührt und anschließend in ein kleines, für diese Zeremonie bestimmtes Glas umgeschüttet. Dieses kleine Glas diente dazu, das obengenannte Getränk zu sich zu nehmen, und man mußte es mehrere Male füllen und austrinken, was Jacques um seinen nicht übermäßig strapazierfähigen Kopf fürchten ließ. Nachdem das Essen schließlich beendet und das Dankgebet gesprochen war, kehrten alle in den Salon zurück.

Reverend S. verabschiedete sich auf der Stelle, denn er mußte noch am selben Abend wieder nach O. fahren; er erinnerte die Reisenden an ihr Versprechen, überließ Miss Amelia die Sorge, ihnen Weg und Transportmittel zu erklären und vereinbarte, sie am Montag gegen elf Uhr auf der Mole von Cramby Point zu erwarten.

Obwohl das Essen höchst üppig gewesen war, mußte man sich in spätestens zwei Stunden wieder zu Tisch begeben, um den abendlichen Tee einzunehmen. Um sich währenddessen ein wenig zu beschäftigen, schlug Miss Amelia einen neuerlichen Spaziergang vor; Jacques und sein Freund waren einverstanden, als wäre ihr Tag nicht schon mehr als ausgefüllt gewesen, aber das Vergnügen ließ die Müdigkeit verfliegen. Mister und Mistress B., Miss Amelia und ihre Gäste verließen also das Haus und spazierten die Inverleith Row hinauf. Sie kamen bis Newhaven, ungefähr eine Meile vom Hafen Leith entfernt: ein Haufen kleiner Häuser am Meeresufer, die ein Fischerdorf von recht trostlosem Aussehen bilden. Es herrschte gerade Ebbe, und vor ihnen lag ein schwärzlicher, steiniger Strand; ein Landungssteg, der wie eine Hängebrücke von Eisenketten getragen wurde, reichte weit ins Meer hinaus, und ein paar auf dem Trockenen liegengelassene Kähne neigten sich hier und da auf die Seite. Weiter links, ungefähr eine Meile entfernt, ermöglichte eine wunderschöne Steinmole, Granton Pier, die Zufahrt für jene Schiffe, die im Firth of Forth verkehren.

»Also, meine Herren«, sagte Mister B., »da, wo Sie sich

nach O. einschiffen werden, laufen auch die Passagierdampfer aus, die regelmäßig zwischen London und Edinburgh verkehren.«

»Gut«, antwortete Jacques, »bevor wir Montag früh den Forth hochfahren, werden wir uns über die Abfahrtszeiten der Dampfer nach London informieren; vielleicht können wir auf dem Seeweg zurückkehren.«

»Das muß erst noch entschieden werden«, warf Jonathan ein, »es wäre besser, wenn wir uns diese Fahrt ersparen könnten. Wir haben ja noch ein wenig Bedenkzeit.«

Um halb neun war im Haus von Mister B. der Tisch wieder gedeckt, und jeder nahm seinen Platz für den Tee ein. Das Teetrinken ist in England eine Zeremonie von erheblicher Bedeutung, und diese Pflanze, deren Ausfuhrvolumen zwölf Millionen Kilogramm übersteigt, wird in ungeheuren Mengen verbraucht. Das Ziehenlassen des Tees wird von seinen Trinkern mit größter Sorgfalt überwacht, und Miss Amelia übte ihr wichtiges Amt mit reizender Anmut aus. Als der Absud das gewünschte Stadium erreicht hatte, füllte Miss Amelia die Tassen ihrer Gäste damit, fügte ein wenig helle Milch hinzu und krönte alles mit einem Hauch flüssiger Sahne. Nie zuvor hatten Jacques und Jonathan eine wohlschmeckendere und mit größerer Akkuratesse und Liebenswürdigkeit servierte Flüssigkeit getrunken. Eigentümlich geformte Kekse, die Muffins genannt wurden und für diesen Verwendungszweck bestimmt waren, begleiteten diesen unvergleichlichen Tee, und selbst der russische Kaiser trinkt gewiß auch keinen besseren.

Die Nacht war hereingebrochen; die Tischgesellschaft zog sich wieder in den Salon zurück, und Jonathan dankte mit bezaubernden Melodien für die Zuvorkommenheit dieser wunderbaren Familie; er sang, spielte Klavier, und Jacques unterstützte ihn an der Orgel mit einigen recht gelungenen Bässen. Miss Amelia schien die Musik sehr zu lieben und gab sich jenem bestrickenden Zauber, jenem vollkommenen Gefühl hin, das wahre Künstler in die Interpretation ihrer eigenen Werke legen. Sie sang Jonathan mehrere schlichte Lieder aus dem Hochland vor, und dieser gab sie auf dem Klavier wieder, indem er sie mit einer einfachen und zugleich farbigen Begleitung versah.

»Übrigens«, sagte er zu Miss Amelia, »stecken diese leicht monotonen Melodien voller Charakter und Farbe; aber sie beruhen auf einer Reihe von Intervallen, die fast immer dieselben sind; deshalb gibt es ein ganz einfaches Mittel, um schottische Lieder auf dem Klavier zu interpretieren, nämlich indem man nur auf den schwarzen Tasten spielt. Der Zufall wollte es so, daß die Bauweise dieses Instruments zu diesem seltsamen Ergebnis geführt hat.«

Und indem er das Beispiel auf die Regel folgen ließ, interpretierte er bezaubernde Melodien nach diesem Verfahren. Miss Amelia war begeistert. Nach diesen sanften Kompositionen erschallte das Klavier unter den vier Händen der Pariser, und die bacchantischen Tänze des Orpheus versetzten die schüchternen Echos der Villa in Angst und Schrecken. Dann verstummte das Klavier, um den ganzen Sonntag über zu ruhen und ihn durch sein religiöses Schweigen zu heiligen. Die beiden Freunde verabschiedeten sich von ihren liebenswerten Gastgebern und verabredeten sich mit Mister B. für den nächsten Tag um ein Uhr, neben der Pitt-Statue in der George Street.

FÜNFUNDZWANZIGSTES KAPITEL

Jacques und Jonathan besichtigen Edinburgh

MAN MUSS SCHON zugeben, Jacques und Jonathan fühlten sich am Ende ihrer Kräfte, und ihr Geist hatte Mühe, die tausend Eindrücke dieses wichtigen Tages zu verarbeiten. Mit schleppenden Schritten gingen sie durch die breiten, menschenleeren und kaum beleuchteten Straßen ins Hotel Lambret zurück; nach solchen Strapazen läßt der Schlaf zum Glück nicht lange auf sich warten.

Am nächsten Morgen sprangen sie aus dem Bett, kleideten sich rasch an und nahmen ihren Weg durch die Sehenswürdigkeiten der Stadt wieder auf. Zunächst gingen sie in die Gegend von Calton Hill, dessen sonderbare Denkmäler ihnen vom Gipfel des Arthursitzes ins Auge gesprungen waren.

An diesem Sonntag in Schottland waren die Straßen trostloser und verlassener denn je, die Geschäfte ausnahmslos und puritanisch geschlossen; kaum daß ein paar Passanten es wagten, dieses einsame Pflaster gottvergessen zu betreten. Jedes Denken, jedes Handeln schien unter der feierlichen Langeweile des Protestantismus begraben zu liegen, dieses trokkenen und hartnäckigen Windes, dessen Hauch Geist und Herz zum Verdorren bringt. Das ließ in ihren Köpfen ein trauriges Bild von den Sonntagen in Edinburgh entstehen.

Calton Hill ist ein flacher Hügel, auf dem die Edinburgher Stadtverwaltung verschiedene Monumente errichtet hat, und nach alter Gewohnheit sind sie alle Imitationen antiker Bauwerke. So bildet etwa bereits auf den ersten Stufen der Treppe das Denkmal von Dugah-Stewart die Laterne des

Demosthenes nach; weiter oben ist das Observatorium nach dem Vorbild des Tempels der Winde in Athen gebaut. Auf der Kuppe erhebt sich das Nelson-Denkmal in beachtliche Höhe, doch es wird noch überragt von einem Seezeichen für die Schiffe, die den Forth durchfurchen: Es handelt sich um einen Turm von erbarmungswürdiger Gestalt, der das Auge durch seine plumpen Konturen beleidigt. Daneben stehen die zwölf korinthischen Säulen der Vorhalle eines unvollendeten Tempels, dies ist das Nationalmonument Schottlands. In einer patriotischen Stunde, nach der Schlacht von Waterloo, und um das Andenken daran wachzuhalten, war sein Bau per Akklamation beschlossen worden; doch schon bald fehlte es an Geldmitteln, und so ist von diesem Projekt nur eine moderne Ruine stehengeblieben. Es hätte die exakte Nachbildung des Parthenontempels werden sollen, dieses Meisterwerks der antiken Architektur. Im übrigen nimmt sich dieser halbfertige Portikus auf dem Hügel vortrefflich aus. Und man muß schon sagen, wenn all diese Denkmäler mit ihrer schlechten Ausführung und ihren grauenhaften Details jedes für sich genommen weder Anmut noch Stil besitzen, so werden sie durch die Gesamtheit doch aufgewertet und machen sich gut in der Landschaft. Dieser Ehrgeiz, an etwas erinnern zu wollen, ist immer noch besser, als nach nichts auszusehen wie so viele Monumente in Frankreich.

Von der Terrasse des Calton Hill genießt man eine wunderschöne Aussicht, und hier pflegt die vornehme Gesellschaft der Stadt ihren Überdruß spazierenzuführen, wenn ein Sonn- oder Feiertag sie nicht dazu zwingt, ihn in den eigenen vier Wänden hinunterzuschlucken. Jacques und Jonathan waren also allein und betrachteten schweigsam die Nordsee und die umliegenden Küstenstreifen.

»Wo essen wir denn zu Mittag?« fragte Jacques nach einer Weile.

»Wie gewöhnlich, in unserer kleinen Taverne an der High Street!«

»Einverstanden mit der Taverne, laß uns hinuntergehen.«

Sie kamen an der High School vorüber, einem weitläufigen griechisch-ägyptischen Tempel, der den Eindruck erwecken möchte, er stamme mit seiner Widmung an Theseus geradewegs aus Athen. Dann schlenderten sie am Gefängnis entlang und erreichten über die Nordbrücke, die den Obst- und Gemüsemarkt beherrscht, und die General Railway Station ihre heißersehnte Taverne. Doch es gab kein Mittagessen, die Tür war verschlossen; sie klopften, erfolglos! Sie suchten nach irgendeinem anderen Coffee House, erfolglos; sie fragten, wo man sich etwas zu essen besorgen könne, erfolglos. Am Sonntag wird in Edinburgh, und in ganz Schottland, nicht gegessen; Köche und Kaufleute sind bei der Predigt oder im Gottesdienst. Als Pariser konnten sie über diese Eigentümlichkeit nicht Bescheid wissen, und so kamen sie, vor Entkräftung fast umfallend, ins Hotel Lambret zurück.

»Das ist doch ein starkes Stück«, sagte Jacques, »sonntags regt sich bei ihnen also nur die Seele!«

Im Hotel konnten sie sich endlich ausgiebig, ja sogar zu ausgiebig, stärken, denn zwei Pinten von jenem schottischen Ale, dem sie nicht genügend mißtrauten, hätten Jacques beinahe sterbenskrank gemacht; er mußte sich für eine Stunde aufs Ohr legen und wachte mit einer heftigen Migräne wieder auf. In diesem Zustand schleppte ihn Jonathan zu ihrem Treffen mit Mister B. unter der William-Pitt-Statue.

Das Hauptziel dieses neuen Ausflugs war ein Besuch im Schloß von Edinburgh, doch zunächst durchquerten sie die Parkanlagen der Princes Street; in früheren Zeiten war diese auf so wunderbare Weise umgewandelte Schlucht nichts weiter als ein See, der die unmittelbare Umgebung der Festung verteidigte. Er wurde zum Teil mit der Erde aufgeschüttet, die aus dem Areal der Neustadt gegraben wurde; die Rasenflächen sind von einem satten und frischen Grün, und jedermann spazierte umher, wie es ihm gefiel. Mister B. und seine Gäste ruhten sich einige Augenblicke auf einer der vielen

Bänke dieses reizenden Spazierweges aus und kehrten dann über die Waverley-Brücke in die Oberstadt zurück. Diese Brücke überragt den zweiten Teil der Schlucht, hier liegt die General Railway Station, in der die verschiedenen Eisenbahnen Edinburghs zusammenlaufen, wie etwa die Edinburgh and Glasgow und die North-British; sie führt zur Bank von Schottland, einem Gebäude mit einem herrlichen Standort, und mündet in den Lawn Market, eine Verlängerung von High Street und Canongate, die einen direkt zum Schloß bringt. Hier reckte der Glockenturm von Victoria Hall seine gotische Spitze in die Lüfte, und ein paar Schritte weiter oben machte Mister B. die Stadtbesucher auf das Haus des Dichters Allan Ramsay aufmerksam, der, obwohl zunächst Friseurgehilfe, den Beinamen »der schottische Theokrit« erhielt. Er war im 18. Jahrhundert der hiesige Jasmin. Die Häuser in diesem Teil von Castle Hill gehörten einst dem Edinburgher Adel und dienten ihm als Wohnsitz oder beinahe als Festung. Vor dem Schloß liegt eine großflächige Esplanade, die eine Bronzestatue des Herzogs von York im Prunkgewand eines Ritters des Hosenbandordens schmückt.

Das Schloß von Edinburgh erhebt sich einhundertfünfzehn Meter über den Meeresspiegel; Jacques mit seinen falschen Vorstellungen von den verschiedenen Höhenverhältnissen wollte es zunächst nicht einsehen, doch er mußte die wohlbegründeten Argumente seines freundlichen Cicerone anerkennen. Dieser gab ihnen, während er sie durch die Innenhöfe führte, einen geschichtlichen Überblick über diese alte Festung, die in der Zeit der Dichterkönige Burg der Mädchen, *Castrum Puellarum*, geheißen hatte. Sie gehört mit jenen von Dumbarton, Stirling und Blackness zu den vier Schlössern, die seit der Vereinigung der beiden Königreiche immer befestigt sein müssen. Die Terrasse der Bastionen ist ein beliebter Ort für die Spaziergänge der Altstadtbewohner, und der Blick, der sich übers Meer und die umliegenden

Berge erstreckt, ist einfach großartig. In der Königsbastion machte Mister B. sie auf eine gewaltige Kanone aus dem 15. Jahrhundert aufmerksam, bestehend aus Eisenstäben, die durch dicke Ringe aneinandergefügt sind. Man hätte meinen mögen, ein riesiges Metallfaß vor Augen zu haben. Doch sie ist bei einem öffentlichen Fest explodiert und trägt immer noch eine klaffende Wunde in ihrer zerfetzten Flanke zur Schau. Die Schloßbesucher waren zu müde, um noch in die Innenräume vorzudringen, und mußten also darauf verzichten, die schottischen Kronjuwelen zu sehen; von einem der Paradeplätze aus zeigte Mister B. ihnen das Fenster jenes berühmten Zimmers, in dem Maria Stuart James VI. zur Welt brachte, aus dem später James I. von England wurde. Noch heute ist das Bild der armen Königin in diesen Mauern lebendig, und das Herz dreht sich einem im Leibe herum, wenn man an diejenige denkt, die in ihrem Jahrhundert die schönste und am meisten geliebte Frau war.

»Außerdem«, sagte Jacques, »war sie eine halbe Französin, und jeder Franzose muß die ergreifende Nichte der Herzöge von Guise durch sein Gedenken ehren.«

SECHSUNDZWANZIGSTES KAPITEL

Neue Ausspracheübungen

»Nun, meine Herren«, sagte Mister B., »müssen wir nur noch in die Inverleith Row zurückkehren, wo uns sicherlich schon das Abendessen erwartet.«

»Mit Vergnügen«, antwortete Jacques, »doch ich möchte Sie um die Erlaubnis bitten, einen Wagen zu nehmen, denn ich bin todmüde.«

»Nichts leichter als das, am Droschkenplatz in der Prinzenstraße; zum Glück brauchen wir nur abwärts zu gehen.«

Nach wenigen Minuten hatten sie die Parkanlagen hinter sich, und ein Wagen fuhr zum Haus von Mister B. Das Dinner wurde mit derselben Liebenswürdigkeit serviert wie am Vorabend, es unterschied sich nur durch ein gewisses Haggis, eine Art Pudding aus Fleisch und Gerstenmehl, der sehr typisch für Schottland ist und in gebührender Weise gewürdigt wurde. Nach den verschiedenen Dessertzeremonien schickte Miss Amelia sich an, das Programm für die Exkursion zu den Seen zusammenzustellen. Sie hatte diese Künstlerreise bereits selbst unternommen, und ihr Gedächtnis eignete sich vorzüglich dafür, Abfahrtszeiten und Verkehrsmittel miteinander in Einklang zu bringen.

Die beiden Touristen mußten durch den Forth geradewegs nach O. fahren, von dort mit der Eisenbahn über Stirling nach Glasgow reisen und über den Loch Lomond und den Loch Katrine zurückkommen. Zwei Tage würden für diesen traumhaften Ausflug genügen. Miss Amelia notierte diese Marschroute eigenhändig mit jener zarten, länglichen Schrift, die das einzig Elegante ist, was die Engländerinnen jemals erfunden haben. Jacques bat sie um dieses kostbare Dokument, und um mit seinen Kenntnissen zu glänzen, sagte er unter Kieferverrenkungen:

»*Miss, give me, if you please, one document for reading!*« (das letzte Wort sprach er allerdings *raiding* aus).

Miss Amelia wirkte erstaunt und antwortete ihm:

»Worum Sie mich da bitten, ist ganz unmöglich, denn Sie nehmen doch den Seeweg.«

»Nun, Miss, ich verstehe den Zusammenhang nicht ...«

»Aber Sie können doch nicht auf dem Pferd hinreiten.«

Obwohl Jonathan sich große Mühe gab, mußte er aus vollem Herzen lachen.

»Miss, Jacques' unvergleichliche Aussprache spielt ihm wieder einen Streich.«

»Donnerwetter! Worum habe ich Fräulein Amelia denn gebeten?«

»Du hast sie um dieses Dokument gebeten, damit du reiten kannst! *For raiding!*«

Miss Amelia teilte Jonathans Heiterkeit. Der arme Jacques hatte *raiding* statt *rieding* gesagt und schwor sich insgeheim, daß er dieser gräßlichen Sprache keine Gelegenheit mehr bieten würde, seine Lippen zu beschmutzen.

Gegen zehn Uhr verabschiedeten sich die Reisenden von der herzlichen Familie; sie würden sie am nächsten Morgen auf dem Weg zum Granton Pier wiedersehen, wenn sie ihre Koffer, die sie nicht auf die Exkursion mitnehmen wollten, in der Villa abstellten und noch zum Frühstückstee blieben.

Am nächsten Tag sah es ganz so aus, als würde sich das bis zu diesem Zeitpunkt strahlende Wetter verdüstern; der Wind drehte nach Westen und türmte dicke Wolken am Horizont auf.

»Ei der Teufel«, sagte Jonathan, »es wird Regen geben!«

»Dann können wir die Seen und Berge eben unter einem ganz neuen Gesichtspunkt bewundern, lieber Jonathan.

Darüber sollten wir uns nicht beklagen, sondern lieber machen, daß wir fortkommen ...«

Sie ließen einen Wagen rufen, und Jonathan bezahlte die Rechnung im Hotel Lambret, wo die Zimmer wie in ganz England fünf Shilling pro Nacht kosten; um halb neun wurde ein letztes Mal mit der Familie B. Tee getrunken.

Um neun Uhr hielt der Wagen auf dem Dock von Granton Pier; es begann zu regnen, ein heftiger Wind kam auf, und Jacques hätte beinahe seinen Hut verloren. Ohne einen jungen Gentleman, barfuß und in Lumpen gehüllt, der ihn gerade noch am Rande des Abgrunds erwischte, wäre er verloren gewesen. Jacques belohnte diese Gefälligkeit mit einem Penny, den der kleine Bursche gelassen und würdevoll einsteckte.

Jacques' erste Sorge war, die Passagierschiffe zu begutachten, die zwischen Edinburgh und London verkehren, um die Frage der Rückreise zu klären. Es sind außergewöhnliche Dampfer, mit jener Sorgfalt und jenem Komfort ausgestattet, die sich die Engländer vor allem im Schiffsbau angelegen sein lassen. Hier brachte Jacques mit Jonathans Hilfe in Erfahrung, daß die Reise wenigstens vierzig Stunden dauerte und zwanzig Shilling in der besten Kabine kostete. Die nächste Abfahrt sollte am kommenden Mittwoch mit der Zwei-Uhr-Flut erfolgen.

»Der Preis erscheint mir korrekt, aber der Weg ist ein wenig lang und das Wetter höchst unbeständig.«

So sprach Jonathan, während er die hohen Wellen betrachtete, die sich draußen auf der offenen See brachen.

»Wir werden unterwegs zu einer Entscheidung kommen«, antwortete Jacques, »hör nur, die Glocke des Forth-Schiffes, schnell, schnell an Bord!«

Der Dampfer *Prinz von Wales* lag an der Mole vor Anker, sein Schornstein spie Ströme von Rauch aus, und sein Heizkessel bullerte dumpf vor sich hin. An Bord herrschte rege Betriebsamkeit, und als die Glocke ertönte, strömten die verspäteten Fahrgäste eilends herbei. Dieses Steamboat läuft die wichtigsten Marktflecken oder Dörfer an den Ufern des Forth an: Es ist immer mit Passagieren überfüllt, die sich in eine Ecke setzen und bis zur Ankunft nicht mehr rühren. Die drängelnde Menschenmenge bestand aus Händlern, Countrymen, Gutsbesitzern und protestantischen Geistlichen; diese zeichneten sich, in ihren langen schwarzen Gehröcken und kurzen Hosen, durch frische Gesichtsfarbe und strenges Gehabe aus. Einer von ihnen, ein etwa dreißigjähriger Mann mit einnehmenden Gesichtszügen, der sich in einer anmutigen Haltung auf seinen Spazierstock stützte, sah einem jener seltsamen Käuze aus dem *Pfarrer von Wakefield* zum Verwechseln ähnlich.

Trotz des recht heftig niederprasselnden Regens suchte keiner der Reisenden im Salon Schutz; Schotten und Engländer sind im allgemeinen an diese widrigen Umstände gewöhnt und achten nicht mehr darauf. Im übrigen verstehen sie es zu reisen und laden sich nicht unnötiges Gepäck auf den Hals; sie hüllen sich in ihre Reisedecke und fachen den Geist mit Gin oder Whisky aus ihrer Flasche an, die sie immer bei sich führen. Dergestalt aufgewärmt trotzen sie Wind und Regen; das heißt bei ihnen, *sich innerlich etwas anziehen.*

Doch nun ertönte der letzte Glockenschlag; Jacques und Jonathan gingen über einen ziemlich steilen Steg, von dem Jonathan ganz schwindelig wurde, aufs Deck hinunter. Die Kette wurde an Land gezogen, und die *Prinz von Wales* fuhr schon bald aus dem Hafenbecken, das sie vor den Wellen der Nordsee schützte.

SIEBENUNDZWANZIGSTES KAPITEL

Schottland ist reich an Niederschlägen

DER FIRTH OF FORTH, über den in Edinburgh immerzu gesprochen wird, ist ein von den Ufern des Fife im Norden und den Grafschaften Linlithgow, Edinburgh und Haddington im Süden umschlossener Golf; er wird vom

Forth gespeist, einem unbedeutenden Fluß, der vom Ben Lomond herunterkommt und bei Kincardine, in der Nähe von Alloa ins Meer fließt. Das Steamboat braucht drei Stunden für die Fahrt vom Granton Pier bis zum äußersten Ende dieser Förde, die als Firth bezeichnet wird.

Die Ufer sind ungewöhnlich zerklüftet und zwingen die Schiffe, tausend Schlangenlinien zu fahren, um sich den verschiedenen Anlegeplätzen zu nähern, die fast alle mit Landestegen ausgerüstet sind. Die Städte, Dörfer und Cottages ziehen sich an seinen Gestaden dahin, in einer recht fruchtbaren und bewaldeten Landschaft. Den beiden Reisenden gelang es mit Müh und Not, diese bezaubernden, im Regen verschwimmenden Landstriche auszumachen; so gut es nur ging, suchten sie Schutz unter der vorspringenden Galerie des Kajütendachs oder unter dem breiten Steg zwischen den Schaufelradtrommeln. Sie hatten im übrigen nicht einmal den Trost, rauchen zu können, denn diese Art von Zerstreuung war nur auf dem Vorderschiff erlaubt.

Schon eine ganze Weile waren dumpfe Detonationen aus dem westlichen Teil des Golfes zu hören, und Jacques bemühte sich vergeblich, ihre Ursache zu ergründen. Sie wurden deutlicher, als die *Prinz von Wales* das Dorf Aberdour und die Insel Colm hinter sich ließ. Und nachdem sie um das befestigte kleine Eiland Garvie herumgefahren war, das ganz in der Nähe des königlichen Landstädtchens Queensferry liegt, genau da, wo der Forth am engsten ist, sahen sich die Passagiere des Steamboats plötzlich mit einem Linienschiff der englischen Marine konfrontiert. Es war ein zweistöckiger Transporter, der mit seinen Kanonen der unteren Batterie Schießübungen machte.

»Aber der wird noch auf uns feuern«, rief Jonathan.

»Das kommt dir nur so vor«, antwortete Jacques, »weil du seine Position schlecht einschätzt: Schau lieber zu.«

Dieses Abprallerschießen bot einen kuriosen Anblick: Die Kanonenkugel, die über die schräg angeschnittenen Wellen schnellte, tauchte in beachtlicher Entfernung wieder auf und zeigte ihren Weg durch aufschäumende Fontänen an. Im übrigen tat Jonathan ganz recht daran, sich zu fürchten, denn ein paar Tage später bekam die *Prinz von Wales* höchstpersönlich eine Kugel mitten in den Rumpf verpaßt. Leider Gottes wurde niemand getroffen, was sehr englisch gewesen wäre.

Schon bald ließ die *Prinz von Wales* rechter Hand das Schloß von Rosyth hinter sich, in dem einst ein Zweig der Stuarts residiert hatte, von der Cromwells Mutter abstammte: eine merkwürdige Nähe, die zu denken gibt.

»Selbst unter diesem wolkenbruchartigen Regen!« sagte Jacques, der an solch historischen Orten immer vom Dämon der Geschichte geritten wurde.

Das Schloß von Blackness, das gemäß den Artikeln des Unionsvertrags befestigt war, der kleine Hafen von Charleston, in dem Lord Elgin den Kalk seiner riesigen Steinbrüche verschifft, blieben am linken Ufer hinter ihnen liegen, und die Glocke der *Prinz von Wales* meldete den Anlegeplatz von Cramby Point.

Das Schlechtwetter hatte gerade seinen Höhepunkt erreicht: Der von einem heftigen Wind aufgepeitschte Regen wirbelte in nassen Böen hernieder, und zu allem Unglück konnte das Schiff den Landesteg nicht anlaufen. Die beiden Pariser mußten bei diesem regelrechten Sturm in einen kleinen Kahn umsteigen, mitten im Forth, der an dieser Stelle zwei oder drei Meilen tief sein mag.

Jacques suchte mit den Augen vor allem nach der Mole von Cramby Point, auf der die verschwommene Gestalt eines einsamen Reisenden unter einem enormen Regenschirm sichtbar wurde.

Die *Prinz von Wales* setzte ihren Weg fort, nachdem sie den kleinen und nun sich selbst überlassenen Kahn ausgesetzt hatte. Der Fährmann war gezwungen, ein kleines Segel zu hissen, um Cramby Point anzusteuern, und nach vielen erfolglosen Anstrengungen erreichte er schließlich die Mole. Jetzt mußten sie noch bis zur Plattform über eine lotrechte, ins Meer herabhängende Leiter hochklettern, deren Sprossen mit Unkraut und Seetang überzogen waren, Ablagerungen der zurückweichenden Flut. Nachdem die Reisenden sich zwanzigmal um ein Haar den Hals gebrochen hätten, standen sie tropfnaß neben Reverend S., der ihnen eine triefende Hand entgegenstreckte.

»Ich heiße Sie willkommen, meine Herren«, sagte er in seinem reinen Französisch, »und bitte Sie, dieses ärgerliche Wetter zu entschuldigen!«

»Reisende wie wir«, antwortete Jacques, »sind immer bereit, eine Auge zuzudrücken.«

»Der Regen wird stärker«, fügte Mister S. hinzu. »Gehen wir lieber in die Herberge am anderen Ende der Mole.«

Jacques und Jonathan folgten dem Reverend; seine Pfarrkinder nahmen ihn herzlich gern in ihrem abgeschiedenen Hause auf. Schon wenig später loderte ein prasselndes Feuer im Kamin, und die drei Reisenden verschwanden im dicken Dampf, der ihren Kleidern entströmte. Nach einigen Minuten schienen die Windstöße etwas schwächer zu werden, und tapfer machte sich Mister S. wieder auf den Weg nach O.

Sie folgten ungefähr eine Meile lang dem Ufer des Forth; der Strand war ziemlich steinig, unberührt, flach und wellig, doch bald drang der Pfad unter hohen, rieselnden Bäumen ins Landesinnere vor. Unter diesen Bedingungen war jedes Gespräch unmöglich; der Reverend ging voran, gefolgt von

Jacques, und dahinter kam Jonathan; der gewundene Weg schlängelte sich über dieses hügelige Gelände, unter dem sich der reichste Teil der schottischen Steinkohlelager erstreckt. Er wäre höchstens für die kleinen Pferde dieses Landstrichs begehbar gewesen, die eine Vorahnung von den Ponys im Norden geben; rings um einen entlegenen Bauernhof breiteten sich endlose Weideflächen aus, die mit friedlich im Regen grasenden Tieren übersät waren. Jacques fielen vollkommen hornlose Kühe auf und kleine, seidige Wollschafe, die man für Kinderspielzeug hätte halten können. Der Schäfer dieser riesigen Herden saß wahrscheinlich geschützt unter irgendeinem Fels und ließ sich nicht blicken; aber der Collie, ein für diese Gegend typischer Hund, der für seinen Fleiß und seine Wachsamkeit bekannt ist, streifte um die Weide herum und sammelte die versprengten Tiere ein.

Der Reverend machte sie auf die erstaunliche Fruchtbarkeit des Bodens aufmerksam, den sie überquerten, während sie sich allmählich vom Forth entfernten. In diesen südlichen Grafschaften, die einst mit Tannen und Eichen bedeckt waren, wird heute mit viel Vernunft und guten Erträgen der Anbau von Weizen, Gerste und Roggen betrieben; doch im allgemeinen ist der schottische Boden, bedingt durch das feuchte Klima, dem englischen weit unterlegen. Im übrigen erinnerte der Anblick dieser Fluren in nichts an die Fluren Frankreichs; in der Einteilung der Felder, ihren dichten Umzäunungen, der Anordnung von Baumgruppen, in dieser ganz besonderen Atmosphäre lagen bestimmte Unterschiede, die der Verstand eher spürte, als daß er sie analysierend erforschte. Jacques fand hier jenes felsenfeste Gefühl einer neuen Natur, das der Reisende fern der Heimat sucht. Nach eineinhalb Stunden Fußmarsch verkündete der Reverend, daß sie O. nahe waren; die Pariser gingen bereits durch den Park, der das Schloß umgibt, obwohl sie sich noch auf freiem Feld wähnten. Hinter einer breiten Eichenwand rollte sich eine stattliche, mit Sand bestreute Allee unter ihren Schritten aus, und während Wind und Regen noch einmal stärker wurden, erreichten sie einen Seiteneingang des Wohngebäudes, ohne daß es ihnen möglich gewesen wäre, sein äußeres Erscheinungsbild in Augenschein zu nehmen.

ACHTUNDZWANZIGSTES KAPITEL

Auf den Spuren von Walter Scott

EIN KAMMERDIENER, oder besser gesagt eine Art Schloßverwalter in schwarzem Frack, empfing sie in einem prunkvollen Vorzimmer, das mit ungewöhnlich schönen Schränken und Sitzgelegenheiten ausgestattet war.

»Nehmen Sie den Herren ihre Mäntel ab«, sagte Mister S., »und legen Sie ihnen Kleider zum Umziehen bereit; doch als allererstes wollen wir uns einen Augenblick in den Speisesaal begeben und uns an einem wärmenden Tropfen laben.«

Mit diesen Worten ging er seinen Gästen voraus in einen weitläufigen Saal, der von hohen Fenstern erhellt wurde; hier waren alle Künste des modernen Luxus vereint: Drei kleine Gläser wurden mit einem hervorragenden Branntwein gefüllt, den der Reverend, ohne mit der Wimper zu zucken, in einem Zug leerte. Jonathan glaubte, ihm aus Höflichkeit nacheifern zu müssen, und wäre in den Umarmungen dieser kräftigen Flüssigkeit beinahe erstickt; er kam gerade noch mit einem grauenhaften Hustenanfall davon.

»Und nun, meine Herren«, sagte Mister S., »wird man Sie in Ihre Zimmer führen, wo Sie auch die Kleidungsstücke vorfinden werden, die ich Ihnen zurechtlegen ließ.«

Jacques und Jonathan schritten über eine wahrhaft königliche Treppe zum ersten Stock hinauf und wurden in vornehm bespannte Zimmer geführt. Ein besonderer Duft, eine feinfühlige Anordnung der Möbel und anderer Gegenstände verrieten die Gemächer einer reichen Lady; große Ankleideräume, die in der kreisrunden Kammer eines Türmchens untergebracht waren, boten weiblichen Ansprüchen allen erdenklichen Tand.

Die beiden Freunde brauchten nur die Hand auszustrecken, um Strümpfe, Pantoffel und Hosen anziehen zu können; sie bemerkten, daß der Reverend ihnen seine eigene Garderobe zur Verfügung gestellt hatte. Sie mußten einfach aus vollem Halse lachen, als sie die weiten, schwarzen Kniehosen überstreiften, deren breiter Latz am Bund festgemacht war.

In dieser Ausstaffierung, aber immerhin höchst bequem gekleidet, gingen sie ins Erdgeschoß des Wohnhauses hinunter.

Ein zauberhafter Salon, der auf einer Seite an ein Arbeitszimmer grenzte und auf der anderen an einen Wintergarten voll seltener Blumen, bildete mit diesen beiden Räumen zusammen eine außergewöhnlich große Galerie. Es ist unvorstellbar, welche Lichtintensität die Engländer durch diese großzügigen Fenster erzielen, deren Glasfront über die Fassade hinausreicht, damit der Blick in alle Richtungen schweifen kann; diese Bauweise ist übrigens bei allen englischen Häusern anzutreffen, denn der beständige Nebel zwingt die Leute, der Natur so viel Helligkeit wie irgend möglich abzuringen. In dieser Galerie konnte man sich unter freiem Himmel wähnen; der Regen hatte aufgehört, und ein paar Sonnenstrahlen brachen durch die nicht mehr ganz so tief hängenden Wolken.

Im Kamin mit seiner breiten und einladenden Feuerstelle funkelten knisternde Flammen; vor einem der Fenster stand ein offenes Tafelklavier, Sessel in den verschiedensten Formen füllten die Ecken des Salons, und im Wintergarten schufen Mahagoni, Palisander und Rosenholz Platz für ornamentiertes Porzellan, wertvolle Bilder, herrliche Gemälde der Italienischen Schule, die der Reverend selbst aus Rom mitgebracht hatte, und einige Meisterwerke der Flämischen Schule hingen an der Wand. Jacques und Jonathan staunten, einen derartigen Luxus inmitten dieser urtümlichen Landschaft vorzufinden.

Nach der Innengestaltung zu urteilen, mußte dieses Schloß eine gotische Architektur aufweisen, die von den Angelsachsen so stark verbreitet wurde; ansonsten war es vollkommen modern und erstrahlte vor jugendlicher Frische. Diese besonders eigensinnige Form erlaubt der Phantasie des Architekten, sich ungehemmt zu entfalten, und wenn er Engländer ist, kann man sicher sein, daß er alles der Bequemlichkeit opfern wird: Er plant eine Tür da, wo sie am praktischsten sein wird; er bricht ein Fenster an jener Stelle durch, an der es die schönsten Ausblicke bieten wird; er wird Salons und Zimmer in der günstigsten Weise anordnen, den Plafond eines großen Raumes höher und den eines Arbeitszimmers tiefer setzen; ein entzückendes Kämmerlein wird neben einer hohen und weitläufigen Galerie liegen, und das Ergebnis all dieser Einzelheiten wird eine unregelmäßige Fassade sein, die gerade in ihren Unregelmäßigkeiten bezaubern und die architektonischen Linien zugunsten des Unvorhergesehenen, das eines gewissen Stils nicht entbehrt, verschmähen wird. Es gibt in Schottland viele solcher gotischen Schlößchen, die ihrer Verwendung und dem Klima des Landes vortrefflich angepaßt sind.

Das Essen war diesem fürstlichen Luxus ebenbürtig. Reverend S. spielte mit liebenswürdiger Anmut den Hauswirt, und wie es der Brauch ist, lud er sie ein, die vor ihnen aufgetischten Gerichte in Stücke zu schneiden. Jacques schlug sich recht tolpatschig mit einem Hähnchen herum, das in einer ungewöhnlichen Sauce schwamm, Jonathan dagegen zerschnitt höchst bewundernswert ein Orangengelee, das in seiner emaillierten Porzellanschale vor sich hin zitterte. Sherry, Port und Claret von erlesener Qualität gingen ausgiebig herum, zusammen mit dem Wasser aus Seltz, serviert in kleinen Flaschen, Saugfläschchen nicht unähnlich, die sich vor dem Teller jedes Tischgenossen aufreihten. Es ist wohl überflüssig zu erwähnen, daß der Kern dieses Mahls aus einem Berg Rindfleisch umgeben von seinen Hügeln aus in Wasser gekochtem Gemüse bestand.

Im Verlauf dieses homerischen Gelages, das Jacques an Waverleys Abendessen bei Fergus erinnerte, weihte Mister S. seine Gäste in die Sitten jenes Landstriches ein, durch den sie gereist waren, und jenes anderen, den sie erst noch besuchen würden.

»Sie werden sich mitten in Walter Scott wiederfinden, meine Herren; Sie werden sehen, mit welcher Genauigkeit er diese historischen Orte gezeichnet hat, und Sie werden selbst beurteilen können, wie wahr das Gefühl ist, das seine Werke ausstrahlen: Das Genie des Romanciers war unermeßlich und das Land seiner würdig.«

»Aber werden wir denn noch jenen denkwürdigen Highlandern begegnen« fragte Jonathan, »gibt es noch Spuren der so berühmten Clans?«

»Ganz gewiß«, antwortete der Reverend, »auch wenn die Clans politisch gesehen nicht mehr existieren, so existieren sie noch in historischer Hinsicht. Manche Familien gebieten noch immer aus Tradition, es gibt Mac Gregors, Mac Douglas', Sutherlands, Mac Donalds oder Campbells, deren feudale Herrschergewalt immer noch in Kraft ist; ihre Vasallen, die vor dem Gesetz ihren Herren gleichgestellt sind, bekennen sich als Untertanen und Abhängige, und jeder Clan zeichnet sich durch die Farbe seines Tartans aus.«

»Leider Gottes«, antwortete Jacques, »werden wir diese Eigentümlichkeiten nicht gründlich erforschen können, es wird uns an Zeit fehlen; und wir werden uns darauf beschränken müssen, diese in den Seen und Bergen der Grafschaften Stirling und Argyle immer noch lebendige Geschichte aus der Vogelschau zu verfolgen.«

»Mit einem Fremdenführer wie Walter Scott, Mister Jacques, können Sie ganz unbesorgt sein, Sie werden mehr als eine ernstzunehmende Studie machen, denn durch ihn haben Sie all diese Schönheiten des Mittelalters im voraus verstanden. Sie haben bereits das alte Canongate-Viertel seiner Romane wiedergefunden, mit seinem so getreu beschriebenen Charakter; in den Bergen und an den Gestaden der Seen wird er Sie nicht im Stich lassen.«

Jacques fragte Reverend S. nach den religiösen Entwicklungen in Schottland und erfuhr, daß der Katholizismus wie in England Fortschritte machte, trotz aller Schranken, die die Gesetze seiner Ausbreitung in den Weg stellen. Die katholischen Priester mit ihrer stetigen Inbrunst, ihrer einschmeichelnden Höflichkeit, ihrer hieratischen Gnade werden zuletzt den Sieg davontragen über die Beherztheit und die Strenge der protestantischen Pfarrer. Diese Beobachtungen treffen auf Schottland noch stärker zu als auf England.

Gegen Ende der Mahlzeit kam der Verwalter, um den Reverend zu benachrichtigen, daß ein Kranker nach ihm verlangte; dem Wetter und der Entfernung zum Trotz brach Mister S. unverzüglich auf, verabschiedete sich noch von seinen Gästen, die er nicht wiedersehen würde, vertraute sie der Obhut des Aufsehers an, der sie durch den Park führen sollte, und verschwand nach einem letzten Händedruck.

»Entsagung und Hingabe, das ist ihre Devise«, sagte Jacques, während er vom Tisch aufstand.

NEUNUNDZWANZIGSTES KAPITEL

Im Zug nach Glasgow

Der Aufseher von Ockley war mit seiner Kniehose aus gestreiftem Samt, seinen Ledergamaschen und seiner schottischen Mütze eine stolze Erscheinung; mit einem Plaid über den Schultern und einem Dirk am Gürtel wäre er vollkommen gewesen. Er mußte ein Nachfahre jener treuen Zinsbauern sein, die einst ihrem Lehnsherrn mit Leib und Seele ergeben waren; er stellte sich den beiden Freunden zur Verfügung, und Jonathan hatte einige Mühe, seine halb gälische, halb angelsächsische Sprache zu verstehen. Gleichwohl gelang es ihm, ausfindig zu machen, daß der Sohn dieses guten Mannes am Krimkrieg teilgenommen und an der Seite der Franzosen gekämpft hatte; er schien sehr stolz darauf zu sein. Zunächst zeigte er ihnen noch das Schloß und ließ keine Einzelheit aus; sie mußten alles sehen, die schlichte und ruhige Bibliothek, eine naturgeschichtliche Sammlung, in deren Mitte ein beeindruckender ausgestopfter Tiger stand. Jonathan, der vorangegangen war und nicht damit gerechnet hatte, diesem Tier in die Arme zu laufen, stieß einen entsetzten Schrei aus. Der Schotte nutzte diesen Zwischenfall, um so herzlich zu lachen, wie vielleicht nie zuvor in Schottland gelacht worden ist.

Über einem der Terrassendächer reckte sich ein mächtiges Fernrohr in die Luft, das zu diesem Zeitpunkt mit einer Lederhülle überzogen war; es drehte sich auf einem schwenkbaren Fuß und konnte auf alle Punkte am Horizont gerichtet werden. Von dieser Höhe aus konnte der Blick über einen unendlichen Raum schweifen, der von kargen und unberührten Flecken Erde zu bestellten Landstrichen wechselte. Hinter dem Schloß, ungefähr zwei Meilen entfernt, bliesen die Schornsteine einer Steinkohlengrube friedlich Rauch in die Luft. Dieses Bergwerk gehört Mister S. und liefert ihm durch einen beachtlichen Kohleabbau das Gas, mit dem Schloß und Park beleuchtet werden, denn seine Alleen sind von Pfählen gesäumt, die elegante Laternen tragen. In England wie auch in Schottland gibt es kein kleines Dorf und keinen ordentlich ausgerüsteten Bauernhof, die ihr Licht nicht aus der Verkokung von Steinkohle gewinnen: Auf diesem vorteilhaften Gelände reicht es sozusagen, ein Loch zu graben, damit Wärme und Helligkeit unversiegbar daraus hervorsprudeln.

Die Außenfassade des Schlosses, vor dem sich ein üppiger grüner Rasen ausdehnte, erzielte mit seinen bizarren Unregelmäßigkeiten, seinen vielen, verschiedenförmigen Dächern, seinen gotischen Giebeln und Türmchen eine bezaubernde Wirkung. Diese Fassade wurde mit besonderer Sorgfalt gepflegt, und man hätte meinen können, eines jener nagelneuen Puppenhäuser vor sich zu sehen, das eben erst aus seiner Schachtel geholt worden ist. Die Laune, die es eines schönen Tages an diesen Ort gestellt hatte, schien es mühelos an jede beliebige andere Stelle versetzen zu können, wenn dem Besitzer der Sinn danach stünde.

»Mein guter Jonathan«, sagte Jacques, »würdest du nicht gerne ein solches Kleinod in diesen herrlichen Gefilden bewohnen! Wie vergnüglich die Arbeit hier wäre! Wie süß das Leben! Wie unbeschwert das Glück!«

»Ich finde dich recht gewagt, mein guter Jacques, für einen eingefleischten Pariser, der alles Ländliche verabscheut!«

»Ich verabscheue das Land rund um Paris, weil es im Grunde genommen immer noch die Stadt ist, mit etwas weniger Bäumen, weil man es zugunsten der Boulevards entwaldet! Aber hier! Schau dir diese Natur an, diese dichten Wälder; atme diesen Wind ein, der schwer ist vom wilden

Duft des Heidekrauts und durch die tiefen Täler braust; lausche seinem klagenden Lied in den Dudelsäcken des Strathdearie, um ein Wort von Walter Scott zu zitieren, und sage mir, ob das etwas mit jener geleckten, kahlgeschorenen und zurechtgestutzten Landschaft des Departements Seine gemein hat. Dort sind mir die Gerüche allzu zivilisiert, und die schwindsüchtige Luft hat nicht mehr die Kraft, diesen rauhen Hochlandwind auszustoßen! Wenn mir jemals das Glück lächeln sollte, kaufe ich hier ein erfrischendes Cottage und will als echter Highlander darauf leben!«

»Eitle Hoffnung!« antwortete Jonathan. »Da mußt du anderswo suchen, lieber Jacques, Ausländer haben nicht das Recht, auch nur einen Zoll vom Boden des alten England zu besitzen!«

»Traurig, traurig!«

Nachdem sie um das Schloß herumgegangen waren und die langen, gesandeten Parkwege abgeschritten hatten, steuerte der Aufseher die Gewächshäuser an, unmittelbar neben den *lodges*, in denen die Pferdeställe untergebracht waren. Diese Gewächshäuser in fabelhafter Anordnung und Lage enthielten die schönsten, voll ausgereiften Früchte der Welt; die Reben bogen sich unter dem Gewicht phänomenaler Trauben; es war ein natürliches Laboratorium, in dem frühes Obst und Gemüse in allen erdenklichen Zusammenstellungen zum größten Vergnügen der Bewohner dieses Ortes heranwuchsen.

Als sie diesen Kristallpalast verließen, schlug der Aufseher den Besuchern vor, noch zu den Kohlengruben zu gehen, doch es war spät geworden, und so kehrten sie ins Schloß zurück. Jacques und Jonathan schälten sich aus den Kleidern von Mister S. und konnten nicht verhindern, daß sich Gelächter unter ihre Dankesworte mischte, dann zogen sie ihre vollkommen trockenen Sachen wieder an. Der Verwalter führte sie in den Speisesaal und bot ihnen, in Gestalt eines Whiskys, den *doch and dorroch* an, den schottischen Abschiedstrunk. Um die simpelsten Gesetzte der Höflichkeit nicht zu verletzen, nahmen sie an, und machten sich anschließend auf den Weg zum Bahnhof von Ockley, wo der Zug aus Dunfermline sie über Stirling nach Glasgow bringen sollte. Sie vergalten die Aufmerksamkeit ihres freundlichen Führers mit einer eher französischen denn britischen Großzügigkeit und verließen endlich dieses bezaubernde Landgut unmittelbar an der Eisenbahnstation.

Kurze Zeit später erreichten sie Stirling, wo sie umsteigen mußten. Von Stirling sahen sie absolut nichts, denn sie durchquerten den Bahnhof auf einer Art überdachter Brücke, unter der die Lokomotiven fauchten, und auf der anderen Seite gelangten sie zu ihrem Abfahrtsbahnsteig. Jonathan kaufte Fahrkarten nach Glasgow zum Preis von drei Shilling und drei Pence in der zweiten Klasse, und in Anbetracht der Unfähigkeit und des Unwillens der Angestellten hatte er große Mühe, den richtigen Zug herauszufinden. Schließlich stieg er, gefolgt von Jacques, in ein Abteil, das bereits mit englischen Damen überfüllt war; diese wirkten nicht gerade erfreut über die männlichen Reisenachbarn, und als Jonathan die Bemerkung fallen ließ, er wolle nach Glasgow, beeilten sich diese alten Mistresses auch sogleich, ihm verständlich zu machen, daß er sich im Zug geirrt hatte. Und tatsächlich wären die beiden Reisenden auf diesem Geleise nach Ockley zurückgefahren; sie stiegen schleunigst aus, gerade als die Lokomotive nach Glasgow ihren Pfiff ertönen ließ, und mit typisch französischem Ungestüm stürzten sie sich in ein Abteil.

Bei der Ausfahrt aus Stirling entfernt sich der Railway vom Forth, der an dieser Stelle das Tiefland vom Hochland trennt, aus diesem Grund wird er auch »Zügel der Bergbewohner« genannt. Walter Scott findet in *Rob Roy*, daß er eher wie ein englischer als ein schottischer Fluß aussieht; zu seinem großen Bedauern konnte sich Jacques von der Richtigkeit dieser Beobachtung nicht überzeugen. Der Zug brachte ihn wieder nach Süden, und ohne es einzugestehen, verspürte er darob ein gewisses Unbehagen, denn sein Streben war beständig auf den Norden gerichtet; doch er tröstete sich, als Jonathan ihn daran erinnerte, daß ihr Ausflug an die Seen sie in höhere Breiten führen würde.

Ein paar Meilen vor Stirling rollt die Eisenbahn ganz nahe an dem Dorf Bannockburn vorüber, wo Robert Bruce einen gewaltigen Sieg über den englischen König Edward II. davongetragen hat. Sie zieht sich am Forth-Kanal entlang, auf dem sich zahlreiche plattbodige Schiffe tummeln, deren Masten mit den Bäumen der Landschaft in ein wirres Durcheinander geraten. Der Abend brach bereits herein, als Castlecary auftauchte, in dem noch die Überreste jener alten römischen Mauer zu sehen sind, die Agricola gegen die unabhängigen Kaledonier im Norden erbauen ließ; die Eroberer der Welt mußten vor diesem stolzen und tapferen Volk haltmachen, das noch immer unter der englischen Herrschaft stöhnt. Schließlich verschwand der Zug in einem langen Tunnel und hielt mitten im Stadtzentrum von Glasgow.

DREISSIGSTES KAPITEL

Es riecht nach Chester

ALS SIE DEN BAHNHOF verließen, standen die Reisenden sogleich auf einem hübschen Platz mit einer Grünanlage in der Mitte, auf der mehrere statuengeschmückte Säulen emporragten; wegen der Dunkelheit konnten sie allerdings nichts Genaueres erkennen, sie schafften es gerade, den Namen des Platzes zu entziffern, auf dem sie standen: George Square. Comrie's Royal Hotel sprang ihnen in die Augen, sie traten ein und wurden von reizenden, überaus einnehmenden jungen Damen empfangen. Jacques griff in den Aufgabenbereich seines Freundes ein und murmelte einige Worte, die sich mit der ehrenwerten Absicht trugen, Englisch zu sein. Die freundlichen Misses legten gütige Nachsicht an den Tag, sie verstanden, daß es um ein Zweibettzimmer ging und ließen ihre Gäste in den ersten Stock des Hauses führen.

Nach sorgfältigen Waschungen gingen sie in den Salon hinunter und setzten sich an einen großen Tisch, nachdem sie zu essen bestellt hatten. Während der Vorbereitungen für diese Mahlzeit vergnügte sich Jacques damit, ein paar Ansichten von Edinburgh zu betrachten, die an der Wand hingen. Es gefiel ihm, von diesen vertrauten Straßen umgeben zu sein, und stolz sagte er zu sich:

»Auch ich bin in Edinburgh gewesen!«

Während er die Reihe seiner Betrachtungen fortsetzte, wurde seine Nase von einem merkwürdigen, um nicht zu sagen ekelerregenden Geruch gekitzelt.

»Was kann das nur sein, Freund Jonathan?«

»Ich weiß es nicht«, antwortete dieser, »aber es ist höchst unangenehm, man könnte sich an Bord eines Dampfschiffes glauben, bei stürmischem Meer, wenn man seekrank ...«

Der liebenswerte Musikus wußte, wovon er sprach. Plötzlich blieb sein Blick an einem Winkel des Saales hängen, und er zeigte Jacques das Fach einer Anrichte.

»Dort ist die Quelle des Übels!«

»Was ist das bloß?«

»Ein riesiger Chester, der vergessen wurde!«

»Du meinst wohl, der sich vergessen hat!« antwortete Jacques.

Und als der Waiter hereinkam, gelang es den beiden Freunden, nicht ohne eine gewisse Mühe, dieses grauenvolle Nahrungsmittel entfernen zu lassen.

Nachdem die beiden Freunde eine angemessene Portion kaltes Schaffleisch, Schinken aus York und Tee zu sich genommen hatten, stürmten sie in die Straßen dieser unbekannten Stadt hinaus; sie wollten ihr Aussehen noch an diesem finsteren Abend erkunden. Recht schöne Plätze, breite Straßen, schwarze Häuser, düster wie Geschäfte und trostlos wie Fabriken, eine vage Ähnlichkeit mit Liverpool, alle unpoetischen Einzelheiten einer Industriestadt – so lautete ihre Feststellung.

»Wir sind nicht mehr in Schottland«, sagte Jacques, »und morgen werden wir inmitten klopfender Hämmer und verrauchter Industrieluft erwachen.«

Der Zufall, dieser Lieblingsgott der Spaziergänger, führte sie bis ans Ufer des Clyde, zur Glasgow Bridge: Zahlreiche Handelsschiffe und Steamboats lagen in der Nähe dieser Brücke vor Anker, der letzten, die sich über den Fluß spannt, bevor er in den Nordkanal mündet. Von dieser Stelle aus entdeckten sie einen ausgedehnten roten Lichtschein, aus dem sie nicht richtig klug wurden; ein Teil des Himmels sah wie ein flammender Bogen aus, denn er wurde von Blitzen und

Strahlenbündeln durchzuckt. Jonathan dachte an eine Feuersbrunst, Jacques neigte eher zur Auffassung, es handle sich um den Widerschein lodernder Hochöfen; sie irrten sich alle beide und fanden später heraus, daß sie, ohne etwas davon zu ahnen, jenes denkwürdige Nordlicht des 30. August 1859 gesehen hatten. Durch breite Straßen, auf deren Häusern Jacques Argyle Street und Buchanan Street zu lesen vermochte, kehrten sie ins Comrie's Royal Hotel zurück; sie waren ein wenig erschöpft von diesem verregneten, sonnigen und windigen Tag, und außerdem wollten sie früh aufstehen, um sich vor ihrem Aufbruch zu den Seen noch eine kleine Vorstellung von dieser Industriestadt zu verschaffen.

Große Betten, die durch ihre schmalen Laken noch gewaltiger wirkten, warteten in einem riesigen Zimmer mit gestrichenen Deckenbalken auf sie. Es sah ein wenig unheimlich aus, und Jonathan konnte nicht anders, als sich und seinen Freund mit Edwards Kindern zu vergleichen; das Gemälde von Paul Delaroche kam ihm in den Sinn, und schaudernd dachte er an den Schatten des grausamen Tyrell. Aber da sie von ihrer Abstammung nicht königlich genug waren, um im Schlaf ermordet zu werden, und ihre Familien darüber hinaus auch nicht den kleinsten Richard III. aufzuweisen hatten, erwachten sie im Morgengrauen, wie einfache und neugierige Reisende es zu tun pflegen. Die Rechnung wurde bezahlt, und sie verließen das Comrie's Royal Hotel im Laufschritt.

Die Straßen waren bereits von einer geschäftigen Menschenmenge überfüllt, was Jonathan nicht länger wunderte, nachdem Jacques ihm erzählt hatte, daß die Bevölkerung seit Beginn des Jahrhunderts von fünfundsiebzigtausend auf dreihundertfünfzigtausend Einwohner gewachsen war. Hier fanden sie das wahre Gesicht Liverpools wieder: öffentliche Gebäude, die wie historische Bauwerke aussehen, schwarz geworden vom Dunst und Rauch der Steinkohle. In der Mitte des George Square standen die Denkmäler von Walter

Scott und James Watt, zweier großer, im Angedenken vereinten Männer; doch ohne Inschrift hätte man den Romancier leicht für den Erfinder der Dampfmaschine und den Mechaniker für den Verfasser des *Schönen Mädchens von Perth* halten können, so ähnlich sahen sie sich.

Der Tag begann unter mißlichen Auspizien, vom Himmel fiel jener für England so typische Regen, der einen mehr schmutzig als naß macht; doch sie waren hier, um etwas zu sehen, also mußte gegangen werden, und Jacques machte sich über die George Street auf den Weg zu der einigermaßen berühmten Kathedrale.

»Immer dieselben Namen und dieselben Straßen«, sagte er.

Zu dieser morgendlichen Stunde trieben die Countrymen aus der Umgebung ihre Pferde, die vor Karren mit Gemüse und Obst gespannt waren, zu den Märkten der Stadt. Sie feuerten sie mit dem Ausruf *whig a mor, whig a more, los schneller* an, den sich die liberale Partei Englands angeeignet hat. Der Name der Tories, also der Royalisten, kommt dagegen von *tory me, gib her*, was dem »Geld oder Leben« der französischen Diebe entspricht.

Wenn diese würdevollen Bauern Westschottlands vor einem schwarzen Rinnsal standen, ließen sie sich dadurch nicht aus der Fassung bringen; sie zogen ihre Schuhe aus, nahmen sie in die Hand und durchschritten wacker diesen schlammigen Schmutz.

»Gewiß«, sagte Jonathan, »um durch ein Rinnsal zu gehen, sind Schuhe überflüssig; dennoch möchte ich mich an meine üblichen Manieren halten.«

Die Kathedrale von Glasgow ist dem heiligen Mungo geweiht, sie gehört zu verschiedenen Epochen der gotischen Architektur und reckt einen hohen, etwas schwerfälligen Glockenturm in die Lüfte; sie ist das einzige religiöse Bauwerk Schottlands, das die Anhänger der Reformation verschont haben, und unter diesem Gesichtspunkt ist sie sehenswert. Zu seinem großen Bedauern konnte Jacques das

Innere jedoch nicht besichtigen; das Eingangstor war verschlossen und hielt allen Schlägen stand, denn es scheint, daß die protestantische Religion das »Klopfet an, und euch wird aufgetan werden« nicht befolgt. Er mußte sich damit begnügen, die auf dem Nachbarhügel liegende Nekropole zu besichtigen und die unvergleichlichen Beschreibungen des großen Romanciers in seiner Erinnerung wachzurufen. Hierher gingen Osbaldistone und Andrew Fairservice, als sie in Glasgow eintrafen, wo Rob Roy sich hingeflüchtet hatte. Das also war der einsame Friedhof, auf dessen Gräbern Walter Scott die Worte des Propheten zu lesen glaubte: »Wehklagen, Jammer und Elend!«

EINUNDDREISSIGSTES KAPITEL

Wo von Würsten und Regenschirmen die Rede ist

NACHDEM DIE TOURISTEN diesen verlassenen und trübseligen Ort betrachtet hatten, machten sie sich auf die Suche nach einem Wagen, denn sie mußten in kurzer Zeit viel sehen. Eine geräumige, mit Utrechter Samt ausgeschlagene Karosse bot ihnen schon bald einen erholsamen Unterschlupf; Jonathan erklärte dem Kutscher, daß er sein Gefährt zum Hafen lenken und anschließend durch die Straßen und Parkanlagen der Stadt fahren sollte. Der Coachman kam diesem Wunsch nach und ließ sein Pferd in Richtung Glasgow Bridge traben.

Die Straßen im Geschäftsviertel der Stadt sind in Wirklichkeit sehr schön, und Banken, Hallen, Museen, Asyle, Betreuungsheime, *municipal buildings*, Krankenhäuser, Börse, Athenaeum, *assembly rooms* und *club houses* sind im Überfluß vorhanden. All diese Bauwerke machen einen verschwenderischen Gebrauch von recht plumpen und häufig schlecht arrangierten Säulen; vielleicht haben die Engländer eine noch größere Vorliebe für Säulen als für Pferde, doch zuweilen geschieht es auch, daß sie die einen in Bronze auf jene anderen aus Stein stellen, was der Anmut des Denkmals nicht gerade zuträglich ist. Der Hafen ist von einer regen Handelstätigkeit geprägt; riesige Lagerhäuser liegen auf den Quais des Clyde und enthalten Millionen von Waren. Aber nach Liverpool schien ihnen Glasgow keine genaueren Beobachtungen zu verdienen, und so ratterte die Droschke geschwind vorüber.

Und wohin brachte der kluge Kutscher seine Fahrgäste nun? In welchen Stadtvierteln ließ er sie ihre Nachforschungen anstellen? In welche Vororte fuhr er mit ihnen? Genau das konnten sie niemals herausfinden. Sie erinnerten sich nur, daß sie über die schönen, in Kreisform angelegten Alleen eines leicht hügeligen Parks gerollt waren, auf dessen höchstem Teil prachtvolle und fast neue Gebäude stufenförmig anstiegen; doch als Jacques später einen Plan von Glasgow studierte, gelang es ihm nicht, seinen Park wiederzufinden. Also reihte er ihn in jene wundervollen Gefilde des Traumlandes ein, wo die Einbildungskraft in den herrlichen Nächten der Jugend lustwandelt.

Wie dem auch sei, zwei Stunden später trafen sie wieder auf dem George Square ein, Jonathan entlohnte den freundlichen Automedon großzügig und erkundigte sich nach einem *coffee room*, denn er wollte zu Mittag essen. Er wurde in der Gordon Street fündig, unweit der Börse; die Mahlzeit hatte nichts Besonderes an sich, außer daß der kalte Lachs mit Essig serviert wurde, ohne den kleinsten Tropfen Öl. Nach diesem Festschmaus flanierten die Reisenden bis zu ihrer Abfahrt durch die Straßen in der näheren Umgebung des Bahnhofs, wobei Jacques nach wie vor die Firmenschilder zu entziffern suchte und sonderbare Überlegungen dazu anstellte, die er seinem Freund mitteilte.

»Die Engländer haben phantastische Namen« sagte er beispielsweise, »mit vollen und wohltönenden Silben, die für Auge und Ohr bekömmlich sind; ich finde sie unseren französischen Namen überlegen.«

»Das empfindest du so, weil du Ausländer bist«, antwortete ihm Jonathan, »aber für sie ist der Effekt ein ganz anderer. Möchtest du etwa Mister Taylor, Mister Bacon oder Mister Fox heißen?«

»Das will ich meinen, was könnte wohl vornehmer klingen?«

»Es ist aber so, als würdest du Herr Schneider, Herr Speck

oder Herr Fuchs heißen! Höchstwahrscheinlich wäre ein Franzose mit irgendeinem banalen Namen in England überaus beliebt, und Monsieur Cucheval würde ausgesprochen hübsch wirken.«

»Was du mir da sagst, mein guter Jonathan, verunsichert mich!«

»Aber das gilt doch für alle Sprachen, denk nur an Namen wie Aquado im Spanischen, Buoncompagni im Italienischen oder Zimmermann, Schneider, Schuhmacher im Deutschen! Nicht einmal Monsieur de Rothschild, der in Wirklichkeit Mayer heißt, bleibt verschont, denn für die Germanen ist er schlicht und einfach der Herr Baron vom roten Schild!«

»Ich habe nichts mehr hinzuzufügen«, entgegnete Jacques, »dein Polyglottismus verschlägt mir die Sprache.«

Während die Reisenden so über dieses und jenes plauderten, kamen sie an einem Metzgerladen vorüber, in dem eine merkwürdige, dampfbetriebene Maschine arbeitete. Es handelte sich um einen höchst raffinierten Apparat: Man schob ein lebendiges Schwein an einem Ende hinein, und es kam am anderen in Gestalt von appetitlichen Würsten wieder heraus!

»Was für ein Volk! Und welch geniale Anwendung des Dampfes in der Metzgerkunst!« rief Jacques. »Und dann wundert man sich, wenn eine solche Nation die Welt beherrscht! Wir werden es noch erleben, daß es ihnen eines Tages gelingt, eine Maschine mit fünfhundert Pferdestärken zu bauen, die dazu taugt, die Wilden in Ozeanien zu bekehren!«

»Die könnte es dann immerhin mit ihren Missionaren aufnehmen«, erwiderte Jonathan.

»Nach einem derartigen Schauspiel«, fuhr Jacques fort, »können wir eigentlich nur noch abreisen; ich möchte Glasgow mit diesem lieblichen Eindruck verlassen!«

Gesagt, getan; sie begaben sich zum Bahnhof des Edinburgh and Glasgow Railway, ein Zug würde sie über Dumbarton und Balloch an den südlichsten Zipfel des Loch Lomond bringen.

Jonathan nahm für elf Pence Plätze in der dritten Klasse und bestieg ein Abteil, in dem sich nicht gerade anspruchsvolle Tiere unwohl gefühlt hätten: Es gab keine Türen und noch weniger Fenster, so daß die Reisenden, nachdem der Regen wieder stärker geworden war, unter ihren halb geöffneten Schirmen Schutz suchen mußten.

»Im übrigen«, sagte Jonathan, »sind die Engländer so wenig daran gewöhnt, sich an Sonnenstrahlen zu erfreuen, daß für sie Regenschirme Vorrichtungen sind, die Schatten spenden, und deshalb nennen sie diese auch *umbrellas*!«

ZWEIUNDDREISSIGSTES KAPITEL

An Bord der ›Prinz Albert‹

DIE FAHRT dauert zum Glück nicht lange, denn von Glasgow nach Balloch sind es nur ungefähr zwanzig Meilen. Der Railway rollt durch Dumbarton, königlicher Marktflecken und Hauptort der Grafschaft, der im Mündungsgebiet von Clyde und Leven nicht stolzer daliegen könnte; sein Schloß, das dem Unionsvertrag entsprechend immer noch befestigt ist, sitzt hoch oben auf den zwei Spitzen eines Basaltfelsens. Von Dumbarton zog Maria Stuart aus, um Königin Frankreichs zu werden. Eine historische Besonderheit weckte das Interesse der beiden Franzosen für dieses Schloß. Hier plante das englische Kabinett, Napoleon nach 1815 einzusperren: Dumbarton oder Sankt Helena, immer war es ein Felsen, den Englands Haß für den Feind bereithielt, der seiner Ehrlichkeit vertraut hatte.

Kurze Zeit später hielt der Zug in Balloch, unweit einer Holzmole, die zum Loch Lomond hinabführte.

»Das wäre also der erste See, den ich in meinem Leben erblicke!« rief Jaques.

»Und der erste Berg!« entgegnete Jonathan, »denn bisher hast du nur lachhafte Berge gesehen, Berge für Pariser, Taschenberge!«

Sie stürmten sogleich aus dem Bahnhof hinaus, liefen die Mole hinunter und nahmen an Bord des Dampfschiffes *Prinz Albert* Platz; hier lösten sie Fahrkarten nach Inversnaid, am anderen Ende des Sees, und bezahlten für jede zwei Shilling und sechs Pence.

»Ganz schön teuer für eine Überfahrt von dreißig Meilen. Aber was für eine Überfahrt! Lieber Jonathan, vergiß nicht, daß wir im Land Mac Gregors sind!«

Anfangs ist der Loch Lomond von einer großen Anzahl reizender kleiner Inseln in allen möglichen Formen und von unterschiedlichster Beschaffenheit geprägt; die *Prinz Albert* fuhr an den schroffen Ufern entlang, und auf ihrem sich dahinschlängelnden Weg brachte sie den Augen tausend verschiedene Landschaften nahe, mal eine fruchtbare Ebene, dann wieder eine unwirtliche Schlucht, gespickt mit jahrhundertealtem Felsgestein. Jedes dieser kleinen Eilande hat seine historische Legende, und die Geschichte dieses Landstrichs ist wahrhaftig mit Riesenbuchstaben aus Inseln und Bergen geschrieben. Der See dürfte an dieser Stelle vier bis fünf Meilen breit sein. Diese Anordnung erinnerte Jacques an die tausend Inseln des Ontariosees, die vom Rivalen Walter Scotts so vortrefflich beschrieben worden sind. Die Natur schien all ihren Einfallsreichtum ausgeschöpft zu haben, um ihr Aussehen so mannigfaltig wie nur möglich zu gestalten: Eine verwilderte, felsige Insel, ohne jede erkennbare Vegetation, reckte ihre scharfen Spitzen ganz in der Nähe der grünen und rundlichen Kuppe einer zweiten empor; die Lärchen und Birken der einen protestierten durch ihr sattgrünes Geäst gegen das gelbe und vertrocknete Heidekraut einer anderen, und dennoch umspülte das Wasser des Sees sie alle mit seiner stillen Gleichmäßigkeit. Unweit von Balmaha, das den Beginn der Highlands anzeigt, erblickte Jacques mehrere verstreut daliegende Gräber, sie gehörten der alten Familie der Mac Gregors.

Die Ufer des immer noch breiten Sees strebten indessen mehr und mehr aufeinander zu, je näher sie dem kleinen Hafen Luss kamen. Trotz des recht heftigen Regens verharrten die beiden Freunde unverzagt an Deck und ließen sich kein Detail dieses abwechslungsreichen Schauspiels entgehen. Jacques spähte im Nebel nach dem Gipfel des Ben Lomond;

er fühlte sich ganz und gar von einer starken und ungezähmten Poesie erfüllt und fand zwischen diesen steilen Ufern, auf diesen schwarzen und friedlichen Wassern den Eindruck seiner Lieblingslektüren wieder; die sagenumwobenen Helden Schottlands bevölkerten in seiner Erinnerung dieses herrliche Fleckchen Erde der Highlands wieder.

Nachdem die *Prinz Albert* das Dorf Luss verlassen hatte, fuhr sie direkt auf den Ben Lomond zu, der am gegenüberliegenden Ufer emporragte. Endlich konnte Jacques den Berg sehen, dessen Fuß in die Wasser des Loch Lomond getaucht war und dessen Kopf in den Wolken verschwand. Es fiel ihm zunächst schwer einzuräumen, daß er über tausend Meter hoch war, er hatte sich von dieser Höhe eine andere Wirkung erwartet und war noch nicht an diesen wuchtigen Anblick gewöhnt. Doch bald schon löste sich das Haupt des Ben Lomond aus der Wolke und zeigte sich in seiner ganzen Pracht.

»Ach, wie herrlich!« rief Jacques und griff nach der Hand seines Freundes. »Was für eine barbarische Größe! Schau dir nur diesen gewaltigen Sockel an! Von diesem Gipfel muß man den ganzen südlichen Teil Schottlands mit einem Blick umfassen können!«

»Es ist ärgerlich, daß wir nicht genug Zeit haben«, antwortete Jonathan, »wir werden es immer bereuen, nicht auf den Ben Lomond gestiegen zu sein!«

»Wenn man bedenkt«, fügte Jacques hinzu, »daß dieser ganze Berg dem Herzog von Montrose gehört! Ihro Gnaden haben wirklich Glück, sie besitzen einen Berg geradeso, wie ein Pariser Bourgeois ein Stückchen Rasen in seinem Garten besitzt. Aber schau nur, Jonathan, schau!«

Die *Prinz Albert* näherte sich dem Ben Lomond, und der See wurde immer schmaler; der Ben ist die letzte Spitze der Gebirgskette Grampian Mountains, in die sich lange, abgelegene Glens hineinziehen: Wörter wie *ben, glen* und *den* sind keltischer Herkunft. Der Clan von Mac Gregor hatte sich in den *clachans* am Ostufer des Sees niedergelassen, unmittelbar am Fuß des Berges, auf den in klaren Nächten der Mond, Macfarlanes Laterne genannt, seine blassen Strahlen warf. Die Orte hier haben die Erzählungen dieser Helden mit angehört, ganz in der Nähe hat der Streit zwischen Jakobiten und Hannoveranern diese öden Schluchten mit Blut besudelt, und die unzähmbaren Echos rufen noch immer den Namen Rob Roys: Mac Gregor Campbell!

Die *Prinz Albert* erreichte das Dorf Tarbet am gegenüberliegenden Ufer, wo das Schiff die Passagiere absetzte, die nach Inverary wollten; und hier zeigte sich der Ben Lomond in seiner ganzen Schönheit, von seinem tiefgrünen Fuß bis zu seinem ausgezehrten Gipfel. Seine mächtigen Flanken werden von Wildbächen durchfurcht, die in dieser Höhe als flüssig-funkelnde Silberplatten zu erkennen sind; die Wirkung dieser regelrechten Wasserfälle, die aus einer unsichtbaren Spalte hervorschossen, um sich dann in einen unbekannten Schlund zu stürzen, war neuartig und rief Staunen hervor.

Dann fuhr die *Prinz Albert* am Fuß des Berges entlang, und die Landschaft wurde immer schroffer; das Seeufer war ausgedörrt und steinig; hier und da standen noch vereinzelt Bäume, und unter ihnen jene Weiden, mit deren Ruten Menschen gehängt wurden, um Hanf zu sparen.

»Walter Scott«, sagte Jacques, »nennt den Loch Lomond den schönsten aller Seen und den Ben Lomond den König unter den Bergen: Er hat recht, und ich teile seine patriotische Bewunderung rückhaltlos.«

DREIUNDDREISSIGSTES KAPITEL

Die Passagiere auf dem Wagendach

ENDLICH KAM die Haltestelle von Inversnaid in Sicht, wo die beiden Freunde aussteigen wollten. Unmittelbar neben dem Landungsplatz stürzte ein durch die Regenfälle angeschwollener Wildbach aus ziemlich großer Höhe in den See, er schien von irgendeinem Unternehmer zum Vergnügen der Touristen hier angelegt worden zu sein. Eine bewegliche und schwankende Brücke hüpfte über den schäumenden Wassern; Jacques zog Jonathan hinter sich her, von diesem schmalen Steg aus wollte er sich den tosenden Wasserfall ansehen: In wenigen Minuten erreichten sie die Öffnung, aus der eine nasse Staubwolke hochstieg, und unter ihren Füßen hörten sie die flüssige und entfesselte Masse grollen. Sie überblickten einen Teil des Sees, und die *Prinz Albert* wirkte wie ein kleiner Punkt im Raum.

Aber die Zeit drängte; die zwischen dem Loch Lomond und dem Loch Katrine verkehrenden Wagen standen eingespannt bereit, und sie mußten sich unverzüglich zum Gasthof von Inversnaid begeben.

Hier wollte sich Jacques, mehr dem Lokalkolorit als seinem Durst zuliebe, mit einem Glas Usquebaugh erfrischen; das Wort gefiel ihm mitten in den Highlands, aber das Gebräu war nicht so gut wie sein gälischer Name. Es war ganz einfach Whisky, der stark von gebranntem Treber durchdrungen war. Jacques verzog das Gesicht – und lobte den Reiz dieser hochländischen Flüssigkeit.

Die Kutschen sind erst vor kurzem durch den Markgrafen

von Breadalbane eingeführt worden, dessen Familie einst den flüchtigen Rob Roy mit Wasser und Holz versorgte. Sie sind mit der Größe, dem besonderen Stil und der komfortablen Ausstattung entworfen, die den englischen Karosseriebau auszeichnet; der untere Wagenraum, dessen Türfüllungen das Wappen der Breadalbanes trägt, blieb trotz des unablässigen Regens leer. Die Passagiere schwangen sich aufs Wagendach und richteten sich so ein, daß ihnen keine Einzelheit der Strecke entgehen würde. Selbst die Engländerinnen kümmerten sich weder um Wind noch Regen; sie waren in lange Umschlagtücher gehüllt, Kaschmirtartans, die schon etwas fadenscheinig aussahen, und erklommen das Gefährt mit Hilfe einer Leiter. Der in eine Livree mit roten Aufschlägen gekleidete Kutscher nahm die Zügel von vier prachtvollen Pferden in die Hand, und dem gewundenen Bett des Wildbachs folgend, begann der Wagen, die Bergflanke hochzuklettern.

Die Straße ist sehr steil, je höher man kommt, desto stärker scheint sich die Form der Berge zu verändern. Jacques sah die ganze Kette am anderen Ufer der Seen vor sich aufragen: Die Arrochar-Gipfel beherrschten die Talmulde von Inveruglas, linker Hand erhob sich der Ben Lomond und enthüllte den schroffen Steilhang seiner Nordseite. Dieser Landstrich hatte einen befremdenden Charakter, geprägt vom Gefühl des alten Schottland. Einst wurde es das Land Rob Roys genannt, eine gebirgige und einsame Gegend zwischen dem Loch Lomond und dem Loch Katrine; dieses Tal stand über schmale Hohlwege mit dem Glen von Aberfoyle in Verbindung, wo sich an den Ufern des kleinen Loch Ard die Dramen des schottischen Romans abgespielt haben. Die Anhöhen ruhen auf unheilvoll wirkenden Kalkfelsen, dazwischen liegen Steine, die unter der Einwirkung von Zeit und Klima wie Zement gehärtet wurden. Armselige Hütten, Höhlen ähnlich und unter dem Namen *bourrochs* bekannt, standen inmitten der verfallenen Schafställe und ließen kaum erraten, ob sie menschlichen Geschöpfen oder wilden Tieren Unterschlupf boten. Ein paar Bälger, deren Haare von den Unbilden der Luft ausgebleicht waren, schauten den Wagen mit ihren großen, staunenden Augen nach. Jacques machte Jonathan auf diese sonderbaren Einzelheiten aufmerksam und erklärte ihm die Geschichte dieser geheimnisvollen Täler. Hier war der unvergleichliche Bailli Nicol Jarvie, ein würdiger Sohn seines Vaters, des Diakons, von der Landwehr der Grafschaft Lennox unter dem Befehl des Grafen von Montrose gefaßt worden: An eben dieser Stelle blieb er an seinem Hosenboden hängen, der zum Glück aus gutem schottischen Tuch und nicht aus diesem leichten französischen Plunder gemacht war! Nicht weit von den Quellen des Forth, der auf dem Ben Lomond entspringt, sieht man noch die Furt, an der es Rob Roy gelang, den Händen der Soldaten des Herzogs von Montrose zu entkommen. Man kann in diesem aus mehreren Gründen wundervollen Land keinen Schritt tun, ohne auf die Erinnerungen an die Vergangenheit zu stoßen, von denen sich Walter Scott inspirieren ließ, als er in grandiosen Strophen den Ruf zu den Waffen des MacGregor-Clans wiedergab.

Nachdem der Wagen die Ufer des Wildbachs hinaufgeklettert war, gelangte er in eine untere Talmulde ohne Bäume, ohne Wasser, überwuchert von einem harten und dürren Heidekraut; hier und da türmten sich Steinhaufen in Pyramidenform auf.

»Das sind Cairns«, sagte Jacques, »früher mußte jeder, der hier vorüberkam, einen Stein hinzufügen, um dem Helden, der unter diesem Hügel liegt, seine Ehre zu erweisen; daher stammt das gälische Sprichwort: ›Wehe demjenigen, der an einem Cairn vorübergeht, ohne den Stein des letzten Grußes auf ihn zu legen!‹ Wenn die Kinder den Glauben und die Poesie der Steine bewahrt hätten, wären diese Häufchen heutzutage Berge! Was für eine Landschaft! Wie sehr sich diese Bodenerhebungen doch dazu eignen, Poesie hervorzubringen; so ist es in allen Gebirgsländern, denn sie beleben die Einbildungskraft, und die Griechen hätten, wären sie in einer flachen Gegend wie den Landes oder der Beauce aufgewachsen, niemals die Mythologie ersonnen!«

Wenig später drang die Straße in die tiefen Einschnitte eines schmalen Tals vor, den idealen Ort für die ausgelassenen Spiele der Schottland so vertrauten Kobolde, der Brownies der großen Meg Merrilies. Die englischen Touristen blickten unbewegt und gleichgültig in die Runde, ohne das geringste Zeichen von Bewunderung oder Staunen, ohne daß irgendein Gefühl ihr Gesicht aufleuchten ließ; sie erledigten diesen Ausflug wie eine Pflicht, weil er eben zum Reiseprogramm gehörte.

»Wie schade, daß wir nicht allein sind«, dachte Jacques, »man braucht Einsamkeit, um die Poesie dieser Täler und Berge zu verstehen!«

Sie ließen den kleinen Loch Arklet am rechten Ufer liegen, und über einen steilen und gewundenen Hang erreichte der Wagen die Gestade des Loch Katrine, den Gasthof von Stronachlachar. Die *Prinz Albert* hatte zweieinhalb Stunden gebraucht, um die dreißig Meilen des Loch Lomond zurückzulegen, und die Kutsche eine Stunde, um die fünf Meilen zu überwinden, die Inversnaid vom Loch Katrine trennen. Nachdem sie das Trinkgeld berappt hatten, das der Kutscher des Markgrafen von Breadalbane gebieterisch einforderte, sprangen die beiden Freunde vom Wagen.

VIERUNDDREISSIGSTES KAPITEL

Vom Loch Katrine nach Stirling

NUR EIN PAAR METER vom Gasthof entfernt schaukelte anmutig das kleine Dampfschiff, das den See überquert. Natürlich hieß es *Rob Roy.*

Die Passagiere der *Prinz Albert* nahmen auf ihm Platz und mischten sich unter andere Touristen, die aus Aberfoyle kamen; unter ihnen auch zwei Reisende, die Rucksäcke trugen und mit langen Stöcken ausgerüstet waren, deutliche Hinweise auf eine Fußwanderung, und Jacques hätte es ihnen gerne gleichgetan. Die *Rob Roy* setzte sich, von ihrer Schraube angetrieben, in Bewegung, und ihre Maschine, die keinen Kondensator besaß, ließ wie eine Lokomotive nach jedem Kolbenstoß Dampf ab.

Am Anfang sind die Ufer des nur zehn Meilen langen Loch Katrine noch öde und wenig bewaldet, aber die benachbarte Hügelkette steckt voller Charakter und Poesie. Auf diesem See mit seinen stillen Wassern hat Walter Scott die wichtigsten Begebenheiten seiner *Dame vom See* angesiedelt, und man vermeint, noch immer den zarten Schatten der schönen Ellen Douglas über seine Wasser gleiten zu sehen.

Jacques gab sich gerade lieblichen Träumereien hin, als der Klang eines Dudelsacks ihn aus seinen Betrachtungen riß. Auf dem Hinterschiff spielte sich ein Schotte in Highlandertracht auf seiner Bagpipe ein.

»Aufgepaßt!« sagte Jonathan. »Er wird uns den *Trovatore* zum besten geben.«

»Das wäre eine Infamie«, antwortete Jacques.

Doch diesmal blieben die Pariser von dieser Epidemie verschont und kamen mit dem bloßen Schrecken davon. Der bäuerliche Musiker ließ eine sanfte und naive Melodie erklingen, schlicht, wie jene Lieder, die vom Empfinden eines Landes geprägt sind und den Eindruck erwecken, von niemandem komponiert worden zu sein; sie sind das natürliche Produkt aus dem Hauch der Winde, dem Gemurmel der Seen und dem Rauschen der Blätter. Jonathan trat näher an den Schotten heran und notierte sich in Zahlen die folgende Melodie in sein Reisenotizbuch:

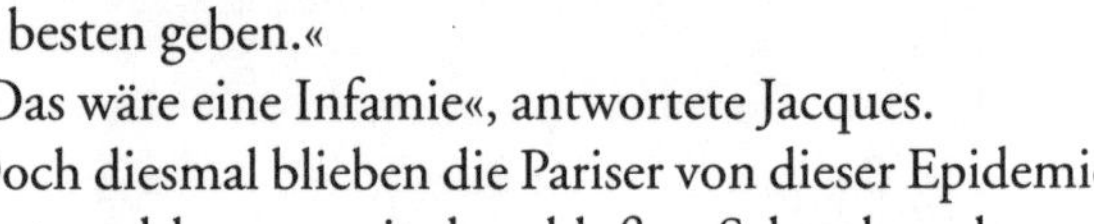

Erst dann fiel Jonathan das Nationalinstrument auf: Er bemerkte, daß der schottische Dudelsack drei verschieden große Bordune hat, der längste bläst das g, der mittlere die Terz und der kleinste die Oktave zum langen Bordun. Die Spielpfeife weist acht Löcher auf, die eine g-Dur-Tonleiter ergeben, in der das f ein Naturton ist. Der Musiker schrieb sich die mannigfaltigen Kombinationen auf und nahm sich vor, diese eines Tages zu verwerten.

Die Westufer des Loch Katrine sind zivilisierter, grüner und weicher; sie liegen tief eingeschnitten zwischen den zwei hohen Bergen Ben An und Ben Venue, von schattigem Laubwerk überdachte Wege schlängeln sich am See entlang und verschwinden im dichten Unterholz. Dieser Landstrich sieht schon ganz anders aus, hier hatten die beiden Pariser den nördlichsten Punkt ihrer Reise erreicht.

Die *Rob Roy* setzte sie in einem kühlen und friedlichen kleinen Hafenbecken mit moosbewachsenen Straßen, mit heiteren und fruchtbaren Gestaden an Land. Die Wagen nach Callander warteten bereits mit ihrem Gespann; Jacques und Jonathan mußten laufen, um noch einen Platz zu ergattern. Kurz darauf saßen sie auf der oberen Sitzreihe neben dem Kutscher. Jacques drehte sich noch einmal um und winkte diesen unvergleichlichen Gefilden, deren erhabene Schönheiten die Einbildungskraft allein nicht imstande wäre hervorzubringen, ein letztes Lebewohl zu.

Vom Loch Katrine nach Callander sind es acht oder neun Meilen, die Straße ist holprig, und so können die Wagen fast auf der gesamten Strecke nur im Schritt fahren; nach ungefähr eineinhalb Meilen stößt man auf das Trossachs Hotel, eine Art modernes Schloß von recht trübseliger Erscheinung. Davor liegt eine Terrasse, auf der fremdländische Damen ihre exogenen Reifröcke zur Schau stellten, während sie den Loch Achray betrachteten, einen Miniatursee in einem ebenmäßigen, entzückend geformten Becken.

Während der Fahrt übte der Kutscher, zweifellos ein

höchst gebildeter Mensch, das Metier des Cicerone aus; mit lauter Stimme wies er auf Ruinen hin, auf Täler, Berge und Clans, mit denen die Straße nach Callander in Berührung kam. Er sprach ein wunderbar reines Schottisch, und Jonathan verstand nur mit allergrößter Mühe ein paar Brocken seiner aufschlußreichen Erzählungen; dennoch begriff er, daß sich ein Glen Finglas genanntes Tal gen Norden hinaufzog und das Dickicht des kläglichen Wäldchens den schattigen Ufern des Loch Venachar folgte. Diese Einzelheiten verdienten ganz gewiß die spendable Hand, die der gelehrte Coachman bei der Ankunft einforderte. Bald beschrieb die Chaussee einen Bogen, der neue Landschaften erschloß; eine Steinbrücke führte über einen Sturzbach und seine bedrohlichen Wasser, die auf schwarzem Felsgestein brodelten, und schließlich mündete der Weg in die lange Callanderstraße.

Eine kürzlich erbaute Eisenbahnlinie verbindet diesen Marktflecken mit Stirling. Die beiden Freunde konnten direkt nach Edinburgh fahren, doch sie beschlossen, in Stirling zu übernachten, um diese wichtige Stadt am nächsten Morgen zu besichtigen.

Jacques, der von Wind und Müdigkeit ganz ausgetrocknet war, schleppte Jonathan zu einer Art Taverne, in der sie sich mit einer Pinte jenes weitverbreiteten, aber vorzüglichen Bieres erfrischten, das *two penny* genannt wird.

Der Zug stand zur Abfahrt bereit, sie kletterten in ein Abteil zweiter Klasse, und eine Stunde später trafen sie am Bahnhof von Stirling ein.

Nun mußte vor allem einmal gegessen werden; das war weiß Gott erlaubt, wenn man nach einem bescheidenen Frühstück in Glasgow und der Fahrt über die Seen um acht Uhr abends ausgehungert ans Ziel kam. Jacques machte sich auf die Suche nach einem Hotel; das Golden Lion schien ihm alle erforderlichen Bedingungen zu erfüllen, und wenige Augenblicke später saßen sie in Gesellschaft anderer Fremder vor Schinken, Rindfleisch und Tee, wie es sich für diesen Anlaß gehörte.

Jacques war voller Bewunderung für einen der ehrwürdigen englischen Gäste, der, nachdem er sein Dessert verspeist hatte, ein weichgekochtes Ei bestellte und dieses zum Abschluß verzehrte. Er konnte dem Verlangen nicht widerstehen, es diesem Herrn gleichzutun, und seither vertrat er die Ansicht, ein frisches Ei sei die einzig schickliche Art, eine Mahlzeit zu beschließen.

Nach dem Essen führte ein recht fröhliches Mädchen die Reisenden in ihre aneinandergrenzenden Zimmer im oberen Stockwerk. Von Müdigkeit und Verdauung gleich doppelt geschwächt, fielen sie unter einem Baldachin, den lange Vorhänge aus weißer Baumwolle zierten, in tiefen Schlaf.

FÜNFUNDDREISSIGSTES KAPITEL

Ein echter Highlander

Am nächsten Tag machte sich die Sonne höchstpersönlich die Mühe, in die Zimmer der beiden Reisenden aus Paris zu treten, um diese zu wecken; einer solchen, mit den zierlichsten Strahlen dargebotenen Einladung konnten sie nicht widerstehen. Dann wurde die geplante Rückreise von Edinburgh nach London erörtert: Es schien schwierig, so rechtzeitig anzukommen, daß sie noch einen der Passagierdampfer am Granton Pier nehmen konnten; darüber hinaus dauerte die Fahrt lange, während die Eisenbahn sie in der kommenden Nacht nach London bringen konnte, auch wenn sie erst um acht Uhr abends aufbrachen. Deshalb wurde beschlossen, die Rückreise auf dem schnellen Weg anzutreten.

Das königliche Landstädtchen Stirling liegt ungefähr am Ende des Firth of Forth; das Gelände ist wellig, und eine ansteigende Straße führt am Golden-Lion-Hotel vorüber. Sie setzt sich bis zu einer Art Hügel fort, der mit Denkmälern geschmückt ist und dessen Verwendungszweck Jacques nicht völlig klar wurde; diese Stätte konnte ein Friedhof oder ebensogut ein Vergnügungsort sein, der Unterschied ist in Schottland kaum wahrnehmbar. Von dieser Anhöhe aus konnte man das befestigte Schloß von Stirling sehen. Hier war Maria Stuart gekrönt worden. Diese Festung hatte die Ehre, von Cromwell und General Monk belagert zu werden. Das Äußere dieses Schlosses hat etwas Hochmütiges, und es scheint so herausfordernd dazustehen wie ein alter Haudegen. Sie mußten einen ziemlich steilen Hang bezwingen, um bis ans

Ausfalltor zu gelangen, das von Highlandern in Galauniform bewacht wurde; diese Uniform ist eine getreue Nachbildung der alten Nationaltracht, es fehlt nur die Tartsche oder der Schild aus Leder mit Stahlspitze.

Auf dem Kopf der Highlander sitzt die schottische Mütze, geschmückt mit einer Feder, die in einem Stahlring steckt; die Jacke aus scharlachrotem Tuch ist kurz und läßt die unzähligen Falten des Kilts hervorschauen – eine Art Rock aus einem grünen Stoff mit Karomuster, der bis zu den Knien reicht; die Oberschenkel sind vollkommen nackt, daher kommt auch das Sprichwort: »Einem Highlander kann man die Hose nicht klauen.« Die Unterschenkel stecken in karierten Strümpfen, um die jene Bänder gewickelt sind, die Rob Roy mit seinen langen Armen festmachen konnte, ohne sich bücken zu müssen; das Plaid oder der Tartanmantel wird zwischen Gürtel und Schulter getragen und durch einen *pouch* oder eine Metallspange festgehalten. Und der *philibey*, eine Art mit Quasten geschmückter Beutel aus Ziegenhaar, hängt schließlich vom Gürtel vorne über den Kilt herunter; die Tasche dieses *philibey*, welche für die Barschaft eines Schotten groß genug ist, heißt *sporrang*, wie Jonathan von einer Schloßwache erfuhr. Der Dolch oder *dirk* steckt im Gürtel, und die Offiziere dieser prachtvollen Kompanie tragen das lange Claymore ihrer Vorfahren.

Von der Esplanade des Schlosses erstreckt sich der Blick bis über die Ebenen Niederschottlands. In Richtung Nordwesten konnte Jacques ein letztes Mal den Ben Lomond und den Ben Ledi grüßen, die über den weit entfernten Horizont hinausschauten. Der Himmel hatte aufzuklaren geruht, und die Bergspitzen tauchten deutlich aus dem Morgennebel hervor. Im Osten, am Eingang der Stadt, fließt der Forth unter einer alten Brücke aus dem 12. Jahrhundert dahin.

Zum vereinbarten Zeitpunkt und nachdem sie sich in aller Eile einen Eindruck von Stirling verschafft hatten, das Walter Scott in seinem Roman *Waverley* so sehr rühmt, fanden sich die Stadtbesucher am Bahnhof ein. Hier wurden sie angenehm überrascht, als sie eine ganze Kompanie Highlander in Waffen erblickten; sie warteten auf die Durchfahrt Ihrer Allergnädigsten Majestät, die aus Edinburgh kam, wo am Vorabend die Kanonen gedonnert hatten, um ihre Ankunft zu feiern. Die schottischen Soldaten waren in ihren Uniformen eine wahre Pracht; ihre markanten Gesichter trugen martialischere Züge als die der englischen Militärs; der Offizier, der diesen Zug befehligte, strahlte in seiner herrlichen Uniform, und sein linker Arm stützte sich auf den blitzenden Griff seines Claymore. Weder Trompete noch Trommeln oder Querpfeifen heiterten den Marsch dieser Kompanie auf; aber der Bagpiper entlockte seinem makellosen und glänzenden Dudelsack fröhliche Pibrochs.

Alsbald ertönte das Abfahrtssignal, und dann ratterte der Zug mit Volldampf in Richtung Edinburgh. Jacques hielt an der Wagentür Ausschau nach dem entgegenkommenden Zug der Königin, doch ein leises Brausen in einem vorbeijagenden Luftwirbel war auch schon alles, was er erhaschen konnte.

Der Scottish Central Railway ermöglicht es, die Reise in eineinviertel Stunden durchzuführen, obwohl er einen kleinen Umweg nach Polmont Junction macht. Von hier aus fuhr der Zug über Linlithgow, eine kleine Stadt am Ufer eines Sees, wo Maria Stuart geboren wurde, ließ die Ruinen des Schlosses von Niddry, auf dem sich die unglückliche Königin nach ihrer Flucht aus Loch Leven Castle erholte, linker Hand hinter sich, überquerte Almond Water auf einem Viadukt aus sechsunddreißig Brückenbögen und rauschte schließlich an den Pentland Hills vorbei. Dann verschwand er im Edinburgh-Tunnel und hielt wenig später in der General Railway Station, unweit des Denkmals von Walter Scott.

»Laß uns zunächst einmal essen«, rief Jacques, »anschließend können wir uns dann auf die Suche nach unseren Koffern begeben; da die Familie B. verreist ist, müssen wir uns vergewissern, ob ihr Haus nicht vollkommen verschlossen ist.«

Wo hätten sie besser speisen können als in der vertrauten kleinen Schenke der High Street? Das kalte Fleisch schmeckte dort ganz gut, das Brot war schlecht wie überall in England, und das Bier schäumte vergnügt in den Metallpinten. Nach diesem Mahl beschlossen sie, auf einer neuen Route in die Inverleith Row zu spazieren, was ihnen erlauben würde, Leith zu besichtigen; diese wichtige Stadt bildet den Hafen von Edinburgh, an der Mündung des Flusses, der denselben Namen trägt. Sie ist eine kleine Industrie- und Manufakturstadt, die, geradeso wie eine Kapitale, einen alten und einen neuen Stadtteil besitzt. Die Wanderer erreichten sie über den Leith Walk am anderen Ende der Prinzenstraße, und als sie am Hafenbecken standen, wurden ihre Augen von einer dreifarbigen Flagge entzückt, die auf der Gaffel eines Besanmasts schaukelte. Jacques blickte noch höher und sah einen dreifarbigen Wimpel, den der Wind an einer Mastspitze hin und her bewegte.

»Ein französisches Schiff«, sagte er, »und noch dazu ein Kriegsschiff.«

Tatsächlich lag ein staatlicher Aviso, dessen Aufgabe es ist, den Fischfang zu schützen, am Quai vor Anker; die Schaulustigen aus der Umgebung bewunderten mit ernsten Gesichtern die Übungen der Matrosen, die an Deck exerzierten. Jacques konnte dem Wunsch nicht widerstehen, den Fuß auf dieses schmucke Schiff zu setzen und seinen Landsleuten die Hand zu schütteln. Hartnäckig glaubte sich der liebenswürdige Bursche immer noch sechstausend Meilen von seiner Heimat entfernt, irgendwo in Indien oder gar China, und so benahm er sich auch. Er fragte nach dem Kommandanten des Avisos, der sich jedoch nicht an Bord befand; aber der erste Offizier hieß die beiden Franzosen in der Messe willkommen, und hier plauderten sie, mit ein paar Gläschen Sauternes und in den Rauch französischer Zigarren gehüllt, über Paris und Edinburgh. Das Thema Frauen wurde unter den verschiedensten Gesichtspunkten abgehandelt und die Pariserinnen wie immer zu den Königinnen der Welt erklärt.

Nachdem sie sich eine Stunde lang anregend unterhalten und auch das Schiff besichtigt hatten, beendeten Jacques und Jonathan ihren Spaziergang durch die Stadt. Sie sahen jene Stelle, wo Maria Stuart an Land ging, als sie nach dem Tod von François II. Frankreich verlassen hatte, das sie nie wiedersehen sollte. Immer und überall tauchte diese bezaubernde Königin auf, der gewiß viel vergeben werden wird!

SECHSUNDDREISSIGSTES KAPITEL

Der Zug nach London

Von der Hafenmole, die eine Meile ins Meer hinaus reicht, betrachtet man den Firth of Forth aus einem neuen, jedoch seltsamen und interessanten Blickwinkel, ebenso die Straße und die Küste bis nach Newhaven, wo das Geschwätz der Fischerinnen geradezu sprichwörtlich ist. Hier stießen die Reisenden wieder auf den Weg, den sie bereits in Begleitung von Miss Amelia und ihren Eltern gegangen waren; diese liebenswerte Familie hatte ihre Villa in der Inverleith Row zwar verlassen, aber den Dienstboten die Sorge um die im Vestibül abgestellten Koffer und anderen Gepäckstücke übertragen. Jonathan war also von der quälenden Angst befreit, nicht wieder in den Besitz seines Gepäcks zu gelangen; er war damit einverstanden, diese Gegenstände am selben Abend abzuholen, um sie zur Eisenbahnstation zu schaffen. Sobald dieser Plan gefaßt war, brauchten sie nur noch am Bahnhof die Abfahrtszeit nach London in Erfahrung zu bringen; also kehrten sie zur General Station zurück, wo der North British Railway ankam. Unter schier unvorstellbaren Schwierigkeiten gelang es ihnen herauszufinden, daß der Zug um acht Uhr abends abfahren würde. Als auch dies feststand und nach einem hastigen Dinner in der High Street, wo Jacques eine *mock-turtle* probieren wollte, eine Schildkrötensuppe, bei der die Chelonia durch einen Kalbskopf ersetzt wird, der in einer scharf gewürzten Brühe schwimmt, sagten sie diesem hinreißenden Ort, den sie nun endgültig verlassen mußten, ein letztes Lebewohl.

Ein wenig niedergeschlagen gingen die beiden Freunde

noch einmal die alte Canongate hinunter, grüßten den Holyroodpalast, schlenderten durch die North Bridge Street, kauften von einer hübschen Händlerin verschiedene Dinge aus Tartanstoff, so zum Beispiel eine Anstecknadel, Geldbörsen, Nadelkissen und Briefmarkenetuis, die sich durch die Farben der verschiedenen Clans wie Mac Gregor, Mac Donald, Mac Lean, Stuart oder Colquham auszeichneten, und kehrten dann zum Droschkenplatz in der Princes Street zurück. Eine Stunde später trafen sie mit ihrem Gepäck am Bahnhof ein, und Jacques warf, ziemlich gerührt, einen letzten Blick auf das Schloß von Edinburgh.

Beim North British Railway herrschte großes Gedränge; die buchstäblich belagerten Büros konnten der Nachfrage nach Fahrkarten nicht genügen; ein endloses Stimmengewirr, das hin und wieder von lautem Gezeter übertönt wurde, erfüllte den Saal. Nur mit Müh und Not schaffte es Jonathan, zum Schalter vorzudringen; er verlangte zwei Plätze nach London und bezahlte für sie einen Preis, den er sich nicht recht erklären konnte.

Er glaubte, seinen Koffer mit ins Abteil nehmen zu können, wie es in Liverpool der Fall gewesen war. Doch als er einen Blick in die Ecke warf, wo der Bahnhofsbedienstete ihn abgestellt hatte, sah er nichts mehr!

»Jacques, was hast du mit unseren Koffern getan? Hast du denn nicht auf sie aufgepaßt, während ich die Fahrkarten kaufte?«

Jacques wußte nicht recht, was er antworten sollte; doch als seine Blicke sich unter ein düsteres Gewölbe verirrten, sah er das Gepäck in einem finsteren Loch verschwinden, einem Abgrund, dessen Tiefe man nicht ausloten konnte.

»Es hat ganz den Anschein, als würde hier das Frachtgut abgefertigt werden! Wir brauchen uns also keine Sorgen zu machen und können unsere Gepäckscheine verlangen!«

Aber diese gewiß indiskrete Bitte wurde von den Angestellten kategorisch zurückgewiesen.

»Wenn wir unsere Koffer jemals wiedersehen«, sagte Jonathan bestürzt, »können wir von Glück reden! Und ich habe auch noch den Reisepaß hineingesteckt!«

Sie hatten keine Zeit mehr, sich noch länger diesen fruchtlosen Überlegungen hinzugeben. Ein Menschengewimmel wogte auf der Steintreppe, die zum Abfahrtsbahnsteig führte – man hätte meinen können, ein schäumender Sturzbach, der unterschiedlichst geformte Köpfe dahinwälzt.

»Das ist die Kaskade von Inversnaid, nur etwas lauter, mein lieber Jonathan, aber wir sollten besser nicht scherzen, denn wir sind zwei Wassertropfen in diesem Wildbach!«

Nach vielen Mühen erreichten die Freunde schließlich halb erstickt den Zug, der sich aus einer langen Reihe von Wagen zusammensetzte, und man muß noch hinzufügen, daß sie alle mehr oder weniger voll waren. Jacques lief in die eine Richtung, Jonathan in die andere; durch jede Wagentür warfen sie einen prüfenden Blick, ohne jedoch einen freien Platz zu finden; der Zug schien überfüllt zu sein und in jedem Augenblick abfahren zu wollen; ihre Enttäuschung wuchs mit der Aussichtslosigkeit, ihre verschwundenen Koffer zurückzubekommen. Endlich, als gerade der schrille Pfiff der Lokomotive durch die Luft gellte, entdeckte Jacques in einem Wagen dritter Klasse zwei unbesetzte Plätze; gefolgt von seinem Freund, stürzte er trotz der Nörgelei der anderen Fahrgäste auf sie zu, und er mußte sogar von der Sprache der Fäuste Gebrauch machen, die in der ganzen Welt verstanden wird. Doch schließlich setzte sich der Zug in Bewegung und schleppte diese ungeheure Menschenmenge mit sich fort in die englische Hauptstadt.

Dieser grauenhafte, dröhnende, endlose Zug war – leider Gottes! – ein Vergnügungszug, er schaffte eine Meute englischer Gaffer nach London zurück! Mit Entsetzen blickte Jacques seiner Lage ins Auge: Fünfzehn Stunden mußten in dieser Gesellschaft verbracht werden, eine ganze furchterregende Nacht!

Der gesamte Waggon bildete ein einziges Abteil, in dem vierzig Personen wie Handelsgüter zusammengepfercht waren. Die Holzbänke, mit Rückenlehnen so weich wie der Kern einer Eiche, boten den erschöpften Gliedmaßen ein zermürbendes Ruhekissen; die hohen und schmalen Fenster erlaubten der Luft nicht, sich den hygienischen Bedingungen entsprechend zu erneuern; diese Mißlichkeiten waren jedoch von geringer Bedeutung neben der Zusammenrottung dieser lärmenden Cockneys, dieser würdigen Söhne John Bulls, dieser klobigen und unbequemen Individuen. Fette, dickbäuchige Männer, aber dickbäuchig wie man es nur in England ist, mit groben, geröteten und aufgedunsenen Gesichtern, einer selbstgefällig-hämischen Miene und einer derben Ausgelassenheit, die sie aus den Strömen von Whisky und Gin schöpften. Große und schlaksige Frauen in Kleidern, deren Formen und Farben nicht weniger verwelkt waren als sie selbst; Kinder in jedem Alter, angefangen beim Säugling bis zum verständigen Knirps, plärrend, flennend und wimmernd, das war die Gesellschaft in einem englischen Vergnügungszug. Da saßen ganze Familien, bestehend aus zwei kratzbürstigen Eheleuten, jungen Misses mit blauen, aber einfältigen Augen und Burschen mit zu wenig Hirn. All das aß, schlief, kreischte, ohne sich um den Nachbarn zu kümmern, mit der Dreistigkeit und Unverfrorenheit jener Leute, die sich zu Hause fühlen: Es war eine Arche Noah mit ihrer ganzen Vielfalt an Zweifüßern, nur der Berg Ararat lag noch in weiter Ferne!

»Falls das hier die Baumwollbarone und die Handelsfürsten sein sollen«, sagte Jacques, »dann kann ich ihnen wahrhaftig nicht dazu gratulieren! Wenn man das Pech hat, in solcher Begleitung zu reisen, ist es das beste, man schläft! Laß uns also schlafen!«

SIEBENUNDDREISSIGSTES KAPITEL

Im Reich der Kohle

SCHLAFEN IST EINE schwierige Sache, wenn der Körper keinen anderen Stützpunkt hat als eine harte Bank, und wenn man erzittert bei dem Gedanken, daß einem der Kopf auf die Schulter solcher Nachbarn sinken könnte. Doch Jacques kapselte sich inmitten dieses ohrenbetäubenden Lärms ab, und es gelang ihm, den Kopf auf seine Hutschachtel gebettet, ein wenig zu schlummern. Von Zeit zu Zeit wachte er mit heftigen Kreuzschmerzen und Muskelkrämpfen in den Gliedmaßen auf, dann schob er seinen monströsen Nachbarn von sich, der ihn mit seinem Gewicht zu erdrücken drohte. Er fühlte sich von diesem Zug, den

keine Station zwischen Edinburgh und London aufhielt, mit erschreckender Geschwindigkeit davongetragen; der Railway fuhr in Richtung Küste und überquerte die schottische Grenze in Berwick, um dann durch die Grafschaft Northumberland zu rollen. In Newcastle konnte Jonathan, der nicht schlief, durch ein halb geöffnetes Fenster einen Zipfel jener Landschaft gewahren, die in einer finsteren Nacht beängstigend wirkt: Dieses Reich der Kohle steht buchstäblich in Flammen; brennende Rauchfahnen wehen an den Spitzen der hohen Fabrikschlöte hin und her, das sind die Bäume dieser schmutzigen und schwarzen Gegend, und zusammen bilden sie einen unübersehbaren, von fahlrotem Lichtschimmer erleuchteten Wald. Ein dumpfes, ununterbrochenes Stöhnen dringt aus der ausgehöhlten Erde; der unterirdische Abbau wird in den Eingeweiden dieses Steinkohlenbeckens pausenlos vorangetrieben; die Gruben ziehen sich bis unters Meer hin und trotzen diesen ohnmächtigen Fluten. Newcastle, die Stadt der Kohle, versorgt mit den zweihunderttausend Registertonnen ihrer Handelsschiffe die ganze Welt.

Der Zug setzte seine phantastische Reise fort, und schon bald verschwand diese lodernde Erde in der Dunkelheit; die Stunden der Nacht neigten sich dem Ende zu, ohne diese unausstehlichen Engländer zu besänftigen oder gar einzuschläfern.

Jacques erholte sich gerade, so gut es ging, als ihn sein Nachbar bei der Durchfahrt durch York mit einem kräftigen Stoß weckte und sagte:

»It is York City.«

Jacques war fuchsteufelswild, bekam einen Tobsuchtsanfall und überschüttete den aufdringlichen Gentleman mit französischen Verunglimpfungen; er brauchte seinen gesamten Wortschatz auf, während der Engländer diese Lawine mit einem dümmlichen Lächeln quittierte. Nie zuvor hatte Jacques so sehr bedauert, kein Englisch zu sprechen; er wollte sogar Jonathan zwingen, diesen Insulaner in seiner Muttersprache zu beschimpfen, der Musiker weigerte sich jedoch hartnäckig; als wahrer Philosoph nahm er diese unerfreuliche Situation hin und sorgte sich nur um seinen Reisepaß, der in seinem verschwundenen Koffer eingeschlossen war.

Wenig später ging die Sonne über dem Herzogtum Leicester auf: Ein paar antike Trümmerhaufen, ein paar alte, halb angelsächsische, halb romanische Ruinen waren auf diesem fruchtbaren und von weiten, grünen Wiesen bedeckten Boden zu entdecken; hier und da liegen ausgestreckt und am Morgentau schnüffelnd jene großen Rinder, die den englischen Mägen sowohl Ruhm als auch Trost bescheren. Diese Landschaft ist bezaubernd, die Cottages mehren sich, und lange Reihen kleiner Häuser, eins wie das andere, ziehen sich an den sauber gepflegten Straßen entlang; ein leichter Nebel verwischt diese leicht eintönigen Szenerien und verleiht ihnen ein eigenwilliges Aussehen.

Sobald es Tag wurde, steigerte sich der Lärm im Abteil. Allzu stark duftende Lebensmittel wurden aus unbekannten Tiefen hervorgeholt; Reiseflaschen wurden entkorkt, und ein Gemisch aus jungem Branntwein und altem Schwein erfüllte die überhitzte Luft. Jacques empfand diese Ausdünstungen als um so unangenehmer, als er Hunger und Durst hatte, jedoch ohne die geringste Aussicht, diese zwei Bedürfnisse stillen zu können. Er wollte eines der Fenster öffnen, mußte sich aber dem Widerstand seiner Nachbarn beugen; diese Leute reisten in einem Schwitzkasten und fühlten sich wohl darin.

Unter diesen widrigen Bedingungen schien diese lange Fahrt kein Ende nehmen zu wollen; sie wäre unerträglich gewesen, wenn nicht tausend familiäre Szenen, tausend kleine Sittenbilder zwei scharf beobachtende Augenpaare interessiert hätten. Nach dieser geräuschvollen und schlaflosen Nacht kamen die Gesichter endlich mit ihrer ganzen Ausdrucksvielfalt zum Vorschein; einige dieser Reisenden hatten

Edinburgh aus purem Vergnügen besucht, aber die meisten von ihnen nutzten die billige Reise und wanderten tatsächlich aus, oder wanderten vielmehr mit ihren armseligen Familien ein, und ihr ganzes Vermögen steckte in einigen löcherigen Tartans oder mit Tüchern umwickelten Bündeln! Noch ein paar Hungerleider mehr für die große Stadt!

Schließlich veränderte sich die Landschaft ein wenig, die Wege wurden zu Straßen, die Dörfer zu Stadtvierteln; die dicke Luft war von einem trüben Dunst erfüllt, die Fabrikschlote nahmen zu und schleuderten verschwenderisch ihren Anteil an Rauch und Ruß in diesen besudelten Himmel; mal überquerten die Geleise des Railway ganze Straßen, mal versanken sie in finsteren Tunnels. Endlich blieb der Zug stehen. Jonathan stürzte in den Bahnhof hinaus und rannte zum Informationsschalter; er mußte seinen Koffer um jeden Preis wiederhaben. Ein Haufen Pakete, ein Berg Gepäck türmten sich vor ihm auf; alles war bunt durcheinandergemischt, zerquetscht, umgekippt, und aufgrund eines ganz speziellen Schwerkraftgesetzes lagen die großen Pakete auf den kleinen, und die schweren Gegenstände auf den Taschen und Schachteln aus Karton. Für die Verteilung der Gepäckstücke gab es keinerlei festgelegte Ordnung, jeder konnte nehmen, was ihm gefiel. Zuletzt schaffte es Jonathan doch noch, sein arg verbeultes Hab und Gut wieder an sich zu bringen, und ohne lange zu fackeln, sprang er, von Jacques gefolgt, in eines der Cabs, die zuhauf direkt im Bahnhof warteten. Nur wenige Augenblicke später fuhren die beiden Freunde, nach einer dreihundertfünfundneunzig Kilometer langen und in fünfzehn Stunden zurückgelegten Reise, über die New Road und ließen die Northern Railway Station hinter sich.

ACHTUNDDREISSIGSTES KAPITEL

Ankunft in London

Dem rat folgend, den ihnen die Familie B. gegeben hatte, ließen sie sich zur London Bridge fahren. Im London Bridge and Family Hotel befanden sie sich in unmittelbarer Nähe der Station der Eisenbahnlinie nach Brighton, die sie nach Frankreich zurückbringen sollte. Sie

bekamen ein großes, düsteres Zimmer, in dem breite Betten mit weißen Vorhängen standen, und eine jener unmöglichen Treppen führte zu ihm. Während Jacques sich der dringend notwendigen Körperpflege widmete, sagte er:

»Bisher haben sich die Reiseführer von Richard und anderen bemüht, Marschrouten zusammenzustellen, die es erlauben, London in kurzer Zeit zu besichtigen; die kühnsten unter ihnen nehmen wenigstens fünf Tage in Anspruch! Uns stehen nur zwei zur Verfügung, also werden wir London in zwei Tagen sehen!«

»Wir wollen keine Zeit verlieren und als erstes zur Post laufen, um die Briefe abzuholen, die uns womöglich geschickt worden sind.«

Jacques besaß einen Stadtplan, er studierte ihn sorgfältig, und die Exkursion begann.

Auf der London Bridge, die sie wieder überqueren mußten, herrscht um diese Uhrzeit ein ungeheuer reges Leben und Treiben; vier Reihen Wagen aller Art und aus allen Richtungen, Omnibusse, Cabs, Coupés, Droschken, Fässerkarren, Lastfuhrwerke, Kippkarren und Leiterwagen verstopfen die Fahrbahn. Die Pferde sehen in ihren blitzenden Geschirren prachtvoll aus; auf den Bürgersteigen drängt sich eine eilige, geschäftige, schweigsame Menschenmenge, und es hat überhaupt keinen Sinn zu versuchen, von einem Bürgersteig auf den anderen zu gelangen, denn dies ist mehrere Stunden hindurch einfach ausgeschlossen. Die London Bridge ist die letzte Brücke über die Themse vor dem Mündungsgebiet; hier ist für alle Schiffe Endstation, nur Dampfer und gewaltige Lastkähne fahren weiter flußaufwärts. Man kann sich leicht vorstellen, daß es auf einer Brücke, die City und südlichen Stadtteil miteinander verbindet, von Menschen wimmelt. Mit sprachlosem Staunen beobachtete Jacques diesen Wagenstrom, in dem jedoch nur ein kleiner Teil der dreitausend Omnibusse und viertausend Cabs der Stadt enthalten waren.

Auf der rechten Seite verschwand der Fluß unter den Steamern, die in alle erdenklichen Länder aufbrechen und nicht in den Docks abgestellt werden; auf der linken Seite wird er von kleinen Dampfschiffen durchfurcht, den *watermen*, die regelmäßig auf der Themse verkehren; vierzig oder fünfzig von ihnen fahren gleichzeitig hin und her, ohne sich in diesem breiten Flußbett zu behindern oder zusammenzustoßen.

Sie drängten sich auch um die Landungsstelle, und die emsigen Passagiere warteten nicht einmal, bis der Laufsteg vom Quai ans Deck geschoben war, sondern setzten über die Schranke des vom Anlegeponton noch recht weit entfernten Schiffes und landeten in Scharen, wie Clowns, die über ein Sprungpferd hopsen.

Die London Bridge überquert die Themse in fünf langen granitenen Schritten und mündet in die King William Street; diese Straße führt am Brandmonument vorüber, einer hohen kannelierten Säule, die eine in Flammen stehende Urne trägt, *of the italo vitruvian doric order*, wie die Engländer sagen und behaupten. Diese Säule wurde genau an jener Stelle errichtet, an der die verheerende Feuersbrunst von 1666 aufgehalten wurde, die einen Großteil der Stadt in Schutt und Asche legte und über die Jacques eine großartige Beschreibung in dem anonymen Roman *Whitefinars* gelesen hatte. Der Hauptzweck dieses Denkmals bestand darin, den Engländern eine Möglichkeit zu bieten, sich samt ihrem Weltschmerz von seinem Kapitell in die Tiefe zu stürzen; aber als eine richtige Mode daraus entstand, wurde die Balustrade mit einem eisernen Käfig eingefaßt, durch den man zwar sehen, aber nicht mehr hinabfallen kann. Seither klettert niemand mehr auf dieses Denkmal hinauf. Es wird von einem Engländer erzählt, einem achtbaren Kaufmann, dessen Geschäfte in eine verzwickte Lage geraten waren und der, mit einer lobenswerten Voraussicht, eben an jenem Tag auf die Plattform stieg, als die Säulenspitze vergittert wurde. Nachdem er seinen Selbstmord nicht wie gewünscht hatte ausführen können, kehrte er in sein Büro zurück, versuchte nochmals sein Glück in der Spekulation und wurde mehrfacher Millionär. Heutzutage vertritt er die Ansicht, daß sich der Käfig oben auf dem Denkmal sehr gut ausnimmt, er ist der einzige.

Eine ganze Reihe langer Straßen führt von der William Street zum Postamt, hier ist man mitten in der City; die Läden gleichen Warenhäusern, und die Krämer wirken wie angesehene Kaufleute: Es herrscht eine ungewöhnliche Betriebsamkeit; man sieht keine Spaziergänger auf den Straßen, nur Geschäftsleute, die allesamt in der Lage zu sein scheinen, Kommanditgesellschaften zu gründen mit einem Kapital von etlichen Millionen und jeder beliebigen wirtschaftlichen Nutzung. Man trifft keine jungen Burschen, keine gestandenen Männer, keine Greise, sondern ausschließlich Geschäftsleute, die Baumwollbarone, die Schafwollherzöge, die Rohzuckermarquis, die Talglichtgrafen, mit einem Wort die Handelsfürsten. Diese Citizen-Nabobs kommen ganz geheimnisvoll in ihre kleinen Büros, ihre unauffälligen Ämter, betreiben ihre vielen tagtäglichen Geschäfte und kehren in ihre stattlichen Herrschaftshäuser an der Regent Street oder am Belgrave Square zurück. Es stimmt, daß diese Millionäre ohne jede Zimperlichkeit mit den Nihilionären dieser tobenden City in Berührung kommen; das Elend ist hier so vollkommen wie der Reichtum, und wenn der Reiche dem Armen auf der Straße nichts gibt, dann nur deshalb, weil dieser ihm auf die Million, die er in seiner Tasche hat, nicht herausgeben könnte.

Das General Post Office ist ein griechischer Tempel mit einem Portikus aus dorischen Säulen; die Zeit hat bereits ihre schwärzliche Patina auf den Rippen seines Gebälks und den Skulpturen seines Frontispizes abgelagert. Ohne sich mit den Einzelheiten dieses Gebäudes aufzuhalten, wurde Jonathan sogleich im Büro für postlagernde Sendungen vorstellig und erhielt auf seine Nachfrage eine abschlägige Antwort; nun konnten sie sich also auf schnellstem Wege dem Mittagessen zuwenden. Jacques fiel eine Taverne ins Auge, die nicht besonders einladend aussah; er trat ein und setzte sich mit seinem Begleiter in einen spärlich beleuchteten Raum, zwischen zwei Trennwände aus dunklem Mahagoni. Ein sehr distinguierter Kellner in schwarzem Frack bot ihnen seine Dienste an, und die beiden Freunde verzehrten aus demselben Teller einen winzigen Teil der zweihundertfünfzigtausend Rinder und der eine Million siebenhunderttausend Schafe, die jährlich von der riesigen Kapitale verschlungen werden. Sie tranken gleichfalls zwei Pinten der dreiundvierzig Millionen *gallons* Bier, die nur mit Mühe ausreichen, ihren Durst zu stillen.

Währenddessen wechselten sich an den Nachbartischen Leute ab, die es eilig hatten, nur einen Artikel aus der *Times* oder dem *Morning Chronicle* zu sich nahmen und ein paar Tropfen kaum gezuckerten Tees, der in mikroskopisch kleinen Tassen serviert wurde.

»Wenn sie damit bis zum Dinner durchhalten wollen«, sagte sich Jacques, »dann tun sie mir aufrichtig leid.«

Nach einer etwas konsistenteren Mahlzeit erhoben sich die Reisenden vom Tisch und lenkten ihre Schritte in Richtung Saint Paul's, dessen Kuppel über die umliegenden Häuser hinausschaute.

NEUNUNDDREISSIGSTES KAPITEL

Saint Paul's und die Themse

SAINT PAUL'S ist eine unvollkommene Nachbildung des römischen Petersdoms; seine wuchtige Masse ist eher beeindruckend als schön; dieser Bau hat die herrliche Kathedrale von Inigo Jones ersetzt, die bei dem Brand von 1666 zerstört wurde. Das Übereinander der Komposit- oder korinthischen Ordnung beherrscht die gesamte architektonische Außengestaltung; es wimmelt von Säulen, die sich bis in die Lüfte erheben, um die Kuppel des Doms zu tragen. In seiner äußeren Erscheinung ist das Bauwerk schwarz von Rauch mit großen weißen Schatten (denn hier wirkt das Weiß wie ein Schatten), die entstanden, weil bestimmte Vorsprünge dem Nordwind ausgesetzt sind; das erweckt einen seltsamen Eindruck: Man vermeint, Schneeschichten zu sehen, die sich symmetrisch auf die Profile der Gebälke, die Rillen der Säulen und die Akanthusblattreliefs der Kapitelle gelegt haben. Zwei kleine, in ihrer Wuchtigkeit recht graziöse Türme erheben sich zu beiden Seiten des Portikus, der eine beherbergt die Uhr, der andere den Belfried. Sie werden von vergoldeten Kiefernzapfen abgeschlossen, die jeglicher Anmut entbehren; die Außenmauern des Gebäudes sind siebenunddreißig Meter hoch, aber diese Höhe ist angesichts der Größe des Baus nicht mehr wahrnehmbar; eine schmucke Galerie krönt das von den Säulen des Doms gestützte Gebälk und trägt die Kuppel, deren Abschluß eine Laterne mit einem kreisrunden Laufgang bildet; Kugel und Kreuz ragen noch siebenunddreißig Meter über diese Galerie hinaus.

Jacques hatte sich die genauen Abmessungen geben lassen und weigerte sich, sie als gültig anzuerkennen. Deshalb beschloß er, dem Zeitmangel, der Müdigkeit und seinem Begleiter zum Trotz, so weit in die Kuppel hinaufzuklettern, wie es nur irgend möglich wäre. Dieses Baudenkmal ist wie so viele der Kirchen Englands von einem Friedhof umgeben, der noch unlängst in Betrieb war, um sich der Geschäftssprache zu bedienen. Doch seit einigen Jahren sind Finanzkompanien zur Schaffung von Friedhöfen in London gegründet worden: Die erste, nämlich die Kensal Green Cimetery C[ny], hat großartige Abschlüsse getätigt; ihre Aktien werden zweifellos an der Londoner Börse notiert, und bestimmt zittern alle Leute, wenn sie steigen.

Jacques und Jonathan traten in das Innere der Kathedrale; sie waren verblüfft von ihrer kalten Helligkeit und ihrer erhabenen Kahlheit: keine Gemälde, nur ein paar lächerliche Denkmäler und ein paar schlechte Statuen zur Erinnerung an große Männer. Jacques warf einen gleichgültigen Blick auf diesen inneren Friedhof und begab sich zur Tür der Kuppeltreppe; er bat um die Erlaubnis, zur Laterne hochzugehen und erwirkte diese Gunst für einen Shilling sechs Pence. Nachdem sich die beiden Domsteiger eine ganze Weile auf Holzstufen im Kreise gedreht hatten, gelangten sie zu einer inneren Galerie, die um die Grundlinie der Kuppel herumführt: Sie wird Flüstergalerie genannt, und ein kleines Männchen, das in diesem ehrenhaften Metier alt geworden war, lief ans andere Ende, um dort einen Seufzer zu tun, und sein Seufzer brauste wie ein Wirbelwind um die erstaunten Ohren. Endlich drang das Tageslicht durch ein Fenster, und die Gebälkgalerie lag vor ihren Augen.

Man hätte eine unvergleichliche Aussicht auf London, wenn der ewige Nebel nicht den Horizont einengen würde. An einem normalen Tag kann man den Lauf der Themse von den Docks bis zum Westminsterpalast verfolgen, allerdings lassen sich selbst dann die Türme dieses Palastes mehr erahnen als wirklich erkennen. Saint Paul's zu Füßen liegt ein bezauberndes Häusermeer, aus dem die unzähligen Türme seiner dreihundert Kirchen herausragen; diese ganze gewaltige Fläche ist mit ihnen gespickt, wie mit den Figuren eines riesigen Spielbretts; Saint Paul's ist der König und der Turm des Parlamentsgebäudes die Königin auf diesem unübersehbaren Schachbrett.

Nachdem Jacques dieses Schauspiel eine Weile betrachtet hatte, unter einer englischen Sonne, die durch ein milchiges Glas zu strahlen scheint, zog er Jonathan eine schmale Wendeltreppe hinauf; sie erreichten den Laufgang in der Laterne und händigten ihre Hüte *höher stehenden* Angestellten aus, wie Jonathan sie bezeichnete, und Jacques schwang sich eine Art Leiter empor, um bis in die Kugel zu kommen. Er mußte seine ganze Geschicklichkeit aufbieten, sich an den Kerben und Unebenheiten der Bronze festklammern; der Musiker blieb auf der Strecke, aber sein waghalsiger Gefährte gelangte *in the bowl*, die einen Durchmesser von zwei Metern hat und mit Müh und Not acht Personen fassen kann.

Sobald Jacques rittlings auf der Eisenstange saß, die der Kugel als Achse dient, hielt er Jonathan folgende Rede:

»Lieber Freund, ich glaube, nun ist der passende Moment gekommen, um dich in Anlehnung an Stendhal über die Höhe einiger berühmter Denkmäler zu informieren. Der Petersdom zu Rom ist vierhundertelf Fuß hoch, die Kathedrale von Straßburg vierhundertsechsundzwanzig, die große Pyramide vierhundertachtunddreißig, die Turmspitze des Invalidendoms in Paris dreihundertvierundzwanzig und die Kugel, in der ich augenblicklich hocke, befindet sich dreihundertneunzehn Fuß über dem Pflaster Londons. Und jetzt können wir wieder hinabsteigen!«

Dies war leicht zu bewerkstelligen, und wenig später erreichten sie das Ufer der Themse an der London Bridge. Die steinernen Treppen, die zu den Landungsstellen der Dampfschiffe führen, sind immer von Gruppen halbnackter Kinder belagert, die um Almosen betteln, indem sie Streichhölzer oder chemischen Zunder verkaufen. Die beiden Freunde nahmen auf einem jener Schnellboote Platz, die für *one penny* von der London Bridge zur Westminster Bridge fahren. Diese füllen sich in Windeseile mit Passagieren, und ihre hervorragenden oszillierenden Maschinen lassen sich mit größter Geschwindigkeit in Gang setzen. Die *Citizen* legte unverzüglich ab und kreuzte die *Sun*, die stromabwärts schwamm. Der Schiffsführer steht auf einer Schaufelradtrommel und zeigt durch seine offene oder geschlossene Hand alle Befehle an, die mit der lauten und schrillen Stimme eines Kindes an den Maschinisten weitergeleitet werden. Das *go ahead* erschallte, und das Schiff fuhr den Fluß hinauf.

Die Themse besitzt keine Quais, was ihr ein merkwürdiges Aussehen verleiht. Weitläufige Geschäfte, Fabriken, Gasometer, *warves, factories* und *warehouses* reihen sich an den Ufern aneinander und ermöglichen durch ihre Keller, in denen Waren verladen und entladen werden, einen direkten Zugang zum Fluß. Mehrere dieser Lagerhäuser sind mit hohen Türmen versehen oder nennen ihren Verwendungszweck in breiten und verschiedenartigsten Buchstaben: Am rechten Ufer mangelt es nicht an Fabriken. Die *Citizen* ließ ihren Schornstein herunter, der sich nach einem Drittel seiner Höhe zu einem Knie umbog, und fuhr unter den gußeisernen Jochen der Southwark Bridge und der Blackfriars Bridge hindurch. Dann schwamm sie an den kühlen und einladenden Temple Gardens mit ihren angelsächsischen Denkmälern vorüber, und wenig später zeigte das große Somerset House, in dem die Amtsräume der Steuerbehörde, des Generalregisters und des Königlichen Siegels untergebracht sind, die erhabenen Linien seiner venezianischen Architektur. Von der Mitte des Flusses gesehen, wirkt es imposant und monumental, aber Zeit und Feuchtigkeit haben die Bögen seiner unteren Gewölbe zerfressen und sie mit einer Art künstlichen Morschheit durchdrungen. Die Waterloo Bridge, deren gerade Fahrbahn auf neun herrlichen Jochen ruht, entfaltete ihre prachtvollen, zwölfhundert Fuß langen Formen; sie ist mit Granit aus Cornwall verkleidet und vermittelt das Bild eines unzerstörbaren Bauwerks. Weiter oben überquert eine sehr elegante Hängebrücke äußerst verwegen die Themse, und schließlich taucht nach einer starken Krümmung des Flusses die alte Westminster Bridge auf, deren eine Hälfte bereits einer neuen Eisenbrücke gewichen ist, die wundervoll aussehen wird. Die *Citizen* war am Ziel ihrer Fahrt angelangt, sie hielt an, und Jacques und Jonathan stürmten auf den Quai, um die Fassade des neuen Parlamentsgebäudes zu bewundern.

VIERZIGSTES KAPITEL

Das Parlament, Westminster, Whitehall, Trafalgar Square

»Das sind wahrlich hübsche Details!« rief Jacques, während er den üppigen Stil des Parliament House betrachtete. »Welch verschwenderische Fülle an Ornamenten, welche Vielzahl gekrönter Wappen, welches Übermaß an ziselierten Reliefs, welcher Reichtum an Stickereien auf den Friesen, den Architraven, den Gesimsen! Was für eine Wunderblüte der gesamten Renaissance-Botanik! Man möchte meinen, ein Schleier aus Englischen Spitzen, der über ein kolossales Bauwerk geworfen wurde! Das ist angelsächsischer Millionärsstil!«

Das neue Parlamentsgebäude, das erst im Jahre 1847 eingeweiht wurde, sieht tatsächlich zauberhaft schön aus; es wird von mehreren Türmen überragt: Einer mit Spitzgiebeln zeigt allen Londoner Stadtteilen die vier Zifferblätter einer riesigen Uhr; ein anderer, Victoria Tower, ist genauso hoch wie die Kuppel von Saint Paul's und zugleich erstaunlich breit und dick; er ist mit der Feinheit einer Goldschmiedearbeit von oben bis unten ziseliert und mit Wappen und heraldischen Sprüchen übersät, die eine außerordentliche Wirkung erzielen. Vom Platz aus betrachtet, ist die Fassade des Palastes unregelmäßig, hier und da springen Gebäudeteile vor und stellen die flamboyanten Kostbarkeiten ihrer gotischen Fenster zur Schau. An der Flußseite bietet die Entfaltung einer tausend Fuß langen architektonischen Linie einen majestätischen Anblick; vielleicht schmälert die Überfülle der Ornamentik die Erhabenheit dieses herrlichen Palastes, aber es ist unmöglich, daß Blick und Vorstellungskraft nicht beeindruckt sind von dieser tropischen Vegetation, die im nebelverhangenen England erblüht ist. Es fällt einem schwer, sich von diesem großartigen Schauspiel loszureißen. Viele Leute haben diese ungeheure Ansammlung von Skulpturen getadelt, aber der von ihr ausgehenden Wirkung konnten sie gewiß nicht gleichgültig gegenüberstehen. Sie ist, wenn man so will, nichts anderes als ein kostbares Reliquiar oder ein monumentaler Heiligenschrein aus dem Mittelalter; doch sie ist auch ein märchenhafter Traum, in Steine gekleidet, von denen jeder einzelne eine unschätzbare Arbeit darstellt, ausgeführt vom industrialisiertesten Volk der Welt.

Von außen gesehen wirkt die Westminsterabtei neben diesen Wunderwerken der Renaissance kalt. Die Kirche wurde im gotischen Stil der zweiten Periode erbaut, und der Innenraum ist eine gewaltige Nekropole, angefüllt mit Grabmälern von schlechtem Geschmack und allegorischen Figuren, die einen unvermeidlich zum Lächeln bringen: Man kann nur mit den Schultern zucken angesichts dieser lobhudelnden Basreliefs, die jede Privatperson, gegen gutes Gold, in der Westminsterabtei errichten lassen kann. Nicht die Heiligen aus den ersten Tagen des Christentums werden in den protestantischen Kirchen verehrt, sondern jene rechtschaffenen Leute, die durch ihren Reichtum in die Unsterblichkeit eingegangen sind. Der sehenswerteste Teil der Kirche ist die Dichterecke, wo unter den Statuen oder Büsten von Milton, Addison, Dryden, Gray, Goldsmith, Butler, Spencer und Garrick auch das Shakespeare-Denkmal steht; das Antlitz des großen Mannes ist schön und vergeistigt. In den Kapellen rund um den Chor liegen berühmte Grabmäler; hier ruhen die beiden Kinder Edwards, hier sind Maria Stuart und Elisabeth in versöhnendem Schlafe vereint; die Nähe dieser beiden Gräber rührt auch den gefühllosesten Besucher. In der Apsis der Kirche tut sich die Kapelle von Heinrich VII. auf, ein Meisterwerk der Bildhauerkunst, von dem nichts eine Vorstellung zu geben vermag; man betritt ein steinernes Juwel von Benvenuto Cellini, es ist die letzte Vollendungsstufe, die vom Renaissancestil erreicht werden kann.

Als die Besucher diese Anhäufung von architektonischen Wundern und Absurditäten verließen, fielen sie einem Schwarm von Bettlern in die Hände, die Beschreibungen und Ansichten der verschiedenen Denkmäler verkauften, und hatten alle Mühe, sie wieder loszuwerden. Aber Jacques wagte es nicht, armseligen Straßenfegern, die vor seinen Füßen sauber machten, ein paar Pence abzuschlagen. In England steckt das Betteln voll Scharfsinn, es ist bereits Kommerz und Spekulation.

Wenn man die Parlamentsstraße hinuntergeht, kommt man an Whitehall vorüber, einem Palast von schaurigem Angedenken, der seit der Hinrichtung von Charles I. vollkommen wiederaufgebaut wurde; er ist ein Bau von mittelmäßiger Bedeutung, den Säulen in ionischem Stil schmücken.

»Wir wollen uns nicht damit aufhalten, über das berühmte historische Fenster zu diskutieren, in dessen Nähe das Schafott des Königs errichtet wurde; wir haben keine Zeit, und es ist nur von geringem Interesse.«

»Darum wollte ich dich gerade ersuchen«, antwortete Jonathan, der schon jetzt von dieser Gewalttour erledigt zu sein schien. »Wo sind wir überhaupt?«

»In Charing Cross, wo einst die Krönung des englischen Königs stattfand; da ist der Trafalgar Square, und mein Plan zeigt an, daß sich die Nationalgalerie gleich dahinter befindet; mich dünkt, es handelt sich um das Museum, ein abscheuliches Gebäude, das ist alles, was ich dazu sagen kann, wenn ich höflich bleiben will. Und hier nun, mein lieber Jonathan, eine dorische Säule, deren Kapitell die Statue von Nelson trägt; bitte achte darauf, daß der große Seefahrer von einem Blitzableiter durchbohrt wird, und bewundere den Gerechtigkeitssinn des großen englischen

Volkes: Es widmet Nelson eine Statue für seine Siege bei Abukir und Trafalgar, aber zugleich pfählt es ihn für seine besonderen Verbrechen. Verlassen wir jedoch diesen ebenso hügeligen wie belanglosen Platz und laß uns zum Saint James's Park gehen, meine Augen müssen sich an ein bißchen Grün erholen; doch unterwegs werfen wir noch schnell einen Blick auf Pall Mall und seine Clubs.«

Diese Clubs sind wahre Paläste, und kein Land hat vergleichbare Bauwerke von solcher Distinktion zu bieten; in ganz London gibt es eine Vielzahl von ihnen, aber die am Pall Mall, der United Service Club und das Conservative Club House in italienischem Stil oder der Athenaeum Club, sind von einzigartiger Schönheit. Man darf sich nicht über die Unmenge an Monumenten wundern, die sich in der Stadt aneinander drängen; einundneunzig Zünfte haben ihre eigenen Halls, so etwa die Kurzwarenhändler, die Tuchmacher, die Fischhändler, die Goldschmiede, die Kürschner, die Schankwirte etc.; diese für Zusammenkünfte bestimmten Gildehäuser sind gewaltig, und jede Zunft unterhält darin auch noch ihre Wohltätigkeitsheime, um ihre eigenen Notleidenden zu unterstützen. Darüber hinaus zählt man nicht weniger als vierzig wissenschaftliche Gesellschaften, die mit den unvorstellbarsten Namen ausgestattet sind und alle einen herrschaftlichen Bau mit Säulen und Gebälk besitzen. Die Clubs sind ebenso zahlreich wie die Gesellschaften, und alles zusammen entfaltet sich, macht es sich bequem, breitet sich ungeniert aus, versorgt die Phantasie der englischen Architekten mit Stoff und läßt die Bauwerke wuchern.

»Und nun«, sagte Jacques, »können wir über die Treppe am Waterloo Place zum Paradeplatz der Horse Guards hinuntergehen; bitte achte auf die Säule des Herzogs von York, für den Betrag von sechs Pence ist es dir gestattet hinaufzuklettern, und wenn du dein drittes Lebensjahr noch nicht vollendet hättest, würdest du überhaupt nichts bezahlen.«

»Aber was sollte ich mit zweieinhalb Jahren da oben suchen?«

»Das weiß ich auch nicht, so sind eben die Vorschriften; es erinnert mich an einen in den Omnibussen von Nantes angeschlagenen Hinweis: ›Unbegleitete Kinder unter drei Jahren zahlen nicht, vorausgesetzt, sie sitzen auf dem Schoß.‹ So schreibt man im Departement Loire-Inférieure.«

EINUNDVIERZIGSTES KAPITEL

Der Buckinghampalast, Hyde Park, Piccadilly, der Strand

DER FREIE PLATZ zwischen den Gebäuden der Horse Guards dient diesen verschiedenen Regimentern zum Exerzieren; jeden Morgen ist dort eine Musik zu hören, die man in den Pariser Vorstadtschenken auspfeifen würde. Nachdem es dafür aber bereits zu spät war, konnte Jonathan die von englischen Künstlern ausgeführten Variationen auf irgendein Thema aus dem *Trovatore* nicht miterleben. Der Saint James's Park bietet den Spaziergängern recht schöne Rasenflächen und ein wenig Schatten; er wird von einem Flüßchen durchzogen, über das sich eine schwerfällige Hängebrücke ohne jede Anmut spannt. Am anderen Ende des Parks stößt man auf den Buckinghampalast, die Residenz der Königin Victoria, und an der Nordseite auf den Saint-James-Palast. Der Letztgenannte ist für den Altertumsforscher von geringem Interesse, er wird für Feierlichkeiten, Empfänge und Galaveranstaltungen des Hofes genutzt. Der andere hingegen kann überaus schön sein, vor allem in jenem Teil, der zu den privaten Gärten hin liegt; aber von außen kann man seine Ornamentik nicht beurteilen. Der Green Park ist genau genommen die Verlängerung des Saint James's Parks; sein grüner Rasen bedeckt eine weite Fläche und ist mit hübschen Schafen übersät, die städtisches Gras fressen und sich dennoch mitten auf dem Land wähnen können. Die Londoner Metzger pachten hier das Weiderecht für ihre riesigen Herden. Im allgemeinen sind diese so nützlichen, angenehm kühlen und friedlichen Parks inmitten dieser uferlosen Stadt ziemlich schlecht gepflegt, doch jeder schlendert, wie es ihm beliebt, über diese Grünanlagen, die durch keine Absperrung geschützt werden.

Der monumentale Eingang zum Hyde Park und der davor stehende Triumphbogen liegen am äußersten Ende des Green Park.

»Mein guter Jonathan, beachte die Reiterstatue, mit der die Plattform dieses Triumphbogens geschmückt ist, sie überbietet an Lächerlichkeit und Häßlichkeit alles, was man sich vorzustellen vermag. Man kann behaupten, daß sie die Grenzen des schlechten Geschmacks erweitert hat. Ich weise dich darauf hin, daß dieses Pferd betrunken ist und den Herzog von Wellington auf seinem Rücken trägt, dessen Palais sich hier befindet; auf diese Weise konnte sich der alte Held vom Speisesaal aus sehen, und er war wirklich ein Held, wenn ihm dieser Anblick nicht den Appetit verschlug. Aber da er sich auch aus seinem Schlafzimmer sehen mußte, haben ihn die Damen von London als riesigen Achilles im Hyde Park aufstellen lassen: Warum sie die Gestalt dieses Wichtigtuers aus der Antike gewählt haben, dem kein Verdienst an seiner Tapferkeit zufiel, das weiß ich nicht; aber dafür ist Wellington nackt, von einer Nacktheit, die einen erschauern läßt. Überdies wimmelt es auf den ganzen Britischen Inseln von diesen Statuen, Büsten und Porträts. Die Engländer sind zu weit damit gegangen, so wie sie mit Waterloo zu weit gegangen sind!«

Hyde Park ist ein unermeßlich großer Garten mit breiten Alleen, weitläufigen Rasenflächen, hohen Bäumen, einem ernstzunehmenden Fluß und einer prachtvollen Steinbrücke; er ist der Treffpunkt der gesamten englischen *fashion.* Man sieht zahlreiche Equipagen, obwohl bürgerliche Wagen nicht zugelassen sind, und häufig werden sie von Mitgliedern des Clubs *four in hand* gelenkt, die sich damit brüsten, die besten Kutscher der Welt zu sein. Während der Saison, das heißt, wenn die sommerliche Hitze die gesamte Gentlemanschaft und den Adel vom Land in die Stadt treibt, dann herrscht hier ein kurioser Andrang von Fußgängern und Reitern: Ganze Familien, Vater, Mutter, Töchter und Söhne galoppieren auf wertvollen Pferden dahin; alte Lords führen hier ihren alltäglichen Überdruß spazieren, bevor sie ihn ins Oberhaus mitnehmen, wo er sie in den Schlaf wiegt; im übrigen weckt ein Amtsdiener sie, wenn abgestimmt wird. Im Hyde Park trifft man bezaubernde Engländerinnen und für gewöhnlich mehr Frauen als Männer; das entspricht überdies dem allgemeinen Verhältnis, was in einer gar nicht so fernen Zukunft unweigerlich zum Ende Englands führen wird.

Diese Bemerkung Jonathans gefiel Jacques.

»Obendrein«, sagte er deshalb zu ihm, »ist die Anzahl der alten Jungfern unter diesen Inselbewohnern beachtlich, und wenn du dem launischen Einfall, eine reiche, ihres Zölibats überdrüssige Erbin zu ehelichen, nachgeben willst, so wird dich das vor keinerlei Schwierigkeiten stellen; du brauchst dir nur die Wappen anzusehen, die auf die Wagentüren der Equipagen gemalt sind. Jedesmal, wenn du eine Raute darauf erblickst, ist es das Zeichen einer zum Pflücken reifen Jungfer.«

»Ich bin viel zu müde«, antwortete Jonathan, »und wir haben keine Zeit. Ich möchte mich gerne setzen.«

»Auf keinen Fall! Marsch! Marsch! Sobald wir den Hyde

Park hinter uns haben, nehmen wir ein Cab und fahren zum Abendessen in unsere kleine Taverne.«

Das war weit weg, aber trotz aller Sorgfalt hatten sie auf ihrem Spazierweg nicht das winzigste Restaurant erblicken können. Natürlich gab es *boarding houses* und *cating houses*, aber diese Einrichtungen wirkten so wenig munter, so wenig lebhaft, so geschlossen, daß es einem nicht in den Sinn kam, über die Schwelle zu treten.

Das Cab, von einem überaus distinguierten Kutscher, einem echten englischen Peer gelenkt, fuhr über Piccadilly, eine breite Straße, die sich zwischen unregelmäßigen, niedrigen und oft schwarzen, aber Reichtum und Behaglichkeit ausstrahlenden Häusern dahinzieht. Jeder wohnt in seinem eigenen Heim mit einem großen Balkon, der auf einer Gitterfläche ruht; das kann bei den heutigen Reifröcken unliebsame Begleiterscheinungen haben, aber die Engländerinnen an ihren Fenstern oder, man muß es wohl sagen, die Engländer auf der Straße schauen nicht so genau hin. Es ist leicht zu begreifen, daß London mit diesem Prinzip von Stadthäusern und herrschaftlichen Wohnsitzen zwölftausend Straßen und zweihunderttausend Häuser zählt. Deshalb hat Horace Say auch mit Fug und Recht behauptet: London ist keine Stadt, sondern eine mit Häusern überzogene Provinz.

In diesen vornehmen Vierteln von Piccadilly, Regent Street und Hay Market stößt man wieder auf das rege, jedoch etwas weniger geschäftige Leben der City. Jonathan machte es Spaß, ein paar Einzelheiten des englischen Lebens zu erhaschen, während sie durch die Straßen von Piccadilly und die stärker vom Handel geprägte Umgebung des Strand rollten: Der Postbote im roten Rock schlug mit dem Türklopfer zweimal kurz und kräftig gegen die kleinen Pforten, der vorbildliche Herr kündigte seine Ankunft durch fünf langsam wiederholte Schläge an, und die elegante Dame, die zu Besuch kam, machte ihre Anwesenheit durch sieben leichte und hastige Schläge deutlich. Auf diese Weise wußte jedermann im voraus, welche Art von Besuch und Besucher er zu erwarten hatte. Jacques war verwundert, welche Unmenge von Schuhmachern und Modegeschäften die Hauptstadt enthält, denn er zählte gleich mehrere Tausend von ihnen; auch die Anzahl der, im übrigen vollkommene Handelsfreiheit genießenden, Zigarrenverkäufer ist unübersehbar, doch ihre Zigarren taugen nichts; sie locken den Raucher mit verführerischen Sprüchen und Aushängen an, denen man mißtrauen sollte.

Nachdem das Cab den Trafalgar Square überquert hatte, fuhr es am Palais des Herzogs von Northumberland vorüber, einem alten und charaktervollen angelsächsischen Bau; in einem dieser Salons hängt wahrscheinlich die famose *bank-note* von fünfhunderttausend Franc in ihrem Rahmen: Und der Herzog maßt sich an, so etwas als Meistergemälde auszugeben!

Der Strand ist eine breite Geschäftsstraße, die das Parlamentsviertel mit der City verbindet. Hier herrscht ein lebhaftes Treiben, die Wände, die Häuser und sogar die Bürgersteige sind mit tausenderlei Anschlägen und Werbeplakaten bedeckt; Männer in Kegeln oder Pyramiden mit Anzeigen spazieren umher und stacheln durch ihre *great attraction* die Begierde des Publikums an. Das Reklamefieber greift in England wie eine Seuche um sich.

ZWEIUNDVIERZIGSTES KAPITEL

Jacques und Jonathan gehen ins Theater

DAS CAB schlängelte sich, von der geschickten Hand des Coachman gelenkt, flink und unbehindert durch das Gewühl der Wagen mit ihren leuchtenden Farben und seltsamen Formen; es fuhr an der dorischen Fassade von Somerset House vorüber und erreichte Temple Bar, den letzten noch erhaltenen Rest der alten Stadtgrenzen. Es handelt sich um ein Tor in der Gestalt eines Triumphbogens, das immer offensteht und nur vor einer einzigen Person geschlossen wird, Ihrer Allergnädigsten Majestät der Königin, wenn sie in diesen Stadtteil von London kommt. Um über die Schwelle zu treten, braucht sie eine Sondergenehmigung des Lord Mayor, dem sie auch eine Empfangsbestätigung aushändigen muß, wenn sie die Diamanten der Krone anlegen will, die im Tower eingeschlossen sind. Diese Juwelen gehören dem englischen Volk, jenem Bettler, der mit leerem Blick und hungrigem Bauch vorübergeht, jenem stockbesoffenen Matrosen, der gegen die Türen des Gin House taumelt.

»In früheren Zeiten«, sagte Jacques, »wurden am Tor Temple Bar die Köpfe der Enthaupteten zur Schau gestellt; ich habe mir sagen lassen, daß bei öffentlichen Festen dieses Denkmal mit Köpfen aus Pappe geschmückt wird, die perfekt nachgebildet sind und blutig wie die von John Bull so geschätzten Roastbeefs!«

»Das will ich gerne glauben, er ist zu allem fähig. Aber sieh nur, Jacques, was für eine Menschenansammlung, wir sind in

der Ludgate Street, und Saint Paul's zeigt uns bereits seine Kuppel! Und dieser Haufen Kinder, man könnte sich in Liverpool wähnen.«

»So ist es in ganz England, Jonathan; das erklärt auch, warum die englischen Romanciers, die diese reizvolle Bälgerschar vor Augen haben, das Leben ihrer Helden immer vom zartesten Alter an erzählen.«

In diesem Teil Londons gibt es sehr viele Kirchen, aber es fehlte ihnen an Zeit, sie alle zu besichtigen, und im übrigen sahen sie immer verschlossen aus. Ein Schild, das unter einem Drahtgeflecht am Tor angeschlagen ist, gibt Name und Wohnsitz des Pfarrers an und ebenso, welchen Geschäften er neben seiner Frau und den niedlichen Kindern nachgeht.

Über die Fleet Street und Old Bailey, deren Namen, wie

die aller Londoner Straßen, nur mit Mühe zu entziffern waren, gelangten die beiden Freunde zum Newgate-Gefängnis, einem mehr oder weniger neuen Bau, der jedoch düster und furchterregend wirkt, denn die englischen Architekten glänzen darin, diese Art von Lokalkolorit zu schaffen. Sie setzten ihren Weg bis zur Bank und zur Börse fort; diese beiden Monumente sind von einem nichtssagenden und ausdruckslosen griechischen oder römischen Stil. Die *Bank of England* scheint sich selbst zu bewachen, ohne jene Gefolgschaft von Soldaten und Invaliden, wie man sie in Paris antrifft; die *New Royal Exchange* sieht wie eine Kirche aus, und ist sie nicht tatsächlich der bedeutendste Tempel der Welt in diesem Reich der Industrie und Spekulation?

»Die Engländer«, sagte Jacques, »haben eine kuriose Art, die Spekulanten zu unterscheiden, wenn man sich in dieser Geschäftswelt auskennt. Sie nennen sie *bear* und *bull*, Bär und Stier; der Käufer, der wagemutige Mensch, der zuversichtlich ist, produktiv und schöpferisch, das ist der Stier; der Pessimist dagegen, der stets glaubt, das alles verloren ist, der Verkäufer mit einem Wort, das ist der ungehobelte Brummbär, der traurige Bär, der Bär, der oft und gegen seinen Willen vom Käufer an der Nase herumgeführt wird. Ich halte *bear and bull* für eine treffliche Charakterisierung!«

Nachdem sie es versäumt hatten, einer neuen Reiterstatue von Wellington ihren Gruß zu entbieten, nachdem sie ein paar Sekunden (die ihnen wie Jahre erschienen) die sechs korinthischen Säulen des Herrn Lord Mayor betrachtet hatten, kehrten sie in ihre kleine Taverne zurück, wo ihnen der vornehme Kellner ein eher schnelles als reichhaltiges Dinner servierte. Jacques wußte bereits, wie er den Abend verbringen wollte; er beabsichtigte, eine Aufführung von *Macbeth* im Princess's Royal Theatre, in der Oxford Street zu besuchen. Jonathan nahm zwei Sperrsitze im Parkett zum Preis von je sechs Shilling und erhielt beim Betreten des Zuschauerraums ein Programm mit folgendem Inhalt:

Princess's Royal Theatre
Oxford street

under the management of Mr. A. Harris, Pubham place, Brumpton.

Last six nights of the season.

On Monday, sept. 2, & During the Week
Shakespeare's tragedy of

Macbeth !

with Locke's music.

Duncan (King of Scotland)		*Mr. Garden*
Malcolm	*(his sons)*	*Mr. J.-G. Shore*
Donalbain	*(his sons)*	*Miss Woodward*
Macbeth	*Generals of the King's army*	*Mr. James Anderson*
Banquo	*Generals of the King's army*	*Mr. Fernandez*
Macduff	*(noblemen of Scotland)*	*Mr. Basil Potter*
Lennox	*(noblemen of Scotland)*	*Mr. R. Cathiart*
Ross	*(noblemen of Scotland)*	*Mr. Raymond*
Menteith	*(noblemen of Scotland)*	*Mr. Richardson*
Angus	*(noblemen of Scotland)*	*Mr. Andrews*
Caithness	*(noblemen of Scotland)*	*Mr. Wilson*
Fleance (son to Banquo)		*Miss Denvil*
Siward (Earl of Northumberland)		*Mr. Hastings*
Seton (an officer attending on Macbeth)		*Mr. Paulo*

Physician, Mr. Harcourt — *Wounded officer Mr. Dawson*
Officers, Mr. J. Collett, Mr. Dahy, etc.
Apparitions, Mr. Johnston, Miss B. Adams, Miss A. Denvil

Lady Macbeth	*Miss Elsworthy*
Gentlewoman (attending on Lady Macbeth)	*Miss Leclercq*
Hecate	*Mr. Bartleman*

Witches, Mr. Franck Malthews, Mr. T.-H. Higgie, Mr. H. Saker
Singing Witches, Miss Rebecca Isaac, cond. Mr. Rayner

Act I
Camp near Fores. Site of Sweno's pillar. A Heath.
A room in Macbeth's castle at Inverness. Exterior of same.

Act II
Court within Macbeth's castle at Inverness.

Act III

Landscape, near Inverness. Chamber in the palace of Fores.
Glen near the palace.
Banqueting hall in the palace.

Act IV

The pit of Acheron
Exterior of an Anglo-saxon city, with Roman Wall

Act V

Chamber within Macbeth's castle at Du
Court of the castle
Country near Dunsinane. View near the castle.
Outer Walls of the castle.

---

to conclude with the farce of

The First Night

Achille Talma Dufard	Mr. A. Harris
The Honorable Bertie Fitzdaugh	Mr. T.-H. Higgie
Hyacinth Parnassus	Mr. R. Cathiart
Theophilus Vamp	Mr. Collett
Timotheus Flat	Mr. Garden
Miss Arabella Fitzjames	Miss Rose Leclercq
Emilie Antoinette Rose	Miss Maria Harris

(pupil of Mrs Selby) her seventh appearance on any stage.

---

in the course of the Evening,
Waltz, « Cupid's Ladder » Montgomery

Saturday next ; september 14th,
for the Benefit of Mr. James Anderson
and last night of the company's performing the season.

Dress circle, 5s. Boxes, 4s. Pit, 2s. Gallery, 1s.
Orchestra stalls, 6s. Private boxes, £ 2 s. 6 d £2 2 s. & £1 11s. 6 d.
Doors open at Half past Six, the performance to commence at Seven.

The accredited agents for the Sale of Boxes and Stalls : Mistissale, Royal Library, and Hookham, Old Bond St. ; Sand, Saint-James street ; Leader and Cock, Chappelle, and Subb, New Bond street ; Ebbers, Old Bond street ; Cramer and Beak, and Hammond, Regent street ; Carter, 12, Regent street ; and Keith, Bowles and Co ; Cheapside.
The Box Office Open from 11 until a quarter to 5 o'clock daily.

Der Zuschauerraum des Princess's Royal Theatre ist von mittlerer Größe, aber entzückend und ganz neu ausgestattet; die Proszeniumslogen sind von hinreißendem Geschmack, und Jacques saß in der Nähe von Damen in Balltoilette, mit Blumen im Haar und einem Dekolleté, wie nur Engländerinnen eines tragen, die ungestraft sehr weit gehen können. Das Publikum war bis zu diesem Zeitpunkt nur in geringer Zahl erschienen, nach neun Uhr sollte es allerdings vermehrt hereinströmen, denn dann sinken die Plätze auf den halben Preis. In England, wo alles frei ist, kann jedermann ein Theater begründen, eine Omnibuslinie einrichten, Ballokale oder Wirtshäuser mit Musik eröffnen und Zeitungen herausgeben, wie es ihm gefällt; gerade in dieser Hinsicht ist den Engländern ein schöner Erfolg gelungen, denn sie besitzen siebenhunderteinundachtzig Tageszeitungen und vierhundertachtzig literarische Magazine und Zeitschriften. Für die Theater folgt aus dieser uneingeschränkten Freiheit, daß die Willkür des Direktors keiner Kontrolle unterliegt; er kann den Stil neu bestimmen, genauso wie er die Eintrittspreise nach seinem Gutdünken ändert. Er entscheidet kurzum allein, auf welche Art er die Zuschauer anlockt.

DREIUNDVIERZIGSTES KAPITEL

Eine unvergeßliche Lady Macbeth

DIE AUFFÜHRUNG von *Macbeth* begann. Jacques verstand kein Wort, und er hatte den Eindruck, einer geräuschvollen Pantomime beizuwohnen; Jonathan schnappte durch Zufall ein paar Worte auf und verpaßte die Hälfte einer Tirade oder einer Replik, während er sie zu begreifen suchte. Die Schauspieler agierten mit einer bürgerlichen, aber überzeugten Romantik; sie wollten dem Publikum alle Kühnheiten des großen englischen Tragödiendichters vermitteln und stießen fürchterliche Schreie aus. Ihr englisches Aussehen, ihre steifen und gezierten Gebärden, ihre linkischen und übertriebenen Posen, ihr dramatisches Röcheln schien der Mehrheit der Zuschauer zu gefallen. Und dennoch erinnerten die Kämpfe zwischen Macbeth und den schottischen Edelleuten unverwechselbar an die Waffengänge von Seiltänzern. Der schottische König verwendete alle Sorgfalt darauf, im Takt zuzuschlagen, und sein Gegner Macbeth wartete geduldig auf die Parade, bevor er zum Gegenangriff ansetzte.

Miss Elsworthy, der die Rolle der Lady Macbeth anvertraut war, wirkte einfacher und zurückhaltender; sie war natürlich inmitten all der romantischen Übersteigerungen ihrer Gefährten. Die Chöre operierten mit ziemlicher Genauigkeit, die drei Hexen stießen ein schauerliches Geheule aus, untermalt mit der Musik von Locke, deren prächtige Farbigkeit Jonathan schätzte.

Die ganz einfach gemalte und aufgebaute Bühnendekoration wechselte nach jeder Szene sehr schnell; Jacques begeisterte sich für einige Landschaften Schottlands in der Umgebung von Inverness; die Erinnerungen an seine Reise verliehen diesen Bildern einen noch größeren Wert.

Hielten sich die Schauspieler an Shakespeares ursprünglichen Text oder nicht? Paßten sie die realistische Ungeniertheit des Dichters den englischen Konventionen an, oder spielten sie ihn in seiner herrlichen Grobheit? Eine schwer zu entscheidende Frage, die Jacques lebhaft beschäftigte; aus Übersetzungen kannte er *Macbeth* sehr gut, im französischen Theater war er nämlich immer lückenhaft und verstümmelt. Deshalb machte er Jonathan auf die berühmte Stelle im zweiten Akt aufmerksam, nach der Ermordung Duncans, wenn Macduff den Pförtner nach den drei Dingen fragt, die der Trunk befördert; doch mochte Jonathan auch im richtigen Augenblick alle Saiten seines Fassungsvermögens noch so sehr anspannen, er konnte nichts erlauschen; nach einer Antwort des braven Pförtners brach allerdings ein allgemeines Gelächter im Raume aus.

»Bravo!« rief Jacques. »Sie geben ihren großen Dichter getreu wieder! Sie stellen die Kunst über die Schamhaftigkeit! Bravo!«

»Das Anstößige, mein lieber Jacques, liegt nicht darin, etwas zu sagen, sondern etwas zu streichen; sie haben recht, diese würdigen Engländer, man muß Shakespeare getreu spielen oder die Finger von ihm lassen!«

Das große, schwach gespielte Drama wurde mäßig beklatscht, das Publikum ist in seinen Reaktionen übrigens sehr zurückhaltend. Der Montgomery-Walzer füllte die Pause, und niemand hörte zu, doch bald hob sich der Vorhang wieder für die Farce, die den Abend beschloß.

Gleich bei den ersten Szenen erkannte Jacques in *The First Night* den akkurat übersetzten *Vater der Anfängerin*; der Theaterdirektor spielte selbst mit viel Witz und Schwung den Achille Talma Dufard und erlaubte sich tausenderlei Erfindungen und Hinzufügungen zu seiner Rolle. Er sprach halb französisch, halb englisch und sogar italienisch; er zitierte sogar aus unerklärlichen Gründen den ersten Vers der *Georgica* von Vergil, und die beiden Freunde hätten sich vor Lachen beinahe die Rippen gebrochen, als sie ihn sagen hörten:

Taytayre tju potjuloe ricjubance sjub tigmini faidschai.

Jacques hatte sich niemals Gedanken darüber gemacht, in welcher Weise lateinische Worte über die Lippen eines Engländers kamen. Das Stück wurde schwungvoll gespielt, und die Tochter des Direktors, Miss Maria Harris, teilte sich mit ihrem Vater die Honneurs dieses Abends.

Die Reisenden verließen das Theater um elf Uhr, todmüde, wie gerädert und im Stehen einschlafend. Was für ein Tag nach einer Nacht in einem Vergnügungszug! Sie gingen die Regent Street hinunter, um nach einem dringend notwendigen Wagen Ausschau zu halten; die Straßen waren schon fast wie ausgestorben um eine Zeit, wo sie in Paris von Menschen und Lichtern erfüllt sind. Die seit acht Uhr abends geschlossenen Läden verschenkten nicht länger ihren freundlichen Schein, nur hin und wieder drang ein matter Strahl durch die Milchglasscheiben eines Bier- oder Whiskyausschanks. An den Hauswänden entlangschleichend, huschten die Policemen geheimnisvoll über die Bürgersteige, mit ihrer brennenden kleinen Laterne am Gürtel. Sie stießen mit der Hand gegen jede Tür, an der sie vorüberkamen, um sich zu vergewissern, daß sie verschlossen war; zuweilen trafen sie einander, flüsterten sich eine kurze Botschaft ins Ohr und zerstreuten sich in alle Richtungen.

Als sie zum Hay Market kamen, änderte sich das Bild, die Stille wich dem Lärm, buntes Treiben folgte auf die Abgeschiedenheit. Hunderte Frauen in unbeschreiblicher Aufmachung bevölkerten einen der Gehsteige dieser breiten Straße. Sie übten ihr gefährliches Gewerbe mit einer Ungezwungenheit, einer Keckheit und einer Provokation aus, die von den Policemen nichts zu befürchten haben; im übrigen gingen sie um diese Zeit auf den Markt oder an die Börse, und sie schienen auf den Handel mit ihren Waren ebensoviel Sorgfalt zu verwenden wie ein Kaufmann aus der City. An diesem Abend lieferten sich all diese Kreaturen einen erbitterten Konkurrenzkampf, denn das Angebot überstieg die Nachfrage, und Geschäfte wurden bestimmt nur zu stark herabgesetzten Preisen abgeschlossen.

Wie viele junge, aber vom Laster bereits zerstörte Mädchen waren unter diesen Frauen! Wie viele frische und hübsche Geschöpfe haben ihre Schönheit und ihre Jugend in diesen öffentlichen Tavernen gelassen, in denen die Liebschaften aus Gin und Branntwein neue Kraft schöpfen; diese Etablissements bleiben bis zum Tagesanbruch geöffnet und stellen manch einer abgestumpften Lais vom Hay Market ihre Sofas und Liköre zur Verfügung.

Auch wenn die Quantität gleichbleibt, je weiter man sich in diesen engen und schlammigen Gassen der Themse nähert, so wird doch die Qualität schlechter, und Szenen der Trunkenheit und der Ausschweifung vermischen sich mit Szenen von Mord und Blut.

Jacques und Jonathan, die sich von diesem widerwärtigen Schauspiel nicht besonders angezogen fühlten, fanden schließlich eine Droschke, die sie ins London Bridge Hotel zurückbrachte; und hier fielen sie in einen Schlaf, der jenem der Schlaflosigkeit überlegen ist, nämlich in den Schlaf der völligen Erschöpfung.

VIERUNDVIERZIGSTES KAPITEL

Mit dem Schiff auf der Themse

AM NÄCHSTEN MORGEN wurde Jonathan von Jacques geweckt.

»Das ist unser letzter Tag! Marsch! Marsch! Wir sind die ewigen Juden des Tourismus, von nun an geht es nicht mehr ums Vergnügen, sondern um die Pflicht! Unaufhörlich sehen, noch mehr sehen, immer nur sehen, so lautet unser Wahlspruch!«

»A propos, mein lieber Jacques, ist dir aufgefallen, daß die meisten Wahlsprüche englischer Städte oder Orden in französischer Sprache abgefaßt sind? Das ›Dieu et mon droit‹ auf dem Wappen Englands oder auch das ›Honny soit qui mal y pense‹ des Hosenbandordens.«

»Das ist allerdings merkwürdig.«

»Natürlich kommt es von der Eroberung durch die Normannen; während zwei Jahrhunderten haben diese guten Insulaner unser Idiom gesprochen!«

»Na, davon ist in ihrer Aussprache aber nichts hängengeblieben. Im übrigen, Jonathan, ist deine Beobachtung vollkommen richtig, doch sie könnte ungemein gewinnen, wenn sie an der frischen Luft gemacht würde. Beeilen wir uns, und dann nichts wie weg; ich bin das Programm für den heutigen Tag noch einmal durchgegangen, es wird nichts fehlen.«

In wenigen Minuten hatten die zwei reiselustigen Burschen ihre Toilette beendet; sie verließen das Hotel und, nachdem sie die London Bridge überquert hatten, bestiegen sie eines jener Schiffe, die bis Greenwich die Themse hinunterfahren. Der Fluß ist in der Nähe der London Bridge von Passagierschiffen und Küstenfahrzeugen übersät, die meisten nutzten die zurückweichende Flut und glitten mit vollen Segeln und vollem Dampf dahin. Das Passagierschiff nach Greenwich entfernte sich schnell von der Brücke.

Es ließ das Custom House, die Zollverwaltung, linker Hand liegen, ein weitläufiges und monumentales Gebäude, das aus drei gewaltigen Portiken in ionischem Stil besteht, geschmückt mit Säulen, die bereits von der ätzenden Nässe der Themse zerfressen sind. Das Wasser des Flusses ist nicht schlammig und auch nicht lehmig, sondern gleicht den übelriechenden Auswürfen einer Kloake; die Themse ist übrigens nichts anderes als eine riesige Kloake, in die zweimal am Tag die Flut den ganzen Unrat der Großstadt zurückströmen läßt: Die Nordsee will ihn um keinen Preis aufnehmen. Darin liegt eine stetige Ursache für Ansteckungen. Ist es unter diesen Umständen also verwunderlich, daß die Pest London sechsmal heimgesucht und 1665 hunderttausend Menschen dahingerafft hat? Während der hochsommerlichen Hitze im Juni und Juli werden die Ausdünstungen des Flusses unerträglich, und jedes Jahr ist das halb erstickte Parlament gezwungen, seine Sitzungen zu unterbrechen.

Der Dampfer durchfurchte dieses faulige Wasser, das kaum Gischt hervorbringen kann, so schwer und klebrig ist es. Schon bald richteten sich die fünfzehntausend Maste der in den Docks eingeschlossenen Schiffe wie Stacheln am Horizont auf. Aber Jacques war der Ansicht, nachdem er bereits die Hafenbecken von Liverpool gesehen hatte, auf das Schauspiel der Londoner Hafenbecken verzichten zu müssen, die gewiß nicht sehenswerter sind. Hinter einer Krümmung des Flusses tauchte eine kolossale Schiffskonstruktion auf: Es war die *Leviathan*, die durch die Anstrengungen der Ingenieure endlich auf ihr natürliches Element gesetzt worden war. Zu Jacques' großem Bedauern war es nicht mehr möglich, dieses Ungeheuer der Meere zu besichtigen, das zwanzigtausend Registertonnen nichtigen Tand zu fassen vermag! Sie ankerte ein wenig oberhalb von Greenwich, wo der Dampfer kurz darauf anhielt.

Greenwich liegt ungefähr fünf Meilen unterhalb der London Bridge. Es ist eine richtige Stadt. Jacques warf nur einen halben Blick auf den herrlichen Palast, den England seinen Seeleuten als Hospital geschenkt hat. Er bemühte sich vergebens, Jonathan den berühmten englischen Meridian zu zeigen, der durch die Sternwarte geht, dann zog er seinen Begleiter in einen Kahn: Er wollte zur *Leviathan* zurückkehren und sie in Augenschein nehmen. Das mit Hilfe von zwei Rudern gesteuerte Boot fuhr stromaufwärts, vorbei an einem Dreidecker ohne Masten, der dem Hospital als Dependance dient und dessen wuchtige Masse die ungeheure Größe der *Leviathan* zur Geltung brachte. Jacques konnte sich eine genaue Vorstellung von ihrer Höhe machen, indem er an den Schaufelradtrommeln entlangruderte, die für sich genommen schon ein Monument bilden; während dieser nautischen Exkursion tauchte Jonathan einen Finger in die Themse, und noch am übernächsten Tag bedauerte er diesen verhängnisvollen Einfall.

Nachdem der Kahn diese schwimmende Welt umkreist hatte, kehrte er an den Quai zurück; die Reisenden nahmen wieder ein Dampfschiff, das die Themse hochfuhr, und stiegen am Anlegeplatz beim Tunnel, am linken Flußufer aus. Als sie den Eingang dieses unnützen Wunderwerks erreichten, das Herr Brunel, ein französischer Ingenieur, entworfen und ausgeführt hatte, drangen sie über die Schneckenwindungen einer Treppe in einen breiten Schacht vor, dessen Wände Bilder aus verschiedenen Ländern zieren, gemalt mit jener Koloristenüberzeugung, die englische Künstler auszeichnet. Am Ende dieses Schachtes tun sich zwei vierhundert Meter lange Gänge auf, aber nur der rechte ist für den Fußgängerverkehr geöffnet, und man muß *one penny* bezah-

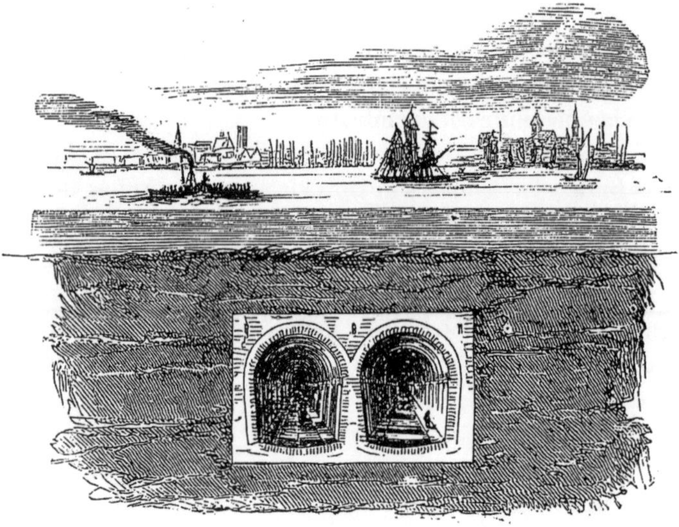

len, um die Themse unter ihren abscheulichen Wassern zu durchqueren. Dieser lange Schlauch wirkt trostlos, unheimlich, grabstättenhaft; die dicke Luft wird von zahlreichen Gaslaternen durchbrochen, und zwischen den beiden durch Arkaden miteinander verbundenen Gängen befinden sich Läden mit überflüssigen und teuren Gegenständen; geführt werden sie von den hübschesten Verkäuferinnen der Welt, die, wie es heißt, auch selbst zu den ausgestellten Waren gehören.

Gerade als Jacques und Jonathan den Gang betraten, erzeugte am anderen Ende ein Händler, der mit einem Kornett ausgerüstet war, unter diesem langen Gewölbe ungewöhnliche Klangeffekte zum Ergötzen der Zuhörerschaft; diese vollen Töne waren zunächst nur undeutlich zu vernehmen, aber schon wenig später blieb der vorauseilende Jonathan stehen und packte Jacques unversehens am Arm.

»Hör doch!« sagte er. »Hör doch!«

»Was ist denn?«

»Hörst du denn nicht? Erkennst du es nicht?«

Von geistlosen Lippen geblasen, schmetterte das entsetzliche Instrument mit aller Kraft *Ah! L'amor, l'amore ond'ardo* aus dem *Trovatore*!

»Sogar im Tunnel!« sagte Jacques.

»Ich verstehe nicht, wie er das aushält«, antwortete Jonathan schlicht. »Komm Jacques! Nichts wie weg hier.«

Sie kehrten zur unteren Schachtöffnung zurück, doch unterwegs erblickten sie in einem der Läden noch eine kleine Dampfmaschine, groß wie die Hand und von der Flamme eines Gasbrenners gespeist; sie setzte die Kurbel einer Drehleier in Bewegung. Zum Glück spielte sie nicht, denn Gott weiß, was sie unweigerlich gespielt hätte.

Mit großem Vergnügen sah Jacques das Tageslicht wieder, und seinem im voraus festgelegten Programm gemäß schlug er den Weg zum Tower von London ein. Sie hatten noch eine gute Strecke vor sich, und da keine Droschken in Sicht waren, mußten sie wohl oder übel zu Fuß gehen. Nach allerlei Umwegen, nachdem sie sich so manches Mal im üppig wuchernden Netz dieser Geschäftsstraßen, die an die Docks grenzen, verirrt hatten, nachdem sie Eisenbahnen erblickt hatten, die in gerader Linie durch Kirchen und Häuser fuhren, nachdem sie Züge beobachtet hatten, die mit unvorstellbarer Geschwindigkeit über die Dächer und Giebel hinwegbrausten, erreichten die beiden Freunde schließlich völlig erschöpft den Londoner Tower!

FÜNFUNDVIERZIGSTES KAPITEL

Der Londoner Tower, Regent's Park

DER TOWER of London wurde, wie es heißt, von Wilhelm dem Eroberer erbaut; in ihm zeigt sich der wahre englische Geist mit seinen Traditionen, seiner Achtung vor den alten Gebräuchen, seiner Liebe zu den Dingen aus vergangenen Zeiten. An und für sich hat diese alte Zitadelle nichts besonders Sehenswertes zu bieten, aber zumindest die Wächter sind es wert, genauer betrachtet zu werden: Sie sind nach früherer Sitte gekleidet, tragen ein Wappen auf der Brust und Girlan-

den auf ihrem Hut. Jonathan war entzückt, diese guten Leute bei der Arbeit zu sehen, die gewiß Zeitgenossen von Richard III. oder Heinrich VIII. sind; und natürlich haben sie die blutigen Ereignisse, von denen sie erzählen, selbst miterlebt.

Unter der Führung eines dieser Pikbuben trat die Besuchergruppe, zu der auch die beiden Pariser gehörten, in die weitläufigen Innenhöfe der Festung: Der Wächter zeigte im Vorübergehen auf den blutigen Turm, in dem der Mord an Edwards Kindern begangen worden war, den Turm von Beauchamp, jenes Staatsgefängnisses, in dem Jane Grey und Anne Boleyn gelitten haben, und den Turm von Wakefield, in dem Heinrich VII. ermordet wurde. An Mordtaten fehlt es in diesen Gemäuern nicht; sie waren das wichtigste politische Instrument, das die englischen Herrscher zu ihrer Verfügung hatten, und sie machten reichlich von ihm Gebrauch, sowohl im Adel als auch in ihrer eigenen Familie. Man kann wahrhaftig behaupten, daß die englische Geschichte mit Blut geschrieben ist!

Der Waffensaal, in den die Gruppe wenig später gelangte, ist auf lächerliche Weise eingerichtet; die Rüstungen werden allesamt von Puppen getragen, die Englands Könige darstellen. Körperhaltung, Pose und Gestik sind albern: Die eine hantiert mit einer Lanze, die den Plafond bedroht, eine andere wiederum stemmt einen Morgenstern in die Höhe, der ihrem eigenen Schlachtroß den Kopf zerschmettern wird, und wenn die Streitaxt einer dritten niedergeht, dann hackt sie sich selbst den linken Arm ab! Diese ganze Inszenierung zeugt von schlechtem Geschmack und erinnert eher an die Kuriositäten eines Jahrmarktes als an die archäologischen Schätze eines Museums.

Im Arsenal der Königin Elisabeth sind zwei Beile auf zwei Richtblöcken zu sehen: jenes, das Anne Boleyn den Kopf abschlug, und jenes, das den Grafen von Essex enthauptete. Jacques fuhr zitternd mit der Hand über diese historischen Schneiden und zählte auf dem Richtblock die Kerben, die von der Politik der Könige zurückgeblieben waren.

Sobald die Reisenden aus dem Zeughaus getreten waren, verließen sie unverzüglich den Burgbezirk des Tower, ohne sich die Mühe zu machen, die in den verschiedenen Höfen schlafenden Kanonen zu zählen. Die Zeit verging wie im Fluge, und so kehrten sie zur London Bridge zurück, nachdem sie sich in der King William Street ihre Reisepässe hatten bescheinigen lassen. Dann liefen sie zum Anlegeplatz der *watermen* und fuhren stromaufwärts, wie sie es bereits am Vortag gemacht hatten, nur, anstatt bei der Westminster-Brücke auszusteigen, setzten sie ihren Weg fort, indem sie einen mit Bohlen gespickten Bogen unter der neuen Parlamentsbrücke passierten; dann erst zeigte sich ihnen die Fassade des Palastes an der Themse in all ihrer Pracht, wie auf dem Gemälde von Justin Ouvrié. Die Feder ist unfähig, das Wort unzulänglich, die ernste Erhabenheit dieses Schauspiels wiederzugeben. Man könnte sich tausend Meilen von London entfernt glauben; diese architektonischen Linien besitzen eine große Reinheit und tragen stolz die mit Figuren geschmückten Kartuschen der Fassade, die auf der Flußseite von vollendeter Ebenmäßigkeit ist. Der Victoria Tower und der Uhrturm beherrschen diese ruhige und friedliche Masse an ihren beiden Endpunkten; es fällt einem schwer, sich von der Herrlichkeit dieses Anblicks loszureißen.

Die Flußufer sind an dieser Stelle besonders malerisch und vor allem sehr abwechslungsreich; am gegenüberliegenden Ufer erzielt der Lambethpalast eine eindrucksvolle Wirkung durch seine unregelmäßigen Gärten, seine von Bäumen überschatteten grünen Rasen, seine verschiedenen Gebäude in mannigfaltigen Stilen, Moden und Bauweisen, die aber allesamt einer angelsächsischen Grundform entspringen. Es ist eine wahre mittelalterliche Landschaft, die an den Gestaden der Themse in Vergessenheit geraten ist und dem Erzbischof von Canterbury als Residenz dient. In London gibt es nur einen Bischofssitz und einen Bischof. Wenn die Presbyterianer und die Puritaner Schottlands an diesem königlichen Wohnsitz vorübergehen, wenden sie verächtlich den Kopf ab.

Das Dampfschiff hielt an der Vauxhall Bridge im Bezirk

Lambeth. Als sie am Landungsplatz von Millbank ausstiegen, machte Jacques seinen Begleiter auf einen ungewöhnlichen Bau am linken Ufer aufmerksam; es war das Penitentiary, eine Haftanstalt von unheimlichem Aussehen. Die Gefängnisse in London sind abscheulich, und dieses hier ist eine schwerfällige und klotzige Gruft, in der die einst mit Verbannung bestraften Übeltäter lebenslänglich eingesperrt werden.

Von hier aus brachte ein Cab, nach einer einstündigen Fahrt, die Pariser bis an den Regent's Park, auf den sie einen kurzen Blick werfen wollten. Sie jagten vor allem ein paar flüchtigen Eindrücken hinterher und überließen ihrem Gedächtnis, ihrem Erinnerungsvermögen, ihrer Vorstellungskraft die Sorge, diese dauerhaft festzuhalten. Um zum Park zu gelangen, durchquerten sie die schönsten Stadtviertel Londons; die Häuser in Pimlico sind bezaubernd, hell, in einer Zeile aufgereiht mit einem Ausdruck von Überfluß und Wohlstand, der ins Auge fällt: Fast alle haben Aussicht auf schattige Squares, und einzig und allein ihre Bewohner haben das Recht, darin spazierenzugehen. Auf dem Belgrave Square weisen die Bauwerke eine gleichförmige architektonische Gestaltung auf, sie sind großzügig und hübsch, ohne Geschäfte; man könnte sie für ungewöhnlich große und ruhige Herrschaftshäuser halten, hundert Meilen von den Docks und der Londoner City entfernt.

Das Cab hielt beim Park Square, am Eingang zum Regent's Park, einer unüberschaubaren Ebene von vierhundertfünfzig Morgen Land, über die aristokratische Villen verstreut liegen, die von großen Baumalleen durchfurcht und mit weitläufigen Rasenflächen überzogen ist. In ihr liegen auch der Zoologische Garten und der Botanische Garten, doch Jonathan weigerte sich, sie zu besichtigen, und sank wie eine träge Masse auf eine jener hohen grünen Bänke, die sich gegen das gewohnte *comfortable* der Engländer verwahrten. Es war höchste Zeit, daß diese Vogelschau der beiden Wanderer ein Ende nahm. Gewaltmärsche, eine überraschende Müdigkeit in den Augen, eine geistige Anspannung, die angesichts so vieler neuer Dinge ganz natürlich war, hatten eine vollkommene Erschöpfung zur Folge. Erst nach vielen Mühen gelangten Jacques und Jonathan, einander stützend und einander Mut zusprechend, in die Regent Street; diese wunderschöne Straße war mit Equipagen verstopft, die Stunde für die Vergnügungen dieser opulenten Bevölkerung hatte geschlagen. Die Läden quollen über von Frauen in großen Toiletten, die bei genauerem Hinsehen die Notwendigkeit der vierzigtausend Modegeschäfte in der englischen Hauptstadt erklärten.

Jacques graute es bei dem Gedanken, in der kleinen Taverne der City zu Abend zu essen, denn die Entfernung wurde durch Müdigkeit und Hunger noch verdreifacht. Doch zum Glück entdeckte er im Quadrant ein französisches Restaurant. Er schleppte seinen Freund in den Salon, und hier bekämpfte er zwei Stunden hindurch Hunger und Müdigkeit mit allen nur erdenklichen Mitteln; die Küche war französisch, aber mit einem kleinen englischen Einschlag.

SECHSUNDVIERZIGSTES KAPITEL

Besuch bei Madame Tussaud

TJA«, MEINTE Jonathan beim Nachtisch, »nun sind wir wohl am Ende unserer famosen Reise angelangt!«

»Haben wir auch genug gesehen?« antwortete Jacques. »Wenn unsere Augen nicht zufrieden sind, dann stellen sie wahrhaftig große Ansprüche.«

»Mein guter Jacques, ich kann es kaum erwarten, wieder in Paris zu sein; ich gestehe es. Ich habe einen Punkt vollkommener Empfindungslosigkeit erreicht: Ich sehe nichts mehr, ich höre nichts mehr, ich nehme nichts mehr wahr, und während dieser letzten Tage sind meine Sinne fadenscheinig geworden.«

»Ich muß gestehen, daß du nicht ganz unrecht hast; aber streng dich noch ein wenig an.«

»Was soll das heißen? Gibt es noch etwas zu besichtigen?«

»Sei unbesorgt! Es ist der Abschluß, ich bin bei den letzten Zeilen meines Programms angelangt und lege großen Wert darauf, es getreulich einzuhalten, also los, komm!«

»Aber wo führst du mich hin, allmächtige Götter!«

»Das wirst du schon sehen!«

»Eben dieses ›Das wirst du schon sehen!‹ macht mir angst!«

»Komm!«

»Na gut!«

Und die beiden müden Pilger griffen wieder zu ihrem Wanderstab. Noch einmal schritten sie durch diese Straßen, die um acht Uhr bereits im Dunkeln lagen. Jacques, der seinen Londoner Stadtplan genauestens studiert hatte, steuerte die Oxford Street an, in die er auf der linken Seite der Regent Street einbog; er folgte dieser breiten Verkehrsader bis zur Baker Street, ohne auf die Fragen seines Freundes zu antworten.

Als sie an einer protestantischen Kapelle vorüberkamen, konnte er dem Wunsch, sie zu betreten, nicht widerstehen, doch er versicherte Jonathan sogleich, dies wäre nicht das Ziel ihres Spaziergangs.

Die nur schwach beleuchtete Kapelle wirkte kahl und trostlos, hier und da saßen verstreut ein paar Gläubige auf den Holzbänken und schienen in ein regloses Schweigen versunken zu sein; ganz hinten, auf ein Stehpult gestützt, das eine kleine Lampe erhellte, las der Pfarrer mit lauter Stimme aus der Bibel. Diese mit einem gleichförmigen und ernsten Tonfall vorgetragenen Verse hallten in dem düsteren Raum mit einem schauerlichen Klang wider; der kalte Puritanismus ließ alle Sinne erstarren und schlich sich bis ins Knochenmark.

»Gehen wir«, sagte Jacques.

»Wir hätten erst gar nicht hineingehen sollen!«

Ein paar Schritte weiter, in der Baker Street, erregte ein strahlend erleuchteter Portalvorbau die Aufmerksamkeit der Passanten. Jacques hielt darauf zu und sagte:

»Hier ist es! Würdest du die Freundlichkeit besitzen, zwei Shilling aus deiner Tasche zu ziehen.«

Jonathan gehorchte und erhielt dafür zwei Entrittskarten, mit denen er einen in blendendes Licht getauchten Salon betreten durfte.

»Wo sind wir?«

»Bei Madame Tussaud, der Enkelin des berühmten Curtius!«

»Was? Ein Wachsfigurenkabinett!«

»Nein! Ein Museum, aber ein Museum, wie du noch keines gesehen hast: Mach die Augen ein letztes Mal auf und schau!«

In den Salons drängte sich eine unübersehbare Menschenmenge, und ohne die auffallenden Kostüme wäre es oft schwierig gewesen, die Besucher von den Besuchten zu unterscheiden.

Hier waren in Lebensgröße alte und moderne Abbilder vereint; der englische Hof zeigte sich in Prunkgewändern, Königinnen, Prinzessinnen, Herzoginnen, alle erlauchten Größen waren in den unterschiedlichsten Posen der Unterhaltung vertreten; Orden, Bänder, Kreuze, die gesamte Archäologie der Auszeichnungen glänzte auf den Brüsten, während in den Haaren der Königinnen und an den Degenknäufen der Könige die Diamanten funkelten. Der französische Hof war vollzählig versammelt, zwei stattliche Salons reichten kaum aus, um dieses Gedränge von Herrschern und bedeutenden Feldherren zu fassen; die illustre Versammlung der Könige Napoleons war eine Bagatelle neben dieser Schar gekrönter Häupter.

Diese verschiedenen Persönlichkeiten nahmen die Mitte der Salons ein, während in den Fensternischen und auf den Podesten entlang der Wände die Ahnengalerie des englischen Hofes thronte und paradierte. Hier glänzte der enorme Heinrich VIII., umgeben von seinen sechs Frauen: Catherine d'Aragon, Anne Boleyn, Jane Seymour, Anna von Kleve, Catherine Howard und Catherine Parr; dieser gigantische Schlächter bot inmitten seiner unglücklichen Opfer einen verabscheuenswürdigen Anblick. Ein paar Schritte weiter war Maria Stuart im vollen Glanz ihrer Schönheit zu sehen, und die Perfektion dieser Arbeiten, dieser Meisterwerke aus Wachs war so unübertrefflich, daß die Wirklichkeit nicht verblüffender gewirkt hätte; die Schönheit der schottischen Königin übertraf alles, was selbst die lebhafteste Phantasie zu erträumen vermag.

Jacques und Jonathan bewegten sich mit einiger Mühe zwischen diesen beiden Menschenansammlungen aus Fleisch und aus Wachs; sie näherten sich einem funkelnagelneuen

Garibaldi, der sich der öffentlichen Bewunderung zur Schau stellte, und nicht weit entfernt unterhielten sich William Pitt und Sheridan in aller Ruhe und mit der Gelassenheit englischer Grandseigneurs.

Jacques wollte den Namen eines besonders auffälligen Geistlichen erfahren, der in einem prächtigen Lehnsessel saß, und wandte sich deshalb an einen der Besucher, der ihn starr anblickte. Doch er bekam keine Antwort.

»Er hat mich nicht verstanden; Jonathan, wiederhol doch bitte meine Frage.«

Jonathan hatte nicht mehr Glück, und Jacques wollte gerade aufbrausen, als ihn das schallende Gelächter der Umstehenden zurückhielt. Sein Gesprächspartner war aus Wachs!

So weit geht die Vollkommenheit dieser Figuren; und mehrere Male wurden die Besucher in die Irre geführt, denn viele dieser Gestalten tragen moderne Kleidung, stehen einfach auf dem Parkettboden und haben sich sozusagen unter die Menschen gemischt, die um sie herumgehen. Jonathan dagegen ertappte sich dabei, daß er das Gesicht eines arglosen, aber höchst lebendigen Gentlemans, den er für einen Lokalhelden hielt, genau musterte und ihn dann auch noch in den Arm kniff!

Neben den beiden Haupträumen liegt ein ganz besonderes Museum für Gegenstände, die Napoleon gehört haben: Fast alle wurden auf dem Schlachtfeld von Waterloo eingesammelt, und hier steht auch der Wagen, in dem der Kaiser, besiegt durch Verrat, das Schlachtfeld verließ. Jeder Besucher, ob Mann, Frau, Kind oder Greis, machte es sich zur Pflicht, in diesen Wagen zu klettern und sich ein paar Augenblicke hinzusetzen; dann stiegen sie alle glücklich und stolz wieder aus. Es war eine endlose Prozession, der Jacques und Jonathan ihre Teilnahme verweigerten.

SIEBENUNDVIERZIGSTES KAPITEL

Eine Guillotine im englischen Stil

»Bis jetzt«, sagte Jonathan, »war es recht interessant, aber das ist auch schon alles; ich kann nicht mehr! Nirgendwo eine Sitzgelegenheit! Stühle gibt es hier nur für diese Wachskerle!«

»Geduld, Jonathan; hol zwölf Pence aus deiner Tasche und folge mir.«

»Schon wieder!«

»Schon wieder! Aber ...«

»Folge mir, sage ich dir, und dann bist du erlöst.«

Am äußersten Ende der beiden ersten Salons folgte noch ein dritter, vor dessen Eingangstür ein großes Gedränge herrschte. Dieser Salon war ein geräumiges Zimmer, mit dunklen Vorhängen bespannt und schwach beleuchtet.

Die beiden Freunde warfen einen kurzen Blick hinein und erschauderten: Zwei- oder dreihundert abgeschlagene Köpfe, symmetrisch in Fächern aufgereiht, stierten sie mit ihren unheimlichen Augen an. Jeder einzelne war sorgfältig präpariert, etikettiert und trug die gräßlichen Spuren von Frevel und Leiden. La Bocarmi, Lacenaire, Castaing, Papavoine, Peytel, Madame Lafarge, Bastide, Jorion, der Vatermörder Benoît, Palmer und Burk zeigten ihre schrecklichen Fratzen: Alle Nationen, Amerika, Frankreich, England hatten dieser grausigen Sammlung ihren Tribut an abgeschlagenen Köpfen geleistet, und die mit der Todesstrafe gesühnten Gewaltverbrechen kamen einem wieder in den Sinn und riefen einen befremdlichen Eindruck hervor.

In der Mitte des Raumes hauchte Marat, von der Hand Charlotte Cordays getroffen, in der Badewanne sein Leben aus und stellte eine gräßliche Wunde zur Schau, aus der noch immer Blut floß. Ein paar Schritte weiter steckte Fieschi seine Höllenmaschine in Brand, andere Verbrecher plauderten miteinander, und im Dunkeln verschmolzen Orsini und Pieri mit der Besucherschar! Man fragte sich, ob man nicht auch selbst zu diesem Haufen Schurken gehörte; die Hände zitterten und die Augen waren blutunterlaufen.

»Wo sind wir eigentlich, Jacques?«

»Im Gruselkabinett.«

»Mir scheint das alles von dubiosem Geschmack zu sein.«

»Nun gut! Es ist ausgesprochen englisch, aber schau da hinüber! Schau!«

»Die Guillotine!« rief Jonathan.

Ganz hinten im Salon stand tatsächlich das entsetzliche Hinrichtungswerkzeug, das erste, bei dem der Mechanik das Amt des Scharfrichters übertragen wurde! Die Guillotine von 1793, jene, die so viele Opfer unter ihrer eisernen Umklammerung beben spürte. Jene, die Ludwig XVI. und Robespierre, Marie-Antoinette und der Dubarry, Danton und André Chenier, Philippe Egalité und Saint-Just den Kopf abgeschlagen hat! Ein ordnungsgemäß ausgestelltes Zertifikat, unanfechtbar und mit zuverlässigen Unterschriften versehen, hing daneben und bestätigte, daß Samson selbst diese Guillotine nach der Revolution, nach der Schreckensherrschaft verkauft hatte! Nichts konnte authentischer sein, nichts fürchterlicher!

Das Blutgerüst war vollständig aufgebaut, auf den Stufen der Treppe drängte sich das Volk; Jacques folgte dem Gewühl und zog seinen Freund mit sich. Sie erreichten die Plattform, auf der jene beiden roten Pfosten emporragten, die das Messer in Form eines unregelmäßigen Parallelogramms tragen; eine in Handhöhe an einem der Pfosten angebrachte Eisenstange hielt die schwere Stahlklinge zurück, und nur das untere Ende war mit einem Vorhängeschloß festgemacht, damit kein Engländer plötzlich Lust bekommen sollte, die Mechanik auszuprobieren. Vor den Pfosten stand die Wippe, jene verhängnisvolle Planke, aufrecht und kippbereit; Jacques konnte der Versuchung nicht widerstehen, auf das Trittbrett dieser Wippe zu steigen, und er bewunderte schaudernd die bestrickende Einfachheit dieses Mechanismus. Mit einem Male waren erstickte Schreie, unartikulierte Laute zu vernehmen, der Besucherschwarm kam zum Stillstand, und jeder heftete seinen Blick auf das entsetzliche Beil: Zum Glück war es an seinem Platz, doch ein dicker Engländer, neugieriger und interessierter als alle anderen, war auf die Idee gekommen, seinen Kopf in den Ring der Guillotine zu stecken, und bekam nun keine Luft, weil er unter dem Druck des oberen Bogens dieser Öffnung nicht mehr zurückkonnte. Jacques eilte ihm zu Hilfe und hob dieses bogenförmig ausgeschnittene und mit Eisen beschlagene Brettchen hoch, das dem Inselbewohner den Hals abschnürte; dieser stieß ein zufriedenes Grunzen aus.

»Tja«, meinte Jacques, »ich habe gerade eine sehr tröstliche Überlegung angestellt.«

»Welche denn, mein lieber Freund?«

»Nun, daß einen dieser Apparat höchstwahrscheinlich erwürgt, bevor man guillotiniert wird!«

»Danke, Jacques«, antwortete Jonathan, »danke! Fortan bin ich wirklich beruhigt.«

»Und jetzt laß uns gehen; ein letzter Blick! Ein letzter Gedanke, und dann verlassen wir England mit einer Reverenz vor der Guillotine Frankreichs!«

Die beiden Besucher faßten sich wieder, als sie genüßlich die Abendluft einsogen; sie glichen Verurteilten, denen soeben ihr Gnadenerlaß auf dem Schafott verlesen wurde.

Eine Droschke nahm sie in ihrem Schoße auf und setzte sie eine Stunde später ganz schlaftrunken vor dem London Bridge Hotel ab. Am nächsten Morgen begaben sie sich zum Brighton Railway in der Duke Street; dank einer Dolmetscherin wurden ihre Wünsche problemlos entgegengenommen und ihre Koffer an einem sicheren Ort verwahrt. Sie stiegen in einen Waggon erster Klasse, und über die umliegenden Häuser hinweg warf Jacques einen letzten Blick auf die Themse und Saint Paul's Cathedral. Wenig später konnte er flüchtig die Fassade des märchenhaften Sydenhampalastes betrachten, doch es war nur ein kurzes Aufblitzen; nach zwei Stunden hielt der Zug in Brighton, diesem von Thackeray so gerühmten Parthenope des Nordens. Eine Nebenlinie der Eisenbahn verbindet Brighton mit dem kleinen Hafen Newhaven; hier trafen die beiden Reisenden eine halbe Stunde später ein und entdeckten die zwei riesigen Schornsteine des Passagierschiffes *Orléans*, das bereits unter Dampf stand, um nach Frankreich zu steuern.

Die beiden Freunde stürmten an Deck.

»Wir kehren England den Rücken!« sagte Jacques.

»*For ever! For ever!*« antwortete Jonathan.

Die *Orléans* lichtete unverzüglich den Anker und nahm Kurs auf Dieppe. Die See war ruhig, und die Überfahrt dauerte nicht lange. Schon nach fünf Stunden zeichneten sich Frankreichs Klippen am Horizont ab.

»Empfindest du etwas dabei, Frankreich wiederzusehen?« fragte Jacques.

»Nicht das geringste«, antwortete Jonathan, »und du?«

»Also weißt du, ich auch nicht!«

ACHTUNDVIERZIGSTES KAPITEL

Fortan wird die Phantasie ihr Leitstern sein

Nun ist sie also zu Ende, diese famose Reise nach England und Schottland; allen Hindernissen, Schwierigkeiten, Verspätungen, Ängsten, Sorgen, Verzweiflungen und Spötteleien zum Trotz, sie ist vorbei!

Nach siebzehn in Bordeaux vergeudeten Tagen und vier Tagen Überfahrt mußte eine Woche genügen, um diese wunderlichen Landstriche des Vereinigten Königreichs zu durchschweifen! Was wird von diesem kurzen Aufenthalt, dieser wilden Jagd, dieser Vogelschau bleiben? Haben Jacques und Jonathan wenigstens genug Eindrücke nach Hause gebracht, um die süßen Stunden des Nichtstuns und der Muße mit ihnen zu füllen?

Sie haben den Atlantischen Ozean durchfurcht, sind an Frankreich und den Britischen Inseln entlanggefahren; sie sind durch England gereist, haben den Tweed überquert, Schottland durchmessen; sie haben Liverpool erahnt, Edinburgh flüchtig wahrgenommen, Glasgow gesichtet, Stirling erraten, London erdacht; sie haben die Berge berührt und die Seen erspäht; sie haben sich die neuen Sitten, die geographischen Unterschiede, die sonderbaren Gebräuche, die Vielfältigkeit des Landes mehr ausgemalt, als wirklich erkundet. Sie haben alles gestreift, aber in Wahrheit haben sie nichts gesehen!

Erst jetzt, nach ihrer Rückkehr, wird ihre wirkliche Wanderfahrt beginnen, denn fortan wird die Phantasie ihr Leitstern sein, und reisen werden sie in ihrer Erinnerung.

Nachwort

Im Alter von elf Jahren soll Jules Verne, der Familienlegende zufolge, von zu Hause ausgerissen sein, um auf einem Dreimaster nach Indien zu segeln. Der Fluchtversuch mißlang, und der junge Abenteurer mußte zwanzig lange Jahre warten, bevor er zu seiner ersten »großen Seereise« aufbrechen konnte: von Nantes nach Liverpool.

Im August 1859 ist Jules Verne 31 Jahre alt, er hat sein Jura-Studium längst an den Nagel gehängt und verbringt seine Zeit zwischen der Pariser Börse und den wichtigsten Boulevard-Theatern der Hauptstadt. Denn seinen Lebensunterhalt verdient er sich zwar als Börsenmakler, seine wahre Passion aber gehört der Literatur: Er schreibt Gedichte, Libretti für Operetten und Opéras comiques, die vor allem im Théâtre Lyrique oder in den von Jacques Offenbach geleiteten Bouffes-Parisiens aufgeführt werden. Hin und wieder erscheint in der Zeitschrift *Musée des familles* auch eine Erzählung von ihm. Seit 1857 ist Jules Verne außerdem verheiratet.

Als Aristide Hignard, ein langjähriger Freund und Komponist, der zu vielen Stücken Jules Vernes die Musik geschrieben hat, in diesem Sommer mit der guten Nachricht kommt, er habe über seinen Bruder zwei Gratisbillets für eine Schiffspassage nach Schottland zur Verfügung, zögert der verhinderte Abenteurer nicht lange. Während dieser Reise ins Land seiner Vorfahren mütterlicherseits notiert er alle Eindrücke und Erlebnisse peinlich genau, und der ins Fiktive transponierte Bericht von dieser Expedition wird zu seinem ersten sorgfältig ausgearbeiteten und abgeschlossenen Roman. Das Manuskript erhält den Titel *Voyage à reculons en Angleterre et en Ecosse*, denn wie bei der realen Reise fahren auch die Protagonisten der Fiktion zunächst in die verkehrte Richtung.

Veröffentlicht wurde dieser Erstling zu Jules Vernes Lebzeiten jedoch nie. Der junge Autor wußte zu diesem Zeitpunkt wohl nicht recht, an wen er sich damit wenden sollte, und als er 1862 den Verleger Pierre-Jules Hetzel kennenlernte, hatte er bereits ein weiteres fertiges Manuskript in der Tasche: *Fünf Wochen im Ballon.* Mit diesem Roman hatte der ehrgeizige Autor seinen Stil und seine Thematik gefunden, er wurde zum ersten Streich des erfolgreichen Duos Verne-Hetzel, und in den folgenden Jahren erschienen Schlag auf Schlag all jene Abenteuergeschichten, die Vernes Weltruhm begründeten.

Die *Reise mit Hindernissen* verschwand zwar in der Schublade, einzelne Passagen aber, wie die Fahrt auf dem Firth of Forth oder der Ausflug an den Loch Lomond und den Loch Katrine, tauchten in den späteren »Schottlandromanen« *Schwarz Indien* (1877) und *Der grüne Strahl* (1882) fast unverändert wieder auf. Erst nachdem Vernes Geburtsstadt Nantes 1981 für rund sechs Millionen Franc die Manuskripte und den Nachlaß erworben hatte, konnte dieses Jugendwerk des unumstrittenen Meisters der phantastischen Literatur 1989 endlich in Frankreich erscheinen.

Dieser frühe Roman ist in mehrfacher Hinsicht von Bedeutung: Einerseits gibt er Aufschluß über Vernes literarische Vorbilder, andererseits enthält er bereits zahlreiche Motive und Erzählverfahren, die den späteren Verne auszeichnen. »Mein ganzes Leben lang habe ich mich an den Werken von Walter Scott ergötzt!« sagte Jules Verne noch wenige Jahre vor seinem Tod, und der Begründer des modernen historischen Romans begleitet die beiden abenteuerlustigen Franzosen der *Reise mit Hindernissen* wie ein treuer Cicerone auf ihrer Erkundungsfahrt durch England und Schottland. Jacques Lavaret beherrscht seinen Scott *aus dem Effeff* und spürt ihm auf Schritt und Tritt nach. Charles Dickens ist in der Beschreibung der Elendsviertel von Liverpool und Edinburgh präsent, James Fenimore Cooper inspirierte das Loblied auf die Seenlandschaft der Highlands, von Laurence Sterne hat Verne sich den beißenden Spott und die Vorliebe für den Kalauer geliehen, und bei William Shakespeare hat er den faszinierenden Grusel vor der Geschichte und ihren Helden gelernt. Aber auch französische Vorbilder haben bei Vernes Erstling Pate gestanden. François René de Chateaubriand hatte bereits 1802 seinen an Weltschmerz leidenden Helden *René* ins alte Schottland geschickt, auf den Spuren von Ossian und Fingal, und Charles Nodier, der Grandseigneur der romantischen Bewegung in Frankreich, ließ seine phantastische Erzählung *Trilby oder Der Kobold von Argail* (1822) am Loch Katrine spielen.

Die romantische Verklärung sagenumwobener Landstriche machte das alte Kaledonien nicht nur zu einem bevorzugten Schauplatz literarischer Schöpfungen, sondern auch zu einem auserkorenen Ziel des neuen Reisefiebers. Und so ist es nicht verwunderlich, daß der Reisebericht um die Mitte des 19. Jahrhunderts zu einem besonders beliebten Genre geworden ist, das sich oft mit dem Roman überschneidet und auch vor exzentrischen Titeln nicht zurückscheut: Jules Vernes *Voyage à reculons* steht in der Tradition jener *Voyage en zigzag* (Rodolphe Töpffer, 1842) oder *Voyage où il vous plaira* (Alfred de Musset und Pierre-Jules Hetzel, 1846), die Belehrendes mit einer gehörigen Portion Humor zu verbinden wußten. All diesen Einflüssen und Anregungen erweist Jules Verne gleich im ersten Kapitel seines Reiseromans die ihnen gebührende Ehre, mit einer besonderen Reverenz vor Charles Nodier, dem er, in bester romantischer Manier, die auslösende Idee für diese Expedition zuschreibt.

Die Reise von Vernes jungen Helden beginnt mit einigen Umwegen und mißlichen Verzögerungen, doch Jacques Lavaret und Jonathan Savournon lassen sich nicht so schnell entmutigen. Die erzwungenen Aufenthalte in Nantes und

Bordeaux nutzen die zwei eingefleischten Pariser dazu, sich über Städtebausünden in Vernes Geburtsstadt lustig zu machen und komparatistische Studien zwischen Nord- und Südfranzosen anzustellen. Doch mit demselben bissigen Humor, mit dem sie ihre eigenen Landsleute auf die Schippe nehmen, analysieren sie später auch die Inselbewohner und deren zuweilen befremdliche Sitten. Der unzuverlässige und maßlos übertreibende Gascogner, der zeremoniöse Weinkenner, der trinkfeste Schotte, der piekfeine Gentleman, die ungraziöse, schrecklich gekleidete Engländerin, der blutiges Roastbeef liebende John Bull und der reiche Geschäftsmann aus der Londoner City sind nur einige Figuren aus diesem bitterbösen und zugleich liebenswerten Panoptikum. Doch selbst die beiden unermüdlichen Reisenden kommen nicht ungeschoren davon: Der für Fremdsprachen – wie jeder gute Franzose – völlig unbegabte Jacques tappt von einem Fettnäpfchen ins andere, und der arme Jonathan ist für einen waghalsigen Abenteurer nicht gerade seefest. So ist diese »famose Reise« nicht nur eine geographische Exkursion, sondern ebenso eine Reise in die französische und englische Gesellschaft des 19. Jahrhunderts, ein amüsantes Sittenbild zweier Völker, die sich ihre wechselseitigen Vorurteile im Laufe einer sich immer wieder überkreuzenden Geschichte zurechtgezimmert haben.

Neben dem ausgeprägten Sinn für Skurriles ist es nicht zuletzt die Begeisterung für die moderne Technik, die den späteren Verne mit aller Deutlichkeit ankündigt, auch wenn die Grenzen der Realität nur selten, wie etwa in der Szene mit der höchst perfektionierten Wurstmaschine, übersprungen werden. In einem Punkt allerdings zeigt der junge Verne eine nahezu seherische Begabung: Begünstigt durch Dampfschiff und Eisenbahn, entwickelte sich zu Beginn des 19. Jahrhunderts eine völlig neue Spezies Mensch – der Tourist. Geographische Gesellschaften, Reiseführer und Atlanten hatten Hochkonjunktur, und neben der Exotik des Reiseziels wird nun vor allem die Geschwindigkeit zum entscheidenden Faktor. So war etwa im deutschsprachigen Raum 1828 ein *Handbuch für Schnellreisende* erschienen, aus dem dann der Baedeker werden sollte. Die ungeheure Popularität von Vernes späterem, klassischen Meisterwerk *Reise um die Erde in achtzig Tagen* (1872) lag gerade an dieser ganz und gar unbekannten, neuartigen Form des »effizienten« Reisens. Doch schon die Helden Jacques und Jonathan stehen unter dem Druck, in möglichst kurzer Zeit möglichst viel zu sehen, und sie geben sich die allergrößte Mühe, auch noch die knappest bemessenen Besichtigungsprogramme zu unterbieten. Wie Touristen des 20. Jahrhunderts hasten diese ersten modernen Globetrotter von einer Attraktion zur nächsten, und am Ende ihrer Gewalttour kann der Autor nur spöttisch von ihnen sagen: »Sie haben alles gestreift, aber in Wahrheit haben sie nichts gesehen!« Und mit dieser Diagnose bewies Jules Verne noch erheblich mehr Scharfsinn als mit allen seinen technischen Prophezeiungen.

Elisabeth Edl

Anmerkungen

ERSTES KAPITEL

Charles Nodier: Französischer Schriftsteller (1780–1844), sein Salon in der Bibliothèque de l'Arsenal war zwischen 1824 und 1830 das Zentrum des literarischen Lebens in Paris und insbesondere der romantischen Bewegung. *Smarra ou les Démons de la nuit* (1821, *Smarra*), *Trilby ou le Lutin d'Argail* (1822, *Trilby oder Der Kobold von Argail*) oder auch *La Fée aux Miettes* (1832, *Die Krümelfee*) gehören zu den wichtigsten Werken der phantastischen Literatur in Frankreich und stehen E.T.A. Hoffmann sehr nahe. Nodier beeinflußte unter anderen Gérard de Nerval und später auch die Surrealisten. – Die von Jules Verne zitierte Textstelle stammt nicht aus einer der vier Erzählungen des *Cycle du Dériseur sensé*, sondern wurde mit leichten Veränderungen den *Marionnettes* (Edition Charpentier der *Nouvelles* von Charles Nodier, Paris 1850, S. 420 f.) entnommen.

Graf von Norden: Pseudonym des späteren russischen Zaren Paul I. (1754–1801), als er 1781 mit seiner Frau Sophie Dorothea von Württemberg durch Europa reiste.

Monsieur Corby: Pseudonym des späteren Königs Louis-Philippe (1773–1850), als er sein Exil in Graubünden verließ, um sich der Armee von Montesquiou anzuschließen, und dann nach Schweden ging.

Das Gefängnis von Edinburgh ist der französische Titel von Walter Scotts Roman *The Heart of Midlothian (Das Herz von Midlothian)*; *The Antiquary (Der Altertümler)* und *Rob Roy* sind zwei weitere Werke Scotts.

Nicholas Nickleby und Samuel Pickwick sind die Titelhelden der Romane *The Life and Adventures of Nicholas Nickleby (Leben und Abenteuer Nicholas Nicklebys)* sowie *The Posthumous Papers of the Pickwick Club (Die nachgelassenen Aufzeichnungen des Pickwick-Klubs)*. Der »Philosoph Shandy« ist natürlich Laurence Sternes *Tristram Shandy*.

Louis Enault (1824–1900) war ursprünglich Anwalt und mußte nach 1848 Frankreich verlassen, sein Exil nutzte er zu Reisen durch England, Schottland und Deutschland. Nach seiner Rückkehr 1851 wurde er Kritiker und spielte eine wichtige Rolle im literarischen Leben von Paris, er übersetzte unter anderem auch *Onkel Toms Hütte* ins Französische. Seine Berichte über Reisen in verschiedene Länder an der Ostsee und in den Nahen Orient erschienen in der berühmten Reihe *Bibliothèque des Chemins de fer*, und 1859 veröffentlichte er seinen Reiseführer *Angleterre, Ecosse, Irlande*, auf den Verne sich hier bezieht.

Francis Wey (1812–1882) war zunächst als Kunstkritiker tätig, entwickelte sich aber durch den Einfluß von Charles Nodier zum Literaturkritiker und Romancier. Darüber hinaus war er ein leidenschaftlicher Wanderer und verfaßte Reiseberichte über seine Streifzüge durch Belgien, Holland, die Schweiz, die Britischen Inseln, das Rheinland, die Provence und Savoyen. Verne bezieht sich hier auf *Les Anglais chez eux: esquisses de mœurs et de voyage*, als Feuilleton 1850–1851 und als Buch 1854 erschienen.

Konrad Malte-Brun: Dänischer Journalist und Geograph (1775–1826), der sich in Paris niederließ und 1821 Mitbegründer der *Société de géographie de Paris* wurde. Er veröffentlichte neben anderen sehr erfolgreichen geographischen Werken 1837 den *Atlas complet du précis de la Géographie universelle.*

ZWEITES KAPITEL

»... die treuen Giafars des mächtigen Harun-al-Rothschild ...«: Anspielung auf den Großwesir Giafar und den Kalifen Harun-al-Raschid aus *Tausendundeine Nacht* (33. Nacht).

Verdis *Trovatore* war im Januar 1857 in der Pariser Oper aufgeführt worden.

VIERTES KAPITEL

Pierre Verne kaufte 1838 ein Landhaus in der Nähe der Kirche Saint-Martin de Chantenay, in dem seine Frau und die Kinder dann oft ihre Ferien verbrachten. Jules Verne schrieb oder vollendete hier mehrere seiner berühmten Romane.

Jules Verne hatte oft Gelegenheit, die Loire-Mündung hinabzufahren, in seinen *Souvenirs d'enfance et de jeunesse* erzählt er von solchen Ausflügen auf dem Fluß.

Vanikoro: Insel Melanesiens, in deren Nähe der französische Seefahrer La Pérouse 1788 Schiffbruch erlitt und umkam.

FÜNFTES KAPITEL

Trovatore: Liebesarie des Grafen Luna aus dem 2. Akt, Szene 2.

SECHSTES KAPITEL

Zitadelle von Blaye: Anspielung auf die Duchesse de Berry (1798–1870), die hier am 1. April 1833 eine Tochter zur Welt brachte, deren Vater der Comte Lucchesi-Palli war. Der Skandal trug dazu bei, die Legitimisten zu diskreditieren. Sie war 1832 in Blaye eingesperrt worden, weil sie versucht hatte, einen Aufstand gegen Louis-Philippe anzuzetteln. Verne mochte diese Bourbonenerbin nicht und verhöhnte sie auch in einem Gedicht.

Juliregierung: gemeint ist die Julimonarchie unter Louis-Philippe (1830–1848).

Royans: Nachdem Jules Verne seinem Verleger P.-J.Hetzel im Sommer 1866 aus Chantenay Sardinen geschickt hatte, die im Umkreis von Les Sables d'Olonne, La Turballe und Le Croisic gefischt worden waren, schrieb er ihm später von einem Aufenthalt in Bordeaux: »Ich sende Ihnen Royans, das sind die Sardinen aus der Gegend hier, bloß nicht so gut.« – Royan ist außerdem ein Ort am rechten Ufer der Gironde-Mündung (Charente-Maritime).

ACHTES KAPITEL

Place des Quinconces: berühmter, im 19. Jahrhundert angelegter Platz mit Esplanade.

Victor Louis: Französischer Architekt und Zeichner (1731–1802), der unter dem Einfluß von Winckelmann und Mengs in antikisierendem Stil baute. Das Große Theater von Bordeaux wurde zwischen 1773 und 1780 errichtet.

Bacalan ist heute ein Stadtteil von Bordeaux.

NEUNTES KAPITEL

Die Hugenotten: Oper von Giacomo Meyerbeer (1791–1864), 1836 uraufgeführt.

ZEHNTES KAPITEL

Unter dem Second Empire wurde der französische Nationalfeiertag am 15. August, damals Tag des heiligen Napoleon, begangen.

ELFTES KAPITEL

La Bastide: Stadtteil am rechten Garonne-Ufer, das der Esplanade des Quinconces genau gegenüberliegt.

ZWÖLFTES KAPITEL

John Bull: Eine von JOHN ARBUTHNOT (1667–1735) in seinen satirischen Pamphleten (*The History of John Bull*, 1712) geschaffene Figur, die den englischen Nationalcharakter personifizierte. Der Typus des John Bull wurde von dem Amerikaner JAMES KIRKE PAULDING (1778–1860) aufgenommen und in dem literarischen Krieg zwischen englischen und amerikanischen Schrifstellern unter anderem in der Satire *John Bull in America* (1825) verwendet.

VIERZEHNTES KAPITEL

Der *Sovereign* war eine Zwanzigshillingmünze und der *Louisdor*, nach Ludwig XIII. benannt, ab 1803 ein Goldstück von zwanzig Franc.

SIEBZEHNTES KAPITEL

»*Quel suon* ...«: Leonora singt diese Worte im 4. Akt, Szene 1, während das *Miserere* der Mönche bereits eingesetzt hat.

Toasts: Jules Verne, der es mit der englischen Orthographie nicht sehr genau nimmt, schreibt der französischen Aussprache folgend *tostes*. – Kleine Abweichungen von der korrekten Schreibweise englischer Wörter werden in dieser Ausgabe stillschweigend verbessert, ebenso Ungenauigkeiten bei den Zitaten aus dem *Trovatore*.

»*if you please*« ist die »wörtliche« Übersetzung des französischen Ausdrucks für »bitte«: *s'il vous plaît.*

ACHTZEHNTES KAPITEL

ADOLPHE ADAM: Französischer Komponist (1803–1856), der besonders mit komischen Opern und Balletten großen Erfolg hatte.

Rosenkrieg: 1455–1485, Kampf zwischen dem Haus York (weiße Rose im Wappen) und dem Haus Lancaster (rote Rose im Wappen) um die Macht in England nach dem Hundertjährigen Krieg.

Affe von Piräus: Anspielung auf die Fabel *Der Affe und der Delphin* (Buch IV, 7) von Jean de La Fontaine.

NEUNZEHNTES KAPITEL

Meg Merrilies: die Zigeunerin aus *Gug Mannering*.

ZWANZIGSTES KAPITEL

HENRY STUART DARNLEY (1545–1567): wurde 1565 der zweite Gemahl von MARIA STUART (1542–1587), er ließ ihren Favoriten DAVID RIZZIO (1535–1566) ermorden und wurde seinerseits auf Anstiften von JAMES HEPBURN BOTHWELL (ca. 1536–1578), dem späteren dritten Gatten der Königin, getötet.

»Holyrood! Holyrood!«: Hemistichion aus Victor Hugos Gedicht *Le sept août mil huit cent vingt neuf* (*Der 7. August 1829*), das auf den Zufluchtsort des Comte d'Artois und späteren Königs Charles X. (1757–1836) während der Französischen Revolution und dem Premier Empire anspielt (*Les Rayons et les Ombres, II*).

»... nach einem Wort von Charles Nodier«: in *Promenade de Dieppe aux montagnes d'Ecosse*, Paris: Barba 1821, S. 125–126 (aus dem 12. Kapitel mit dem Titel *Edinburgh*).

Auch dem französischen Historiker und Politiker CHARLES ALEXIS CLÉREL DE TOCQUEVILLE (1805–1859) war aufgefallen, daß an einem irischen Strand junge Mädchen in geringer Entfernung von jungen Burschen nackt badeten, und schloß daraus, daß Schamhaftigkeit ein Produkt verderbter Sitten sei, denn in Irland gebe es kaum uneheliche Kinder (*Voyage en Angleterre et en Irlande*, 1833–35).

EINUNDZWANZIGSTES KAPITEL

»Korkenzieherlöckchen« heißen auf Französisch *Engländerinnen*, und die »schwimmenden Inseln« sind auch eine beliebte Süßspeise.

DREIUNDZWANZIGSTES KAPITEL

Fergus Mac Ivor Vich Ian Vohr: Clanhäuptling aus *Waverley, or, 'Tis Sixty Years Since* (*Waverley oder Es ist sechzig Jahre her*); seine Tochter Flora wurde bereits im 20. Kapitel erwähnt.

»Antworten Sie mit der Freimütigkeit unserer Breiten und nicht mit der schmeichlerischen Doppelzüngigkeit Ihrer Heimat.« Den zweiten Teil dieses Satz hat Jules Verne aus seinem Manuskript gestrichen.

FÜNFUNDZWANZIGSTES KAPITEL

Allan Ramsay (1686–1758) ist ein Vertreter der schottischen Schäferdichtung.

Jasmin (eigentlich Jacques Boé, 1798–1864) wollte die okzitanische Literatur wiederbeleben und schrieb Gedichte in gascognischem Dialekt, die bei der Pariser Kritik (u.a. Charles Nodier) großen Erfolg hatten.

James I. (1566–1625) war der Sohn von Maria Stuart und Henry Stuart Darnley.

SECHSUNDZWANZIGSTES KAPITEL

The Vicar of Wakefield. A Tale. Supposed to Be Written by Himself: Der 1766 erschienene Roman von Oliver Goldsmith (1728–1774) wurde 1838 von Charles Nodier ins Französische übersetzt

NEUNUNDZWANZIGSTES KAPITEL

Krimkrieg (1854–1856): Jules Vernes Bruder Paul hat als Seemann auf einem Schiff, das Truppen in die Konfliktregion brachte, an diesem Krieg teilgenommen.

Edward II. (1284–1327) wurde 1314 (Bannockburn) und 1321 von Robert Bruce (1274–1329) geschlagen, den er schließlich als König von Schottland anerkannte.

Gnaeus Julius Agricola (40–93) wurde von Kaiser Vespasian im Jahre 77 nach Großbritannien geschickt, dessen Eroberung er 84 abschloß; er umschiffte als erster das Land und fand heraus, daß es eine Insel war.

DREISSIGSTES KAPITEL

Paul Delaroche (1797–1856): Französischer Maler, der mit seinen historischen Motiven aus dem Mittelalter und besonders aus England zum »style troubadour« gezählt wird, er war bei den Romantikern sehr beliebt. *Les Enfants d'Edouard* (1831) stellt die Ermordung der Kinder Edwards IV. dar und dürfte auch von Shakespeares *Richard III.* inspiriert worden sein.

EINUNDDREISSIGSTES KAPITEL

»Monsieur Cucheval« bedeutet soviel wie »Herr Pferdearsch«; unter dem Einfluß des Englischen schrieb Jules Verne »Schumaker«.

ZWEIUNDDREISSIGSTES KAPITEL

Charles Nodier erwähnt diese Napoleon betreffenden Überlegungen in *Promenade de Dieppe aux montagnes d'Ecosse* (op. cit. S. 180).

Walter Scotts Rivale ist James Fenimore Cooper.

Jakobiten: Anhänger des 1689 vertriebenen Königs James II. von England und seines Sohnes James III., in England zählten viele Tories zu den Jakobiten, in Schottland der ganze Adel des Hochlandes. James II. war nach seiner Bekehrung zum Katholizismus von den Whigs bekämpft worden, die das Haus Hannover unterstützten.

DREIUNDDREISSIGSTES KAPITEL

Nicol Jarvie: eine Figur aus *Rob Roy.*

FÜNFUNDDREISSIGSTES KAPITEL

François II. (1544–1560): ältester Sohn der Katharina von Medici und erster Gemahl Maria Stuarts; nach seiner Thronbesteigung 1559 regierten Marias Onkel aus dem Haus der Guise an seiner Stelle Frankreich und führten eine aggressive Politik gegen die Protestanten.

ACHTUNDDREISSIGSTES KAPITEL

Jean-Baptiste Richard: Ingenieur und Geograph, Autor von Reiseführern für Frankreich und andere europäische Länder.

Jules Verne übernimmt in seine Beschreibung von London Elemente aus Francis Weys weiter oben erwähntem *Les Anglais chez eux*.

NEUNUNDDREISSIGSTES KAPITEL

Inigo Jones: englischer Architekt (1573–1652), dem einige der wichtigsten Bauwerke Londons zu verdanken sind; er spielte als Wegbereiter des Palladianismus eine wichtige Rolle in der Entwicklung einer eigenständigen klassischen englischen Architektur.

Stendhals Angaben finden sich in den *Promenades dans Rome* (*Voyages en Italie*, Bibliothèque de la Pléiade, S. 870–871).

VIERZIGSTES KAPITEL

Charles I. (1600–1649) wurde nach einem Bürgerkrieg und langjährigen schweren Auseinandersetzungen mit dem englischen Parlament durch dieses zum Tode verurteilt. Der Königspalast Whitehall brannte 1697 ab, nur die Banqueting Hall blieb erhalten.

EINUNDVIERZIGSTES KAPITEL

Arthur Wellesley Wellington (1769–1852) war als Politiker und Feldherr viele Jahre hindurch ein Widersacher Frankreichs, am 18. Juni 1815 schlug er, gemeinsam mit den Preußen Blücher und Bülow, Napoleon bei Waterloo.

Horace Emile Say (1794–1860): französischer Wirtschaftswissenschaftler und Präsident der Pariser Handelskammer.

DREIUNDVIERZIGSTES KAPITEL

Die drei Dinge, die der Pförtner in *Macbeth* nennt, sind: »rote Nasen, Schlaf und Urin«.

Le Père de la débutante: Vaudeville von Bayard und Théaulon, das am 28. Oktober 1837 zum ersten Mal im Théâtre des Variétés aufgeführt wurde. Im Mittelpunkt dieser Sittenkomödie stehen eine junge Schauspielerin und ihr Vater, der sie in ihren Ambitionen und Intrigen unterstützt.

Bei Vergil handelt es sich um eine Verwechslung Jules Vernes, er zitiert den ersten Vers der *Bucolica*: Tityre, tu patulae recubans sub tegmine fagi (Tityrus, du ruhst hier unterm Dach breitästiger Buche).

VIERUNDVIERZIGSTES KAPITEL

»Gott und mein Recht« ist der Wahlspruch der englischen Krone; der Hosenbandorden (»Verachtet sei, wer Arges dabei denkt«) soll von Edward III. zwischen 1346 und 1348 nach einem Ball gegründet worden sein, auf dem seine Mätresse ihr Strumpfband verloren hatte.

Die 1858 fertiggestellte *Leviathan* war von dem englischen Ingenieur Isambard Kingdom Brunel (1806–1859) entworfen worden, dessen Vater Marc Isambard Brunel (1769–1849), ein gebürtiger Franzose, den Tunnel unter der Themse gebaut hatte. Die später in *Great Eastern* umbenannte *Leviathan* blieb mit ihren 110 Meter Länge rund fünfzig Jahre hindurch das größte Schiff der Welt, sie wurde unter anderem auch für das Verlegen des Telegraphenkabels zwischen Europa und Amerika eingesetzt, und Jules Verne reiste 1867 auf ihr von Liverpool nach New York. Diese Überfahrt inspirierte ihn zu *Une ville flottante* (1871, *Eine schwimmende Stadt*).

Trovatore: Graf Luna singt diese Worte im 2. Akt, Szene 2.

FÜNFUNDVIERZIGSTES KAPITEL

Jane Grey (1537–1554): Urenkelin von Heinrich VII., die von Edward VI. als Thronfolgerin anerkannt, dann aber hingerichtet worden war, nachdem Maria Tudor (1516–1558) als Tochter aus der ersten Ehe Heinrichs VIII. ihre Rechte auf die Thronfolge durchgesetzt hatte.

Anne Boleyn (1507–1536): zweite Gemahlin von Heinrich VIII., die wegen Ehebruchs zum Tode verurteilt wurde, nachdem der König ihrer überdrüssig geworden war.

Nicht Heinrich VII., sondern Heinrich VI. (1421–1471) wurde im Tower von den Brüdern Edward IV. und dem späteren Richard III. ermordet.

Elisabeth I. (1533–1603): Tochter von Anne Boleyn und Heinrich VIII., wurde 1558 nach Maria Tudors Tod Königin.

Robert Devereux, Graf von Essex (1567–1601): politischer Ratgeber und Favorit Elisabeths I., wurde nach einer Verschwörung mit James VI. von Schottland, dem Sohn Maria Stuarts, hingerichtet.

Pierre-Justin Ouvrié (1806–1879): französischer Landschaftsmaler und Lithograph, seine naturgetreuen Bilder von Städten und berühmten Bauwerken waren sehr beliebt. *Das Parlament* stammt aus dem Jahre 1850.

SECHSUNDVIERZIGSTES KAPITEL

Marie Tussaud (1760–1850): die in Bern geborene Plastikerin lernte von ihrem Oheim C. Curtius in Paris die Kunst des Modellierens in Wachs und errichtete in London ihre große Wax Work Exhibition (mit der Chamber of Horrors) zuerst im Strand, 1833 in der Baker Street.

SIEBENUNDVIERZIGSTES KAPITEL

Der französischer Arzt und Politiker Joseph Ignace Guillotin (1738–1814) hatte den Bau einer Hinrichtungsmaschine gefordert, diese wurde 1790, trotz seiner Proteste, nach ihm benannt.

Während der *Schreckensherrschaft* 1793–94 wurden weit über 40 000 Personen enthauptet, allein im Juni 1794 wurden in einem Monat mehr als 1300 Menschen guillotiniert.

Inhalt

ERSTES KAPITEL
Wie die Reise nach England und Schottland ihren Anfang nahm 5

ZWEITES KAPITEL
Ein Schiff, das nicht eintrifft 9

DRITTES KAPITEL
Wo die beiden Freunde Nantes besichtigen 13

VIERTES KAPITEL
Die ersten Minuten an Bord 18

FÜNFTES KAPITEL
Jonathan wird seekrank 23

SECHSTES KAPITEL
Unterwegs nach Schottland, aber im Krebsgang 28

SIEBTES KAPITEL
Zwischenstation in Bordeaux 33

ACHTES KAPITEL
Betrachtungen über den Wein aus Bordeaux 37

NEUNTES KAPITEL
Besuch am Meerbusen von Arcachon 42

ZEHNTES KAPITEL
Klarmachen zum Ablegen 47

ELFTES KAPITEL
Endlich auf dem Weg nach Schottland 52

ZWÖLFTES KAPITEL
Eine Nacht auf hoher See 57

DREIZEHNTES KAPITEL
Wo sich Jacques Lavaret mit
Ausspracheschwierigkeiten herumschlägt 62

VIERZEHNTES KAPITEL
Jacques und Jonathan gehen in Liverpool
an Land 67

FÜNFZEHNTES KAPITEL
Größe und Elend Liverpools 72

SECHZEHNTES KAPITEL
Den englischen Sitten auf der Spur 77

SIEBZEHNTES KAPITEL
Ein nächtliches Konzert 83

ACHTZEHNTES KAPITEL
Von der Trefflichkeit der englischen
Eisenbahnen 88

NEUNZEHNTES KAPITEL
Ankunft in Edinburgh 93

ZWANZIGSTES KAPITEL
Eine Stadt voller Gegensätze 100

EINUNDZWANZIGSTES KAPITEL
England: Eine große Lady auf
ihrem Spaziergang 109

ZWEIUNDZWANZIGSTES KAPITEL
Miss Amelias Reize 113

DREIUNDZWANZIGSTES KAPITEL
Ein Familientreffen 118

VIERUNDZWANZIGSTES KAPITEL
Von der schottischen Küche 123

FÜNFUNDZWANZIGSTES KAPITEL
Jacques und Jonathan besichtigen Edinburgh 127

SECHSUNDZWANZIGSTES KAPITEL
Neue Ausspracheübungen 132

SIEBENUNDZWANZIGSTES KAPITEL
Schottland ist reich an Niederschlägen 136

ACHTUNDZWANZIGSTES KAPITEL
Auf den Spuren von Walter Scott 142

NEUNUNDZWANZIGSTES KAPITEL
Im Zug nach Glasgow 147

DREISSIGSTES KAPITEL
Es riecht nach Chester 152

EINUNDDREISSIGSTES KAPITEL
Wo von Würsten und Regenschirmen
die Rede ist 157

ZWEIUNDDREISSIGSTES KAPITEL
An Bord der ›*Prinz Albert*‹ 161

DREIUNDDREISSIGSTES KAPITEL
Die Passagiere auf dem Wagendach 165

VIERUNDDREISSIGSTES KAPITEL
Vom Loch Katrine nach Stirling 169

FÜNFUNDDREISSIGSTES KAPITEL
Ein echter Highlander 174

SECHSUNDDREISSIGSTES KAPITEL
Der Zug nach London 179

SIEBENUNDDREISSIGSTES KAPITEL
Im Reich der Kohle 183

ACHTUNDDREISSIGSTES KAPITEL
Ankunft in London 187

NEUNUNDDREISSIGSTES KAPITEL
Saint Paul's und die Themse 192

VIERZIGSTES KAPITEL
Das Parlament, Westminster, Whitehall,
Trafalgar Square 197

EINUNDVIERZIGSTES KAPITEL
Der Buckinghampalast, Hyde Park,
Piccadilly, der Strand 202

ZWEIUNDVIERZIGSTES KAPITEL
Jacques und Jonathan gehen ins Theater 207

DREIUNDVIERZIGSTES KAPITEL
Eine unvergeßliche Lady Macbeth 213

VIERUNDVIERZIGSTES KAPITEL
Mit dem Schiff auf der Themse 217

FÜNFUNDVIERZIGSTES KAPITEL
Der Londoner Tower, Regent's Park 222

SECHSUNDVIERZIGSTES KAPITEL
Besuch bei Madame Tussaud 227

SIEBENUNDVIERZIGSTES KAPITEL
Eine Guillotine im englischen Stil 231

ACHTUNDVIERZIGSTES KAPITEL
Fortan wird die Phantasie ihr Leitstern sein 235

Nachwort 236

Anmerkungen 241